実録証言

大刀洗さくら弾機事件

朝鮮人特攻隊員処刑の闇

林えいだい

新評論

さくら弾機

四式重爆撃機（三菱重工業、試作名称「キ67」、愛称「飛龍」）を改造した特攻専用の重爆撃機。試作名称「キ167」。直径一・六メートル、重さ二・九トンの対艦大型成型炸薬弾「さくら弾」を搭載。その威力は「前方三キロ、後方三〇〇メートルが吹き飛ぶ」とされた。この巨大爆弾を搭載するため、機体は上部を膨らませた形に改造。また、防御火器を撤去し、燃料は片道分のみ搭載、乗員数を減らすなど、可能な限りの重量軽減を図ったが、それでも重すぎて機動性はきわめて低いと懸念されていた。日本陸軍最後の切り札であり、その存在は最高機密であった。岐阜県各務原航空廠で計九機が生産され、順次福岡県大刀洗飛行場に配備されることになったが、相次ぐ事故・故障、そして本書の主題である放火事件により、実際に沖縄特攻作戦で使用されたのは三機だけである。

二〇一六年　この国が再び過ちを犯しかけているかに見える夏
非業の死を遂げた朝鮮人特攻隊員（日本名　山本辰雄）に本書を捧ぐ

＊本文中の写真は、提供者の名がない場合すべて筆者撮影。

大刀洗飛行場周辺図

＊ 筑前町立大刀洗平和記念館サイト（http://tachiarai-heiwa.jp/）の「大刀洗戦跡マップ」等を参考に作成

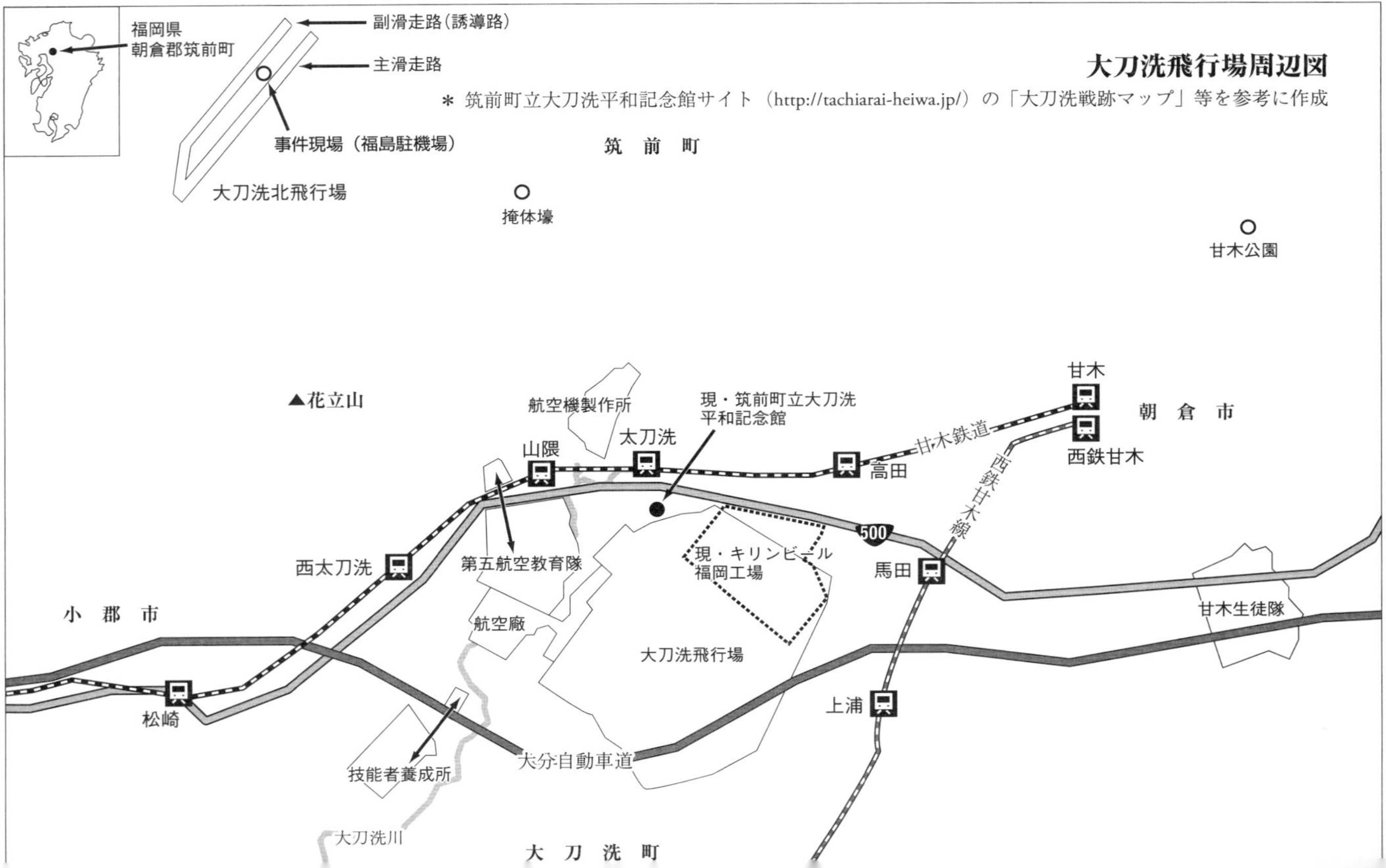

序——放火事件の真相を追って

太平洋戦争末期、「特攻」が頼みの綱となる

一九四五（昭和二〇）年四月一日、米軍は反攻の最後の決め手として、沖縄本島への上陸作戦を開始した。予想はしていたものの十分な準備ができていなかった日本軍は、虚を突かれた格好となり、簡単に北・中飛行場（それぞれ現・読谷村《よみたんそん》、嘉手納町《かでなちょう》）の占領を許してしまった。前月に米海軍空母を中心とする機動部隊が九州沖に来襲、それを受けて三月二〇日には大本営が、東シナ海周辺および南西諸島方面における航空作戦「天号作戦」を発令したばかりだった。

この前年（一九四四年）七月、東條英機内閣で陸軍次官を務めていた富永恭次中将が、内閣総辞職に伴い第四航空軍司令官に転出させられ、フィリピン前線に送られた。その隷下にあった陸軍飛行第六二戦隊（戦隊長：石橋輝志少佐）は、一〇月二〇日米軍がレイテ島に上陸すると、百式重爆撃機「呑龍《どんりゅう》」を主軸に邀撃《ようげき》作戦を敢行するが、敵艦載機の攻撃の前にはひとたまりもなかった。年が明けた四五年一月一六日、富永中将は司令部に無断で、戦闘機に参謀たちだけで乗り込み、台湾へ脱出してしまった。置き去りにされた第六二戦隊員のうち、残っていた呑龍で西筑波の原隊に帰還できたのは、石橋戦隊長と若干の搭乗員

のみだった。そのほかの飛行場大隊兵たちはルソン島の山岳地帯にとどまり、後退戦を余儀なくされた。

二月初旬、西筑波に帰還した者たちと、浜松など全国の航空本拠地から補充した隊員を寄せ集めて第六二戦隊が再編成された。多くは滞空時間一〇〇時間未満の未熟練者で、石橋戦隊長自ら指導しての一カ月間の猛特訓で、どうにか操縦できるところまでこぎつけた。

一方、陸軍は前年の一二月二六日、戦局の悪化を受けて航空部隊を改編し、本土における航空作戦専門部隊として第六航空軍を編成していた。この第六航空軍は、四五年四月の沖縄作戦については海軍連合艦隊の指揮下に入り、第五航空艦隊が主導する菊水作戦（連合軍の沖縄侵攻を阻止するための特攻作戦）に参加することとなり、第六二戦隊もその隷下に置かれ、特攻作戦に従事することになる。

四月上旬、第六航空軍は第一次航空総攻撃を発動、沖縄に集結した米軍艦艇に向けて知覧《ちらん》、万世《ばんせい》、都城《みやこのじょう》から特攻隊を投入した。大本営は前年一〇月下旬のレイテ沖海戦における海軍「神風」特攻隊の戦果を高く評価し、今回も特攻作戦を頼みの綱としたのである。

しかし、米軍も日本の特攻に対して手をこまねいていたわけではなかった。沖縄上陸作戦にあたり、自衛のため戦闘艦の鋼板を厚くしたり、空母の甲板を強化改造するなど、徹底した特攻対策を講じていた。またレーダーの開発で、日本の特攻機が積乱雲の中に逃れても確実に追撃できるようになっていた。沖縄本島周辺には駆逐艦を配備し、レーダー網を張り巡らせ、特攻機の機影を発見したらただちに沖縄米軍基地や機動部隊の空母から戦闘機を発進させる態勢をとった。

しかも、米軍は前年から中国四川省・成都やサイパン島を前線基地として、日本本土の軍需工場や都市部を標的に激しい爆撃を行っていた。沖縄の北・中飛行場も、米軍占領後ただちに本土空襲の基地とされ、九州の特攻基地と飛行場、航空廠、航空機製作所などの軍施設に向けた攻撃が開始された。米機動部隊による本土への本格的な空襲が始まるのは時間の問題だった。

陸軍最後の切り札

米軍の攻勢に対し、陸軍は全国から戦闘機や爆撃機をかき集め、特攻隊を編成して出撃させるが、飛行機と操縦士を消耗するだけで、次第に戦果は上がらなくなっていった。米軍側の特攻対策が功を奏したこともあり、二五〇キロ爆弾をもってしても大きな損傷を与えることができない。

大本営は、もはや陸・海軍の共同作戦「雷撃隊」のように、大型爆弾を搭載して敵空母を撃沈する以外に方法はないと考えるようになった。

遡ること三年前の一九四二年夏、ドイツのヒトラー総統から同盟国の日本へ、新しく開発された爆弾の設計図が「贈り物」として潜水艦で送られてきた（当時、両国は潜水艦で物資や新兵器の部品・図面、人材等を交換しあっていた）。対艦攻撃向けに破壊力を高めた大型成型炸薬弾の設計図であった。この新型爆弾に期待をかけた大本営は、四四年五月には東京・福生の第三陸軍航空技術研究所内に特別研究班を設置し、開発に着手した。こうして、直径一・六メートル、重さ二・九トンの大型爆弾が誕生した。陸軍最後の切り札「さくら弾」である。

陸軍は同年末までに、このさくら弾を搭載する特殊爆撃機をも完成させるつもりでいた。しかし、一二月七日の東南海地震で、名古屋を中心とした中京地域の航空機製作所や部品工場が壊滅状態に陥った。そこへ追い打ちをかけるように、一三日には米機動部隊による名古屋空襲が本格化。三菱重工業や中島飛行機の工場が集中する中京地域は、日本の航空機産業の中心地であり、米軍はその徹底壊滅を狙っていた。

翌四五年二月、ようやく「さくら弾機」の試作品が出来上がり、続く三月には九機が完成の見通しがついた。開発・製造は三菱重工が請け負い、岐阜県の各務原《かがみはら》航空廠で製作された。完成した機は、中継基地である福岡県大刀洗《たちあらい》飛行場で待機中の第六二戦隊が受領することになった。第六二戦隊はそこから沖縄特攻の出撃基地・鹿児島県鹿屋《かのや》海軍基地へ向かうことになっていた。

しかし、本書の証言者たちの話で明らかになるように、さくら弾機は大刀洗への空輸中や離着陸時に次々と故障や事故を起こした。そのたびに特攻機としての機能を疑問視する声が上がった。最終的に、二度の沖縄特攻に投入されたのは三機だけである。

しかも、出撃した三機にしても、実際に敵艦に突入できたかどうか定かではない。防衛省の戦史叢書には、「さくら弾機が『敵発見、突入ス』の通信を発した」と記載されているが、米国側の被害報告には、撃沈はおろか、艦艇が日本の特攻機に体当たりされたという記録もないのだ。沖縄戦の初期には、陸軍は特攻の際に戦果確認機を一機つけていた。しかしやがて戦闘機不足で中止され、沖縄第三二軍の地上軍が戦果を確認し、第六航空軍に知らせるようになった。したがって、地上軍の目の届かないところで、突入前に敵艦載機に撃墜された可能性は否定できない。

戦後七〇年を経て、ようやく軍機密の封印が解かれる兆しもある。極秘だったさくら弾機の最後の様子

大刀洗北飛行場に駐機中のさくら弾機。
前に立つのは航法士の橋本清治見習士官（前村弘氏提供）

も、今後の資料公開によって明らかとなる日が来るかもしれない。

さくら弾機は「欠陥機」だったのか

さくら弾機は、約三トンの爆弾を搭載するため、「飛龍」の愛称で知られる四式重爆撃機キ67を改造して作られた特攻専用機である。「飛龍」から派生した陸軍の特攻専用機にはもう一種、「ト号機」と呼ばれる爆撃機があり、こちらは八〇〇キロ（八〇番）の爆弾二発を搭載した。さくら弾の重量はその二倍近くにあたる。

さくら弾機の開発には、初手から困難がつきまとった。ヒトラーから贈られた設計図によれば、爆弾の直径は二メートル。陸軍にはこれほどの大型爆弾を搭載する爆撃機は存在しない。当時最新鋭の飛龍に搭載するとすれば、爆弾をサイズダウンしなければならない。かといって、小さくしすぎて威力が減じては意味がない。最終的に直径一・六メートル、重さ三トンまで落とした。それでも飛龍の機体に収まりきらない。そこで、機体上部を膨らませることで対処した。結果、瘤のように上部が盛り上がった奇妙な姿となり、「せむし」（いまでは差別語とされているが当時の表現として記す）の異名で呼ばれることになった。

だが、こんどは別の問題が生じた。飛行中の空気抵抗と爆弾の重さで、膨大な燃料を消費することがわかったのだ。しかしこれ以上重くなれば飛行に支障をきたすから、燃料は最低限しか積めない。沖縄まで九〇〇キロの距離を飛ぶための片道燃料を積むのが精一杯ということになった。

一方で、軽量化を図るためいろいろと苦肉の策を施した。搭乗員は飛龍の八名から四名に減らし、機体上部の風防および主翼と尾翼の一部にはベニヤ板を使った（ジュラルミン資材の不足という別の理由もあった）。さらに、機関砲などの防御火器をすべて撤去した。味方機の掩護《えんご》がなければ、丸腰で敵の弾を浴びることになったのだ。そこで、もし被弾して飛行不能となった場合に備えて、操縦士の手元に自爆スイッチをつけた。

だが、苦心の末に完成したさくら弾機は、それでもあまりにも重く、飛龍に比べてスピードが極端に落ちた。敵機動部隊に制圧された洋上を、丸腰でのろのろ飛ばなければならないという、搭乗員全員が確実に死を約束された、恐ろしい特攻専用重爆撃機であった。

こうやって見てくると、爆弾の威力を優先した結果、設計がほとんど破綻しているのは明らかだ。度重なる故障や事故がそれを証明している。本書で一部の証言者がさくら弾機を「欠陥機だったのではないか」と語る所以である。同じ飛龍からの改造で兄弟機と言われたト号機にしても、事情はさほど変わらない。これほど明瞭な設計上の綻びに、陸軍上層部が気づかなかったわけがない。つまり陸軍は、欠陥機と知りながら出撃させたのである。

さくら弾機の男たち

二〇〇四（平成一六）年一月、私は静岡県浜松市で、当時第六二戦隊に属し、さくら弾機に関わった四人の男たちと会う機会を得た。特別幹部候補生だった前村弘（本書2章）、伍長だった松島清（3章）と花道柳太郎（4章）、そして通信士・山下正辰伍長（16章）の弟、山下昭である。

2004年1月，浜松にて。左から松島氏，花道氏，筆者，前村氏

一九四五（昭二〇）年五月二五日、さくら弾機は菊水七号作戦（陸軍第八次航空総攻撃）で大刀洗飛行場から出撃する予定だった。しかし、花道柳太郎が搭乗するはずのさくら弾機が、二三日の早朝、何者かによって放火された。この事件をめぐり、四人の証言者と朝まで語り明かすことになった。

前村候補生は、四五年三月の第一次東海沖特攻（浜松）と四月の第一次沖縄特攻の二度にわたり出撃しながら死を免れた。松島伍長は四月の第一次沖縄特攻で、それに乗って出撃するはずだったト号機が空襲で破壊され、出撃中止となった。花道伍長は前述のように、五月二五日の第二次沖縄特攻の二日前にさくら弾機が焼けたため、当日はト号機で出撃した。三人とも重爆撃機で特攻出撃したにもかかわらず、奇蹟的に生還した数少ない兵士たちである。

敗戦から五〇年余が経ち、第六二戦隊も戦友会のたびに参加者が減っていた。あるとき、花道がこうつぶやいた。

「あの事件で放火容疑で逮捕された山本辰雄伍長は、軍法会議で裁かれたはずだが、行方がわからない。私と一緒にさくら弾機に搭乗することになっていたから、人ごとじゃない。生きているのか、死んだのか。いちど九州へ行って、真相を調べようじゃないか」

こうして和歌山県在住の花道が、東京都在住の前村と静岡県在住の松島を誘い、二〇〇一年一一月一三

左が現在の筑前町立大刀洗平和記念館，右が旧館。旧館は現在は太刀洗レトロステーションとなっている（左：衛兵隊衛士，右：おすぽん撮影）

日、三人は車で特攻隊ゆかりの地・九州へと向かった。まず鹿児島の知覧特攻平和会館で、第六二戦隊の戦友たちの遺影と対面した。その翌日、フェリーで錦江湾を渡り、対岸の鹿屋に着いた。前村がト号機で沖縄に出撃した鹿屋飛行場跡は、現在は海上自衛隊の航空基地となっているが、滑走路脇には零式艦上戦闘機（いわゆる零戦）の掩体壕《えんたいごう》が残っていた。

　鹿児島の旅を終えて福岡へ向かう。大刀洗飛行場跡に着くと、当時の面影はさらになく、キリンビールの工場になっていた。彼らが「飛龍」で訓練した、北飛行場の主滑走路（全長一・八キロ）と誘導用の副滑走路（同一・六キロ）の位置もまったくわからない。

　大刀洗から東へ三キロほどの旧甘木町（現・朝倉市）を訪ねる。終戦間際、三人はこの町に約二カ月間滞在した。前村は錦城館、松島はいろは旅館、花道はおたふく屋旅館と、搭乗機ごとに分宿していた。かつての軍都も、戦後半世紀も経つとこうも変わるものか、町の人に尋ねても、北飛行場があった場所さえ知らなかった。

　旧三輪町（現・筑前町）にある大刀洗平和記念館は、飛行場跡地にあった旧国鉄甘木線・太刀洗駅の廃駅舎を利用して開設されたものである。そこで、すぐ近くにある現・太刀洗駅の駅員に尋ねてみたが、さくら弾機放火事件のことはまったく知らなかった（なお、廃駅舎を利用した平和記念館は二〇〇八年に閉館し、〇九年に通りの向かい側に筑前町立の新館がオープンした。旧駅舎のほうは現在、鉄道博物館「太刀洗レトロステーション」となっている）。

「これで迷宮入りだな。せっかくここまで来て、実に残念だなあ」

花道は、放火事件の顛末と山本伍長の行方を調べて、人生のひと区切りをつけるつもりだったのである。

この九州への旅から二年経って、私は浜松で四人に会った。この出会いが、不思議なことにさくら弾機事件解明の新しい出発点となった。

このとき、花道は、恥ずかしそうに古いアルバムを見せてくれた。

「このアルバムは、女房には秘密でね。この人、おたふく屋旅館の亭主の親戚で、井上フチコさんといった。まだ一六歳で、隊が甘木に着いたときから私を慕ってくれて、もしも生きて帰ったら結婚してもいいと思うとった。あるとき彼女が、自分のかわりに差し上げたいと言って、写真を四、五枚、手渡してくれた。出撃のとき、手に握りしめてた。握ったまま死ぬつもりやった」

フチコさんの写真は、よほどきつく握り締めていたのか、深い折り傷がついていた。

アルバムの中に、「倉地ミツ子さん」という別の女性の名が書かれた写真があった。ほかにも若い娘の写真がたくさんある。ずいぶんモテたんだな、と私は花道をからかった。

「いざ死ぬとなると、いっぺんに恋しちゃったんだ」

花道は真面目な顔で言うと、思い出したように付け加えた。

「さっきの写真の倉地ミツ子さんね。彼女はすぐ近くの夜須村《やす》〔現・筑前町〕の農会の職員だったんだが、さくら弾機が放火される二、三日前に、同僚七、八人と一緒に、北飛行場に慰問に来てくれたんだ。私と山本伍長とで、掩体壕に格納してあるさくら弾機のところまで案内した。機密中の機密だったが、憲兵隊も特攻隊員が案内役というので、見て見ぬふりをしてたようだ。初めて見る特攻機だからね、娘さんたち、そりゃびっくりしとったよ」

娘たち全員を特攻機に乗せたのかと尋ねると、そこまでは記憶にないという。放火事件と何らかの関係があるのか。興味深い証言である。倉地ミツ子を探し出せば、何か聞けるかもしれない。一緒にさくら弾機を見たほかの女性たちにも会えるかもしれない。結婚して姓が変わっている可能性もあるが、花道が宿泊していたおたふく屋旅館を訪ねて彼女らの消息を聞くという手もある。

私は浜松から帰ると、さっそく旧甘木町を訪ねた。特攻隊員たちが宿泊した旅館はいずれも戦後廃業していて、おたふく屋旅館の関係者も見つからなかった。旧大刀洗北飛行場付近の住民は、米軍進駐後の経験のせいなのか、こと特攻隊に関してはとりわけ口が重い。放火事件解明の糸口すらつかめず、ひとまず帰るしかなかった。

特攻隊員と親しかった女性たちとの出会い

諦めかけていたころ、以前大刀洗飛行場の取材でお世話になったことのある、筑紫野市在住の桑原達三郎氏から手紙をいただいた。旧大刀洗航空機製作所の女子挺身隊ＯＢ会「くちなしの会」が、熊本県小国町の黒川温泉で会合を開くから、同行してはどうかという。彼女たちに会えば、何か新しい手がかりを得られるかもしれない。ぜひ行くと返事した。

二〇〇四年三月上旬、まだ肌寒い阿蘇山の北、黒川温泉郷の「岳の湯温泉 友愛山荘」に着いた。総勢二〇名ほどが集まった。男は私と、元第九八戦隊(陸軍雷撃隊)隊員の武末土之助氏だけである。太平洋戦争勃発時のマレー半島コタバル上陸作戦に参加した後、台湾沖航空戦を体験した歴戦の雷撃隊員だった。

「くちなしの会」の世話係は、筑前町在住の金子純子である。旧甘木町の朝倉高等女学校出身で、卒業すると女子挺身隊に徴用され、大刀洗航空機製作所に動員された。実家は旧夜須村の北飛行場の近くだが、当時は甘木町の寺に設けられていた女子挺身隊寮から通勤していた。それでも、実家が北飛行場の近くだったのだから、家族の誰かがさくら弾機が燃える現場を目撃したのではないか。私は彼女に尋ねてみた。

「ご家族や近所の方で、さくら弾機が放火された事件を見聞きしたという人はいませんでしたか?」

「戦時中はささいなことも軍の機密扱いで、家族の間でもあれこれ話題にできないほど、憲兵隊がうるさかったですよ。戦後も、特にさくら弾機の話は避けがちで、そのうちに住民の記憶から消えてしまった。だから、あの放火事件の真相は誰も知らないですね」

約三トンの爆弾を積んだ重爆撃機が炎上した大惨事である。知らないはずはないと思ったが、それ以上は追及しなかった。金子は、同室者にも訊いてみましょうと言って部屋を出た。それから一〇分ほどして、息せき切って階段を上がってきた。

「林さん、大変だよ。うちの会員じゃないが、誘われて参加してる倉地ミツ子さんて人がいて、彼女がさくら弾機が燃えてるのを見たんだって。それに、特攻隊員が憲兵隊に逮捕されて、連れて行かれるのも見たって！」

「えっ！」

私は言葉を失った。体の震えがしばらく止まらなかった。まさか花道が所有する写真のあの女性が、すぐそばにいたとは。信じがたい幸運だった。

ここから、次々と新しい事実が明らかになっていった。このとき倉地ミツ子から話を聞けたことが、事件解明への大きな突破口となった。

倉地ミツ子は、花道が泊まっていたおたふく屋旅館の娘・萩尾敏子（旧姓井上）と、甘木実業高等女学校時代からの同級生で親友だった。萩尾は現在は筑紫野市に住んでいて、二人は一カ月に一度は会っているという。

特攻隊慰問のきっかけを作ったのは、伊藤幸子という夜須村農会の同僚だという。北飛行場掩体壕のすぐそばに自宅があり、特攻隊員と親しかったそうだから、彼女もさくら弾機が燃える現場を目撃している可能性が高い。いまは福岡市に住んでいるというので、倉地に頼み、萩尾・伊藤に連絡をとってもらうことにした。

それから数カ月後の二〇〇四年夏、福岡市天神の中華料理店・平和楼で、倉地ミツ子、萩尾敏子、伊藤幸子と会って話を聞くことができた。

伊藤幸子の両親は、特攻隊員たちの親代わりのような存在で、しょっちゅう隊員たちを家に呼んで食事をさせていたという。幸子も同年代の隊員たちと親しくしていた。しかし、さくら弾機放火事件についてはいっさい知らないという。自宅の庭先と言っていいほど目と鼻の先の場所で、膨大な量のガソリンを積んだ重爆撃機が燃えたのだから、猛烈な火勢だったはずである。何か不自然なものを感じた。私は思いきって質問してみた。

「では、伊藤さんは憲兵隊の取り調べを受けなかったのですか？」

「いいえ、受けましたよ。憲兵隊は最初、私を疑ってました。山本伍長との関係をしつこく聞かれました。うちには特攻隊員がしょっちゅう来ていましたからね。山本伍長と恋仲だったのか、どうなんだって、そりゃあしつこく追及されました。否定すると、『それなら、農会のほかの娘はどうだ。山本とつきあってたのは誰だ。正直に言わないと…』って脅してくる。あれは生涯でいちばん嫌な思い出なのよ。憲兵隊という言葉を聞いただけで、背筋が寒くなる」

取り調べが終わると、憲兵がこう言って念を押したという。「今日のことは、いっさい口外してはならんぞ。もし外部に洩らしたら、軍法会議で死刑になるぞ。わかったな」

伊藤幸子は、私の質問で憲兵への恐怖が昨日のことのように甦ってきたようだった。だが、山本伍長が逮捕されたあとどうなったかは、三人とも知らないとのことだった。

第六航空軍司令官の日記

倉地ミツ子らに出会ったのと同じころ、私は第六航空軍の取材をする中で、倉澤清忠元少佐と知り合った。倉澤少佐は特攻の作戦・編成参謀であると同時に、第六航空軍が特攻の生還者をひそかに収容していた施設「振武寮《しんぶりょう》」の監督も務めた人物で、きわめて重要な証言者である。そして彼の紹介で、航空士官学校出身（第五一期）の操縦士で元第六五戦隊隊長の吉田穆《あつし》少佐とも会うことができた。吉田氏は戦後、陸軍航空士官学校史刊行会の仕事で沖縄特攻作戦について調査する過程で、第六航空軍の参謀たちを訪ねて取材をしている。埼玉県上福岡市（現・ふじみ野市）の自宅を訪ねると、次のように語ってくれた。

「さくら弾機とト号機の重爆特攻は、最後の戦況挽回を期した、まさに勝負を賭けた作戦だった。出撃直前に北飛行場で放火事件があって、朝鮮人の通信士が容疑者として憲兵隊に逮捕されたのは知っている。軍法会議の裁判長を務めたのは、私が親しくしていた参謀で、彼によれば容疑者は犯行を否認したようだが、最終的には死刑判決を下すことになったと言っていた。

戦争末期で、広島と長崎に原爆が投下されて大混乱の時期だ。じっくり審議できたのか、疑問も残る。一週間後には敗戦だから、冷静な判断ができたとは思えない。いずれにしても、作戦自体が極秘中の極秘だったから、資料は残っていないはず。私も防衛省の資料室に連日通って調べたことがあるが、『戦史叢書』の沖縄編以外、さくら弾機に関する記述は見つからなかった。事件の真相を知っているのは、第六航空軍司令官だった菅原道大《みちおお》中将と、その部下で特攻の作戦・編成参謀を務めた倉澤少佐の二人だけではないか」

吉田氏はそう言って席を立つと、隣室の書庫から陸軍の機関誌『偕行』を持ってきてページをめくった。

「この雑誌に連載された『菅原将軍の日記』に、さくら弾機のことが出てくるんだ。信憑性は高いのじゃないかと思う」

吉田氏はそう言って、所有する『偕行』のバックナンバーを貸してくれた。第六航空軍が創設された一九四四年一二月の第一九号から、戦後の第三〇号までである。

菅原中将の日記は日付がはっきり記されており、随所に軍司令官としての心情が吐露されている貴重な資料である。以下に、一九四五年二月から八月までの日記の中から、さくら弾機と放火事件に関する記述を抜粋しておく。

◎二月二十日（火） 弾装備の部隊編成問題にて、再び桜弾を背負ひ込むこととなる、哀痛の情は堪へざれども如何とも致し難し。

◎四月十七日（火） 本朝も敵機動部隊を発見せるを以て、第二攻撃集団を出す。又飛六十二〔飛行第六二戦隊〕（四式重〔爆撃機〕、さくら弾特攻機及海軍八十番弾特攻機を含む）の特攻を為す。一機突入、一機被撃墜、一機目標を発見し得ず帰還と云ふ始末。副長〔参謀副長・青木喬少将〕と水町参謀〔作戦参謀・水町勝城中佐〕との電話打切り問題あり。海軍の空母攻撃の成果どうも明瞭ならず。可惜。

◎四月三十日（月） 本日特攻隊の突入報告に関して厳正なる報告を求む。成績不良、憂鬱となる。さくら弾特攻機の如き夫々の不注意にて、処置なしと云う処。況んや第三十戦闘飛行集団よりの虎の子たる十八（一式戦〔「隼」の愛称で知られる一式戦闘機〕）・十九（一式戦）・二十四（二式複戦〔「屠龍」の愛称で知られる二式復座戦闘機〕）の各振武隊及さくら弾特攻機を投入したるに於てをや。

◎五月二十三日（水） 大刀洗にて南北飛行場の過誤ありて三十分を徒費す。桜弾機の爆発事故あり、研究問題なりとす。重爆隊も大馬力をかけ飛六十〔飛行第六〇戦隊〕が八機、飛一一〇〔同、第一一〇戦隊〕が六機なりと、平素の出動にも此の位なくてはとおもふ。

◎五月二十四日（木）　飛六十二〔飛行第六二戦隊〕の特攻機は、明朝八十番弾（海軍の八百瓩《キロ》爆弾）を積みて出撃する由。山本伍長なる嫌疑者（昨日の桜弾爆発事故に就ては、自然爆発とする理由なし）も出発とか、さすれば是れ以上追及の要なからん。

山本伍長の件（5／23、桜弾爆発事故）あり、遺憾なり。又山下少尉の問題〔詳細不明〕あり、不祥事多し、吁々《ああ》。夜に入り桜弾事件捜査に赴きたる高見沢法務少佐来り報ず。

◎七月九日（月）　住参謀〔住造少佐〕本日、山本伍長（5／23、桜弾特攻機爆破事件の容疑者）の公判を実施したる処、果然彼は前言を飜し、過失なりと云出し公判を延期したりと、吁々、匹夫遂に猾奴となり種々画策せしか。

◎八月八日（水）　過般来問題たりし山本伍長（5／23、さくら弾事故関係）の裁判終了、死刑の宣告あり、吁々。事情厳罰を要求したるも真情は可憐、司令官として詫びる処なり。詩を作らんとして、完成せずして寝ぬ。

◎八月九日（木）　予は「嗚呼山本伍長」の詩作中なりしも、公私幾多混淆し来り、内外大問題となる。

これは衝撃の内容と言っていいだろう。まず、事件翌日の五月二四日の段階では、菅原中将は「被疑者である山本伍長は明朝出撃の予定だから、（どうせ死ぬのだから）もはや放火事件をこれ以上追及する必要はなかろう」と考えていた。次に、七月九日の記述が注目される。一度は犯行を認めた山本伍長が、七月九日の公判で「(故意ではなく)過失だった」と言い出し、公判が延期されたというのだ。しかも「果然」とあるから、菅原中将はそのことを半ば予見していたことになる。そして「匹夫遂に猾奴となり種々画策せしか」、つまり身分卑しい男が、ことここに至って狡猾なふるまいに出たか、と嘆いている。

「過失」ということは、たとえば何かの作業で火を使った際、誤ってさくら弾機の燃料に引火してしまい、消そうとしたがだめだった、ということなのか。あるいは、そもそも最初の自白は憲兵隊の拷問に耐えかねての強制的なものであり、冤罪だった可能性もある。軍がスケープゴートを必要としていることを重々承知していた山本伍長が、自らの名誉を守るため、過失を主張することにしたのかもしれない。そして、菅原中将が「果然」と書いたのは、「因果を含めて罪を負わせたが、案の定、土壇場になって逆らった」ということなのではないか。

だが、山本伍長の訴えはとりあげられることなく、八月八日には死刑が宣告された。この日、菅原中将は「事情厳罰を要求したるも真情は可憐、司令官として詫びる処なり」と記している。四月上旬に始まった第一次総攻撃の中で、特攻作戦は「成績不良」が続き、司令官を悩ませていた。それでも、さくら弾機が陸軍最後の切り札であることに変わりはなかった。それが破壊されたことの責は誰かが負わねばならない。気の毒だが山本伍長に罪を被ってもらうしかない――中将ははっきりと、第六航空軍の責任者として彼に詫びると記している。そのうえ、贖罪と鎮魂の思いを形にしておきたかったのか、「嗚呼山本伍長」と題する詩を書きはじめた。そして山本伍長が処刑された八月九日、「公私幾多混淆し来り、内外大問題となる」とある。この日の未明にソ連が対日参戦、午前一一時二分には長崎に原爆が落とされ、大混乱の中、詩作は放棄されたようだ。菅原中将は一九八三年に死去し、詩の内容はもはやわからない。しかし、そのような詩を書こうとしていたという事実が重要だ。

山本伍長は冤罪だった可能性がある。菅原中将の日記は、日本の命運を賭けた最終兵器・さくら弾機が破壊されるという一大事にあたり、陸軍が朝鮮出身者である山本伍長を生贄にすることで体面を保った可能性を示唆しているように思える。民族差別と偏見が取り返しのつかない事態を招いたのではと思うと、慄然とせざるをえない。

処刑の様子

さくら弾機放火事件が起きたのが四五年五月二三日早朝。その日のうちに憲兵隊が山本伍長を逮捕し、厳しい取り調べが始まる。第六航空軍の軍法会議が死刑判決を下したのが八月八日。早くもその翌日の九日に、あわてて幕引きを図るかのように処刑が行われた。吉田元少佐もこの拙速さに疑問を呈する。陸軍刑法では、軍法会議で死刑が決したら、当該部署（この場合は第六航空軍）の司令官は陸軍大臣にその許可を求めるべしとされている。つまり法律に従うなら、第六航空軍司令官の独断で部下を処刑することはできない。また、仮に独断でなかったとして、わずか一日足らずで陸軍大臣の許可を文書で得られたとはとても思えないというのだ。

逮捕後、大刀洗憲兵分遣隊に拘置されていた山本伍長は、軍法会議開廷前に福岡市内の西部憲兵隊司令部に身柄を移されている。死刑判決の翌日に処刑されたとすれば、執行地は福岡市中心部からさほど遠くない郊外の、人目につかない場所であろう。だが、これといった手がかりもないから調べようがない。

私は、振武寮の取材でお世話になっていた、福岡市在住の戦史研究家・後藤明氏に相談してみることにした。陸軍特別操縦見習士官（通称「特操」）の第三期生だった後藤氏は、敗戦時は北朝鮮で特攻隊員として訓練中だった。同じ特攻の話題というので、さくら弾機放火事件にも興味を持ち、情報を集めては連絡してくれていた。取材が難航していることを話すと、後藤氏はこう言った。

「福岡商業学校と東京の拓殖大学で同期だった友人の妹が、第六航空軍の幕僚室に勤めていた。名前は秦日出子。幕僚室に毎日いたわけだから、放火事件のことも、山本伍長のことも知っているかもしれない」

そこで、すぐ秦日出子に連絡をとってもらい、会う段取りを決めた。時は二〇〇五年、まもなく戦後六〇年を迎えるという春先のことだった。

秦日出子は一九四五年三月、福岡高等女学校を卒業してすぐ西部軍司令部（中国・四国・九州地方を統括した。第六航空軍もここに含まれる）に派遣され、防空監視情報部で警報連絡係を担当した。西日本全域に空襲警報・警戒警報を発するなどの仕事である。

三月一八日には九州沖航空戦が勃発、米海軍は特攻中継基地の飛行場や航空廠などを狙って九州全域で大規模な空襲を始めた。二〇日、大本営が天号作戦を発令し、翌月には天号作戦による沖縄特攻が始まる。このかん第六航空軍幕僚室では、各特攻基地や戦隊からの連絡が集中し、電話交換手の人手が足りなくなっていた。そこで西部軍司令部から十数人が、第六航空軍幕僚室に臨時交換手として派遣されることになった。秦日出子もその一人だった。

広い幕僚室の右の壁際に机を並べ、一人の参謀に一人ずつ専属交換手がつくことになった。秦日出子は倉澤清忠少佐の担当である。倉澤は特攻作戦・編成参謀のかたわら振武寮の監督もしていたので、幕僚室の机にいることは少なかったという。

私は単刀直入に、さくら弾機放火事件を知っているかと尋ねた。

「もちろん知っています。倉澤参謀の交換手でしたからね。それに、私の兄が特務機関にいて、西部軍と第六航空軍を担当していたんです。第六航空軍を揺るがすような重大事件でしたから、兄はよく知っていました」

「お兄さんは、軍法会議で犯人に死刑判決が出たとか、どこで処刑されたとか、ご家族に話したことはありませんか」

「山本伍長のことですね。市の郊外の油山で銃殺されたそうです。幕僚室でも大騒ぎになっていたので、まちがいありません」

「ぜひお兄さんにお会いして、処刑のときの様子をお聞きしたいのですが……」

「それは、ちょっとむずかしいと思います。兄は軍の特務機関にいたわけですし……それに、例の油山事件があったでしょう。兄はあの事件の裁判で実刑判決を受けたんです。もし会えたとしても、いっさい話さないと思いますよ」

油山事件とは、四五年八月九日、長崎に原爆が投下された日、そして山本伍長が処刑されたのと同じ日に起きた米軍捕虜虐殺事件である。福岡市郊外の油山の雑木林で、捕虜となった八名のB-29搭乗員が日

山本伍長の処刑場所となった福岡市郊外・油山の雑木林

本刀で斬首刑に処された。処刑を指示したのは西部軍参謀副長の友森清晴大佐である。また、この同じ場所で終戦の八月一五日にも、一四名の捕虜が処刑される事件が起きている。戦後、これらの事件に関与した者たちはBC級戦犯として裁かれた。日出子の兄・進藤孝信がその一人だったとは。しかも同じ油山で山本伍長が処刑されていたとは。進藤孝信に会うのはむずかしそうだが、日出子の証言により、山本伍長の処刑場所が判明したのは収穫だった。

それからほどない二〇〇五年四月中旬、後藤氏から手紙をいただいた。後藤氏も後になって、日出子よりもその兄のほうが事件の真相に近いと気づいたようだ。後藤氏によれば、進藤孝信は拓殖大を卒業後、幹部候補生として東京の陸軍中野学校に入った。その後、情報部員として西部軍司令部と第六航空軍司令部を担当。油山事件に巻き込まれて巣鴨拘置所に収容され、BC級戦犯として横浜裁判で裁かれ、二五年の刑を言いわたされた。後藤氏は、「彼が油山での山本伍長の処刑に立ち会ったかどうかまでは確認していないが、立場上、事情をよく知っていたと思う」と書いていた。

私は福岡市箱崎の後藤氏宅に飛んでいって、進藤孝信に会わせてほしい、できれば油山に同行して案内を請いたい、と頼んだ。だが、進藤は私の依頼を断った。彼は実刑確定後、サンフランシスコ講和条約で減刑・釈放されて以来、長いこと身を隠していたらしい。思い出したくないということなのか。

その数日後、再び後藤氏から手紙が届いた。「夕刊フクニチの、一九五三年八月一日から四回連載された『九州終戦秘録』という記事の中に、油山の処刑に関する記述があった」とのこと。調べてみると、その連載記事を書いた上野文雄記者は、初め毎日新聞社に勤め、のち西日本新聞社へ移り、戦時中は報道班員だった。戦後まもない一九四六年に夕刊フクニチが創刊されるとその社会部長に就任した（同紙は一九九二年に廃刊）。七五年には当該記事の内容を含む『九州8月15日　終戦秘録』（白川書院）を出版。戦時中、西部軍司令部報道班の顧問を務めた作家の火野葦平氏が序文を寄せている。

私はさっそく『九州8月15日』を入手し、読み始めた。「報復処刑続く」という見出しに目が釘づけになった。思わず大声を上げていた。


第二回目の敵機搭乗員処刑が行われたのは、その翌日〔四五年八月九日〕である。最初の処刑は、福岡空襲の翌日〔六月二〇日〕であり、第二回目は、広島原爆攻撃から二日置いて行われたことは、処刑が空襲の報復として行われたと見られないこともない。

こんどは、福岡市油山の市営火葬場横の雑木林の中が、臨時処刑場となった。

そこでは、その朝、特攻機を焼いた朝鮮半島出身の学徒兵の処刑が、第六航空軍によって行われた。そのため警戒の兵隊もそのまま使った。敵機搭乗員の処刑は、午前十一時ごろから始まった。西部軍参謀副長大佐友森清晴、憲兵少佐江夏源治、第六航空軍参謀伊丹少佐などが来合せていた。

「特攻機を焼いた朝鮮半島出身の学徒兵」。これは山本辰雄伍長以外には考えられない。上野氏は右に続けて、B‐29搭乗員の死亡確認を「学徒兵処刑のために来合せていた、第六航空軍の池田軍医少尉が行った」と記している。これが確かなら、山本伍長の処刑は油山事件の直前、八月九日の朝から一一時までの間に行われたことになる。西部軍は、山本伍長を銃殺したあと、立て続けに米兵八名を、こんどは日本刀で処刑したわけである。

上野氏の著作を何度も読み返しながら、私は進藤孝信が山本伍長の処刑に立ち会ったのではないかという疑念をどうしても拭えなかった。そこで再度後藤氏に連絡し、進藤氏に確認してみてほしいと頼んだ。二日後、後藤氏から待ちに待った返事が来た。それによると、進藤孝信は米軍捕虜を油山へ連行する任務に就いていたため、現場へは遅れて到着し、山本伍長の処刑の瞬間は目撃していない。しかし、直後の状況は知っているとして、概要を話してくれたという。後藤氏から伝え聞いた進藤の話は次のようなものである。

「八月九日の朝、西部軍参謀とともに、米軍捕虜を引き連れて油山の雑木林へ入った。一〇時ごろだったと思う。顔見知りの第六航空軍参謀と軍医の二人が立っていた。いましがた、大刀洗で特攻機を焼いた朝鮮人の特攻隊員を銃殺したばかりだと言った。地べたに粗末な白木の棺が一つ置かれていて、板の間から血が滲んでいるのが見えた。

あれは確かにお尋ねのあった山本伍長だ。それからすぐに捕虜八名の処刑が始まった。山本伍長のときに警備にあたっていた第六航空軍の兵が、ひきつづき捕虜の処刑警備に回された」

進藤の話は、上野氏の記述とも整合する。こうして、処刑の瞬間は見てはいないものの、直後の生々しい様子を進藤が証言してくれたことで、山本伍長の死に際がやや明確になってきた。

名誉回復のために

山本伍長という人は、どのような人物だったのか。在日朝鮮人で、日本名を山本辰雄といい、陸軍飛行第六二戦隊に通信士として所属していた。終戦間際の四五年八月九日、さくら弾機放火の罪で銃殺刑に処された。出身校は、松島清が送ってくれた陸軍学校の名簿によれば、茨城県水戸の陸軍航空通信学校（第一四期乙種卒業）である。この時点でわかっていることはそのくらいで、朝鮮の出身地と本名さえ不明のままだった。

そこで、戦時中の朝鮮人強制動員の真相を調べ、被害者支援活動などを行っている「強制動員真相究明ネットワーク」事務局長の福留範昭氏に、山本伍長の遺族探しを依頼した。福留氏は韓国留学の経験があり、現地に人脈もあるので大いに期待した。すると二〇〇五年七月二一日の深夜、福留氏から電話があり、韓国である書類が発見されたという。続いてファックスが届いた。発信者は韓国の南相九氏。書類とは、第六二戦隊の留守名簿であった。それによれば、山本辰雄の経歴は次の通りである。

大正一五〔一九二六〕年七月一日生まれ
現役兵長〔処刑時は伍長〕
第六二戦隊への編入年月日：昭和一九〔一九四四〕年九月
航通校〔陸軍航空通信学校〕昭和一八〔一九四三〕年四月五日卒
本籍地：黄海道安岳郡安缶邑坪井里三九九
留守家族：山本永信（弟）

留守名簿とは、外地に派遣された兵力を把握し、留守宅家族との連絡業務を管理するための陸軍の人事記録だが、彼の本名は載っていない。生年月日から、一九歳になったばかりで処刑されたことを知り、胸がしめつけられた。本籍地は現在の北朝鮮（朝鮮民主主義人民共和国）であり、朝鮮戦争後に実家や身内がどうなったのか調べるのは困難である。弟の永信も日本名だから、日本に住んでいたと思われるが、生死すら定かではない。本名が判明すれば、遺族探しにも可能性が開けるのだが。

創氏改名のまま、放火犯の汚名を着せられ、処刑された山本伍長。日本のどこに住んでいたのか。いつ、どのような動機で陸軍を志願したのか。そして、放火の罪は事実だったのか、あるいは冤罪なのか。少しでも真実を明らかにしなければ、彼は浮かばれない。

もつれた糸を解きほぐすようにして取材を続けるうちに、事件の真相が少しずつ明らかになっていった。その成果はひとまず、二〇〇五年に出版した『重爆特攻さくら弾機——大刀洗飛行場の放火事件』（東方出版）にまとめた。しかし、その後も関係者と交流を続けるうちに、事件の別の側面に光を当てるような思いがけない証言を聞くことがあった。右の著作には収めきれなかった証言も含め、事件当事者たちの生の声を是が非でも残しておかねばと思い、取材対象者ごとにできるだけ正確に話を記録したのが本書である。

放火事件の真実を明らかにし、山本伍長の無念を晴らしたい——この思いは、花道柳太郎氏をはじめ、私が取材させていただいた関係者の方々にも共通するものと信じている。彼ら彼女らの証言を記録した本書が、山本伍長の人となりを明らかにし、その名誉回復に少しでも寄与すればと願う。

山本辰雄伍長。腰に「特攻人形」を提げている（松島清氏提供）

1 四式重爆撃機「飛龍」

飛行第一一〇戦隊整備係　佐野馨少尉……福岡県福岡市在住

大阪帝大助教授時代

一九二〇（大正九）年生まれの私は、現在九五歳〔取材時、以下同〕。父は博多・川端町で呉服屋を営んでいた。福岡工業学校の建築科を出たが、祖父の跡を継いで博多商人となった父は、私が小学校を卒業すると「商人になるには福商〔福岡商業高等学校〕に進学しろ」としつこく勧めた。

私の母が若くして亡くなったため、五人の子どもを抱えた父は再婚した。私は義母になじめず、できるだけ早く家を出ようと心に決めていた。小学生のころから自然科学に興味があったので、父のような商人ではなく、学校の先生か学者になりたいと思っていた。父の生き方に反発し、勉強に精を出した。その甲斐あって旧制福岡中学校に進学したが、父との間にはしこりが残った。中学を卒業すると家を出て大阪へ行った。

佐野馨氏

一九三七（昭一二）年、大阪高等学校理科に入学した。怒った父は学費を送ってくれなかった。祖母のヒサは、父とは違い、私が博多商人として一生を送ることに反対だった。この祖母が、父に内緒で学費と生活費を送ってくれた。

日中戦争が拡大し、世は軍国主義一色に染まっていた。高等学校ではなく、海兵〔海軍兵学校〕や陸士〔陸軍士官学校〕など、軍人の道を選ぶ若者がほとんどだった。しかも進学組の中でも、理科を選ぶ者は非常に少なかった。理科専攻といえば非常に地味なことをしているとみなされた。

将来は大学に進み、どこかの研究室に入りたいと思っていた。数学が得意だったが、電気計算機もない時代、どこも設備は乏しく、研究できる分野は限られていた。高校に入ったはいいが、このあと何を研究するのか、方針がなかなか決まらなかった。

大阪高校を一九四〇年に卒業すると、大阪帝国大学に入学し、地球物理学を専攻した。主任教授は京都帝大理学部出身の市原教授だった。地球物理学といえば、いまでこそ脚光を浴びる分野だが、当時は理学部の中でも研究者はごく少なかった。

卒業後は市原研究室で働くことになった。あるとき、市原教授から養子縁組の話をもちかけられた。子宝に恵まれなかった教授は、私を見込んで養子にしたいと言ってくれたのだ。しかし私は、福岡の父とは絶縁状態にあるが、長男だから養子にはなれない、とお断りした。

やがて市原教授の推薦で大阪帝大の助教授に就任した。一九四三年に学徒出陣が始まると、二〇歳以上の文系の学生たちがペンを銃に持ち替えて戦場へと駆り出されるようになった。みな高校や大学、専門学校で基礎教育を受けているので、すぐに一人前の兵隊になれる、士官候補生にだってなれる、と言われていた。工学部、理学部、医学部などの理系分野は卒業延期となった。

私が卒業後も大学研究室に残ったのは、理系は戦争に行かなくてすむだろうという甘い考えからだった。だが、やがて医学部の学生が軍医として前線に派遣されるようになり、世情はきな臭くなっていった。男子は満二〇歳になると必ず徴兵検査を受けなければならず、合格すれば兵役に服することになる。私はもはや学生の身分ではなく、理系といっても兵器開発に携わっているわけではないから、徴兵免除の対象にはならない。仕方なく本籍地の福岡市に帰って徴兵検査を受けた。結果は乙種で、どうやら兵隊に最適とは判断されなかったようだ。

すべてが配給制度となり、食糧難で満足な食事はできず、衣服も手に入らなくなった。給料は下宿代の倍近くだったが、あらかた生活の糧に消え、研究に必要な本を買う金もなかった。

一九四四年二月、召集令状が届いた。国民の義務なのだから拒否はできない。ついに大学の教員にまで赤紙が来るようになったかと思った。戦況に鑑みれば、研究室にいてのうのうと学問ができる時代ではなくなったことを覚悟せざるをえなかった。大学に休職願いを出し、立川の陸軍航空整備学校に入営することになった。

立川時代、飛行機の魅力を知る

立川陸軍航空整備学校は、航空兵器の整備・補給に関する教育を行う機関である。私は入営したとたん、幹部候補生の試験を受けるよう命じられた。甲種と乙種の二つがあって、甲種なら将校候補、乙種は下士官になる。将校になるのがいやで大学を休職扱いにしてもらったのだが、そんなことを言っても通用しない。強制的に受けさせられた。陸軍は、機械などの基礎知識のある理系の学者を、即戦力としてだけでなく、ゆくゆくは指導者となるよう養成するつもりで招集していたのである。

学校は全体が三区隊に分かれており、学生・教員合わせておよそ一五〇名いた。兵舎では、東京巨人軍で大活躍していた川上哲治が同室だった。私は初歩からみっちり教育されたが、熊本県立工業学校出身の川上は基礎ができているので、すぐ教官になれそうだった。

正味およそ半年弱、集中的に航空機整備の特訓を受けた。卒業後、いずれは整備の指導者として、後続の整備兵たちを指導しなければならない。重大な責務であり、実力をつけなければと思い、懸命に学んだ。将校になったのはその結果であり、なりたかったわけではない。

私が入営した年（一九四四年）の六月には、戦況悪化を受けて、学校は立川教導航空整備師団に改編された*。私は課程を終えると、爆撃機担当として航空審査部に配属された。福生《ふっさ》の多摩陸軍飛行場（現・横田基地）が仕事場だった。爆撃機が支障なく出撃できるかどうか検査する部署で、のちには臨時防空飛行部隊（通称「福生飛行隊」）の編成にも携わった。

立川教導航空整備師団は、各種航空兵器の審査から航空写真の撮影まで、航空に関わる業務を一手に引き受けていた。広大な敷地にはさまざまな設備が整っていた。私は仕事を通じて、飛行機というもののすばらしさに魅了された。福生には全国の航空機製作所で生産された戦闘機や偵察機、重・軽爆撃機などさまざまな機種が送られてきた。すべて操縦士が搭乗して厳密な飛行検査を行った。

審査部員はそれぞれ特化した機種の業務を行う。私は四式重爆撃機キ67、通称「飛龍」の担当だった。一九四四年当時の最新鋭機である。操縦士ではないので搭乗することはなく、専ら機器の点検・整備が仕事だ。整備学校で教わった内容も主に飛龍についてであり、いつでもどこでも整備できる技術を習得するよう指導された。半端な技術では、当時の技術の粋を集めた飛龍の整備はできなかった。前線に配属されたら、自分が整備できるだけではだめで、隊の整備係の指導役も担わなければならない。

四式重爆撃機キ67「飛龍」

科学や機械の基礎知識のない人にとっては、航空分野の技術を半年足らずで習得するのはむずかしかったろう。通信や電気、武器弾薬についてもあるていど知らないとできない。

立川時代は、具体的な戦況はまだよく知らずにいた。新たな知識や技術の習得、飛行機の魅力に没頭していられた。それが浜松に移って一変する。

＊一九四四年六月、陸軍は戦力不足を補うため、高度な教育を行っていた航空系学校（立川陸軍航空整備学校、水戸陸軍航空通信学校、鉾田陸軍飛行学校、浜松陸軍飛行学校など）を軍隊化し、航空総監の指揮下で教育と作戦行動を並行して行わせる態勢に変えた。名称も「学校」から「教導航空整備師団」や「教導航空師団」に改称された。

浜松に転属

立川陸軍航空整備学校の課程を終えた者には二日間の休暇が与えられ、その後多くは南方戦線や台湾、朝鮮、中国、満州などの戦隊に配属された。台湾やフィリピン方面に送られた隊員の中には、東シナ海やバシー海峡で敵潜水艦の魚雷や敵爆撃機にやられて、戦地に着く前に海の藻屑と消えた者が少なくない。消息不明の者も大勢いた。私は戦地に行くのを免れ、審査部で仕事をしていたが、まもなく浜松教導飛行師団への転属を命じられた。ほかに四人が転属命令を受けた。同期の川上哲治は教官として立川に残った。

浜松教導飛行師団も立川と同じく、もとは陸軍飛行学校で、師団長はそこの教官だった人である。浜松の重爆撃隊「雷撃隊」の隊員たちは、私たちと同じく大学や専門学校から学徒出陣で集められ、飛行学校で訓練を受けた者たちだった。年齢は私とほとんど同じか、少し下だった。浜松には飛龍の整備ノウハウがなかったので、立川から来た私たちが指導にあたることになった。航空士官学校や飛行学校を修了した特別操縦見習士官たちに整備の基本を教えた。

教官としての仕事のほかに、飛龍の性能検査も重要な任務だった。浜松では立地上、海戦への備えが急務とされていた。作戦によっては一〇〇〇キロ以上にわたって海上を飛び続けなければならない。ところが陸軍の爆撃隊員は、陸上戦で爆弾を投下するのが役割で、海には不慣れである。敵艦艇の攻撃を主な任務とする海軍と異なり、操縦士たちは洋上飛行の訓練をほとんど受けていなかった。陸上なら海岸線や川、鉄道、市街地、道路などを目印に飛ぶことができるが、海上ではそうはいかない。それに洋上では敵の電波壁〔レーダー網〕に捕捉されないよう、海面すれすれを飛行しなければならない。海軍のような徹底した洋上訓練を受けていない陸軍の操縦士は、海では技術が未熟で使いものにならなかった。夜間飛行も不得意で、性能検査のため同乗したときは冷や冷やした。夜間は航法士が、自機のいる地点を星の位置から割り出して機長に報告する必要があるのだが、自分がいまどこを飛んでいるのかさっぱりわからないという未熟な者もいた。

サイパン攻撃に同行

一九四四年七月、サイパン島陥落でアスリート飛行場が米軍に占領され、B-29の内地爆撃が予想されるようになった。本土が攻撃される前に飛行場を破壊すべしとして、浜松からサイパンに攻撃をしかける作戦が立案された。長距離爆撃は可能か、サイパンまで一気に飛べるのかなどの問題が議論された。旧式の爆撃機では無理だろうということで、飛龍が作戦の主体となった。まず浜松から一〇〇〇キロの距離にある硫黄島を中継基地として、そこで燃料を補給し、さらに一〇〇〇キロ先のサイパン島へ飛び、アスリート飛行場を爆撃して再び硫黄島に戻るという計画が立てられた。

一〇月、作戦に向けて飛龍のテスト飛行を始めた。私は飛行の実態をすべて記録し、専門家として整備や指導に生かさなくてはと思い、緊張した。途中無着陸で、硫黄島まで三時間で飛ぶことができた。飛龍の飛行性能はずば抜けていた。強力なエンジンと機体の軽さで、長距離でも時速四〇〇～五〇〇キロを維持することができ、双発重爆撃機でありながら機動性は単発機なみと言われていた。爆撃時の急降下速度は時速六〇〇キロ出ることもあった。このころ、米軍の潜水艦が硫黄島周辺に姿を見せるようになっていたが、私がテスト飛行で行ったときはグラマン〔米・グラマン社製の艦上戦闘機〕の攻撃には遭わずにすんだ。

当時、陸軍航空隊は、洋上にいる敵戦闘艦の効果的な攻撃法を見出せずにいた。洋上を猛スピードで動く戦闘艦を爆撃することは、技術的に非常に困難だった。敵の電波壁を突破するためには、海面から四、五〇メートルの低空を飛ぶ必要がある。テスト飛行の際、操縦士が試しに低空飛行を行ったときは、まるで海に頭から突っ込むような錯覚にとらわれ、恐怖に震えたのを覚えている。

一〇月一八日、浜松教導飛行師団の兵たちで飛行第一一〇戦隊が編成された。飛龍二個中隊という軽編成の爆撃機隊で、戦隊長は草刈武男少佐だった。洋上飛行の猛特訓の末、ついに一二月五日サイパン島攻撃の命令が下り、翌六日には一〇機の飛龍が硫黄島に向かって出発した。整備・調整のため私も同行した。機内では何か任務があるわけではなく、ただ極度の緊張で高ぶっていた。

硫黄島の千鳥飛行場に到着すると、私たち整備係は海軍の援助で燃料補給、信管の装着など出撃の準備をした。夜一〇時四〇分、硫黄島からサイパン島へ向けて出発するも、直後に一機の飛龍がエンジン故障で引き返した。さらに別の一機が、硫黄島とパガン島の中間地点でプロペラを故障、同じく硫黄島へ引き返した。結局、アスリート飛行場の爆撃は八機で行うことになった。

米軍の対空砲火は熾烈をきわめ、帰還できたのは草刈戦隊長機と小泉機の二機のみだった。犠牲者数は機上戦死、将校十数名を含め計七十余名にのぼった。

昨日までともに過ごした仲間が、今日は戦死して帰らない。それが明日の自分の姿かもしれない。生と死は隣り合わせだった。

サイパンから浜松に帰還した部隊は消耗しきっていた。だが、一度出撃すれば終わりではない。命令が下れば再び戦場へ赴かなければならない。

当初、硫黄島はサイパン島攻撃の中継基地とされていたが、米軍の潜水艦による対空射撃、戦闘艦による艦砲射撃が激化し、もはや着陸不能となってしまった。途中で食糧や水を補給することがむずかしくなり、浜松で飛龍に物資を積み込んでおき、落下傘で味方の守備隊に投下した。

天号作戦で大刀洗へ

第一一〇戦隊の編成からまもない一〇月二〇日、レイテ島に上陸した米軍は、大規模な兵力を投入して総攻撃を開始した。追い詰められた日本軍は山岳地帯のジャングルに籠って激しく抵抗したが、じわじわと制圧されていった。

その直前の台湾沖航空戦では、実は海軍が大敗を喫していたのに、大本営は大戦果ありと偽っていた。三〇〇機以上の航空機を失ったばかりで、一日や二日で航空隊を再編成できるわけもない。レイテ戦が不利なのは目に見えていた。

翌一九四五年一月には米軍がルソン島に上陸し、同じくジャングルに追いつめられた日本軍は兵糧攻めに遭った。次は台湾か、それとも沖縄か、大本営は米軍の次の上陸地点を予測できず、迎え撃つ準備が立ち遅れてしまった。前年末に東京・三宅坂で発足した第六航空軍がようやく福岡に転属してきたのが、東京大空襲のあった三月一〇日だった。

大本営は最終的に米軍の上陸地を沖縄と予想し、九州から沖縄、台湾を含む東シナ海での「天号作戦」を発令した。私が所属する浜松教導飛行師団第一一〇戦隊も、増援部隊として福岡・大刀洗飛行場へ向かうこととなった。わが師団は、飛行学校を卒業したばかりの操縦見習士官や航法士、通信士、機関士などがほとんどで、みな訓練不足であった。滞空時間一〇〇時間未満の未熟な者も多く、実戦にはとても投じられないと思われた。それでも飛龍一〇機での編成が決まり、不足すれば補充するということになった。

師団の中には、操縦士を希望していたが適性検査で不合格になり、整備係になった者もいる。操縦士でありながら第一一〇戦隊の人選にあぶれた者もいる。最終的に兵と整備係の計約三〇〇名が大刀洗へ向かうこととなった。一月の初めに私は草刈戦隊長から、輸送責任者として隊員を大刀洗飛行場まで引率するよう命じられた。

東海道線浜松駅から列車に乗る。警戒警報や空襲警報のたびに停車して、列車はなかなか進まない。大きな駅に停まり、人が大勢乗り込んできてごった返すと、こっそり下車して脱走しようとする兵がいた。将校の私や下士官が注意して見張るのだが、大変な人混みだから何人か見逃してしまった。このころには軍紀がすっかり乱れていて、引率責任者として手を焼いた。

海軍の場合はたいてい軍艦に乗っているのだから、脱走はほぼ考えられない。陸軍航空隊は、拠点にいるときでも敷地に門とか塀がないから、あるていど自由に出入りができた。夜九時の点呼後にこっそり外出して、朝の点呼までに戻ればおとがめなしですんだ。それに航空隊の性質上、兵たちはそれぞれ技能を持つ一種の専門職だから、歩兵のようには扱えない。どうしても軍紀は二の次となってしまう面があり、姿が見えなくても憲兵隊がいちいち探し回るということもなかった。私が週番〔陸軍では上等兵以上が、軍紀維持や防災等の取締責任者を一週間交替で務めた〕のときも、いなくても大目に見ることがよくあった。だが、大刀洗に着いてからは、脱走はなかったと記憶している。

大刀洗での第一一〇戦隊の任務は、米機動部隊と沖縄周辺にいる米艦艇の攻撃であった。しかし草刈戦隊長は、隊員の未熟練を理由に出撃をさせず、引き続き訓練に専心せよと命じた。だが、指導者たりうるベテラン操縦士も、訓練用の機も不足していた。一〇機の飛龍は虎の子の武器であり、温存する方針だった。やれることといえば、別府湾に空母を運航させての模擬訓練、四国沖から南九州の海上での低空・夜間飛行訓練といったところだった。これでは第一一〇戦隊は戦力にはならないと思われた。

このかん、補充用の飛龍を受けとるため、私は岐阜県各務原《かがみはら》の航空廠に何度も足を運んだ。近くに三菱重工の工場があり、必要な部品がすぐ補充できるようになっていた。一機が完成するまで何日も宿で待機して、出来上がったら操縦士に試験飛行をさせ、合格なら大刀洗まで空輸の手配をして帰った。飛龍はどの戦隊からも引っ張りだこで、海軍も欲しがっていた。これまで戦果を上げた戦隊が優先的に受けとる慣習になっていたので、いまだ大きな戦果のないわが隊に飛龍を持ち帰るのは容易ではなかった。

陸軍第九八戦隊、通称「雷撃隊」も全機飛龍であった。海軍雷撃隊の指導のもと、鹿児島県の鹿屋海軍基地で訓練を積んでいたが、米軍の空襲が激化したことで大刀洗に移動してきた。第一一〇戦隊が雷撃隊と別府湾で合同訓練を行ったこともある。

三月末になると、沖縄戦に備えて第六航空軍指揮下の特攻機が続々と大刀洗に参集してきた。知覧・万世・都城飛行場が満杯で収容困難となるなか、広い格納庫や爆弾搭載・燃料タンク増槽のできる設備を有する大刀洗が、出撃の中継基地として使われたのである。各特攻機は改造が終わると前進基地の知覧、万世、都城の特攻基地へと出発していった。

大刀洗大空襲

日本軍の特攻作戦を恐れた米軍は、出撃拠点となっていた大刀洗飛行場の壊滅を狙い、三月二七日、サイパン島からB‐29の大編隊を出撃させた。B‐29の大群が、大分県佐賀関《さがのせき》製錬所の高い煙突を目標に豊後水道を北上し、左へ旋回して日田市、甘木町〔現・朝倉市〕を通過、大刀洗飛行場の上空に飛来した。

私はこの朝、馬田《まだ》の下宿を出て、第一一〇戦隊司令部で部下とともに整備の打ち合わせをしていた。それがちょうど終わった午前一〇時ごろ、突如として頭上に轟音が響いた。妙なことに、この三月二七日の第一回大空襲では、警戒警報も空襲警報も聞いた記憶がない。普通は警戒警報のサイレンが鳴れば、滑走路に駐機している飛龍を掩体壕《えんたいごう》に隠してから避難するのだが、この日は爆弾が落ち始めてようやく気がつき、あわてて防空壕へ飛び込んだという感じだった。飛行場全体がいかに無防備か思い知らされた。

このころ、大刀洗南飛行場には第一一〇戦隊の飛龍十数機が駐機しており、空襲を受けたらただちに掩体壕に隠し、時間に余裕があれば山陰の米子飛行場などへ避難させる態勢をとっていた。しかし、この日はまさに不意打ちを食らった恰好で、航空廠、燃料庫、格納庫が次々と爆撃され、甚大な被害を受けた。

にもかかわらず、幸運にも十数機の飛龍は無事だった。いずれ近日中に空襲の第二波があると予想された。案の定、四日後の三月三一日、B‐29の大編隊が再び豊後水道を北上中との情報が入り、すぐ警戒警報が鳴りわたった。

第一一〇戦隊長の草刈少佐は、飛龍ともども隊をただちに熊本の健軍飛行場に避難させることを決断した。二七日の大空襲があまりに凄まじかったので、しばらくは大丈夫ではないかなどと言う者もいたが、せっかく無傷ですんだ飛龍がやられては元も子もない。移動は必然だった。

結局、第一一〇戦隊の飛龍十数機は、ひとまず山間部の隈庄《くまのしょう》飛行場に避難させ、その後健軍飛行場に移動することになった。百式〔試作名称キ49、「呑龍」の愛称で知られた重爆撃機〕などは長い滑走路を要するが、小回りのきく飛龍は山間部でも難なく離着陸できた。熊本に移って何より助かったのは、近くに三菱重工の工場があって、飛龍の修理部品がすぐ入手できたことである。

1945年3月27日，大刀洗飛行場を爆撃するB-29の大編隊（大刀洗平和記念館提供）

第一一〇戦隊は、大刀洗での訓練を実戦でどう活かすかを問われていた。第六航空軍からは、全員特攻に出ろという命令が下っていた。攻撃目標は沖縄戦に投入されている米艦艇である。激しい邀撃《ようげき》戦が予想され、これまで温存してきた飛龍の消耗が大きくなると覚悟した。草刈戦隊長から「あと二〇機は絶対に必要だ」と言われた。爆撃機の補給も部品調達も、まずは福岡の第六航空軍監理部と交渉しなければならない。私は交渉をすませ

上空から見た大刀洗飛行場（大刀洗平和記念館提供）

ると、ただちに操縦士を連れて各務原へ向かったが、半分の一〇機を受けとるのが精一杯だった。

各務原航空廠の大型格納庫で飛龍の組み立て作業を見て、部品があまりにもお粗末なのに驚いた。機体の一部をベニヤ板で代用するに至っては、航空戦の将来に絶望せずにはおれなかった。粗悪な材料をもとに、学徒動員の中学生や女学生、女子挺身隊員など技術の未熟な者が製作しているわけだから、不安は募るばかりだった。

ともかく補充一〇機の空輪をすませて熊本に戻り、さっそく試験飛行を兼ねて訓練に入った。飛龍は当時の最高性能機ではあったが、次第に飛行中の故障が多いことがわかってきた。調べてみると案の定、原因は不良部品にあった。健軍飛行場近くにある三菱重工の工場から新しい部品をとりよせ、懸命に修理にあたった。国内移動中の故障であれば、近くの飛行場に着陸して修理できるが、沖縄海上戦ではそうはいかない。いかなる故障も許されなかった。念願の補給に喜んだのもつかのま、第一一〇戦隊の整備責任者として、粗製濫造の新鋭機をいかにして故障なく実戦に投じるかという難題に直面した。

決戦兵器・さくら弾機を目撃

一九四五年五月上旬、第六航空軍は「義号作戦」を策定し、沖縄・読谷村の北飛行場と嘉手納村の中飛行場に義烈空挺隊を突入させることを決めた。第一一〇戦隊もこの作戦を支援することになった。

作戦決行まぢかの四月下旬、福岡市内の第六航空軍との打ち合わせを終えて、私は大刀洗の視察に向かった。三月末の大空襲による被害状況を確かめる目的だった。

このころ、第一一〇戦隊の幹部の間では、飛龍を改造して特殊爆弾を搭載した決戦兵器が完成したという噂がささやかれていた。その名は「さくら弾機」。大刀洗北飛行場の飛行第六二戦隊に四機が配置されたという。約三トンの大型炸薬弾を積むという話を聞いて、私は耳を疑うと同時に、大いに興味を抱いた。航空機の知識を持つ者からすれば、常識外れの重量である。本当に実戦に使えるものが完成したのであれば驚異的なことだった。同じ陸軍航空隊に属しているとはいえ、戦隊が異なると内部事情はほとんどわからない。新しく開発した秘密兵器となるとなおさらである。大刀洗視察でその一端をかいま見ることができればと思った。

三月二七日の大刀洗大空襲を受け、第一一〇戦隊はただちに熊本へ避難したため、私は大刀洗飛行場の被害状況をじかに見ていなかった。行ってみると、航空機製作所はあとかたもなく焼失し、わずかに格納庫の焼けただれた鉄骨が数本残るのみだった。付近の人に聞くと、製作所は飛行場の北、花立山《はなたてやま》の麓の雑木林の地下に疎開して操業しているとのことだった。主滑走路から続く砂利敷きの細い誘導路を北へたどると、掩体壕の入口があった。偽装のため周囲に木の枝がこんもりと積まれていた。中をのぞくと、地上から三メートルほどの高さのところに、ねずみ色をした大きな丸いものがそびえているのが目に飛び込んできた。さくら弾機の上体部である。さらに上を見あげると、掩体壕の天井が杉の丸太を組んで造られているのがわかった。あたりに人の気配はなく、警備兵の姿も見えない。

機体上部が瘤のように盛り上がった異様な姿に私は目を奪われた。それが超大型爆弾を搭載するための改造であることはすぐにわかった。決戦兵器というが、重量オーバーでエンジンにかなりの負担がかかるのではないかと思った。はたして特攻機として機能するのか、この重さで大刀洗から沖縄までの九〇〇キロを飛べるのか、疑問を禁じえなかった。低速で飛んでいて敵のレーダー網に捕まれば、グラマンの集中攻撃を受けてしまうだろう。私は爆撃機を操縦する任にはなかったけれど、三トンもの爆弾を積んだ機を操縦するのは至難の業ではないかと感じた。そもそも航空機の操縦は、左右のバランスをとるのがむずかしい、非常にデリケートなものである。前輪のタイヤの空気量をまちがえただけで、機体のバランスが崩れて離着陸ができなくなると言われるほどだ。まして三トンもの爆弾を搭載していれば、重心が変わり、離着陸も飛行もきわめてむずかしくなるはずだ。

上層部もこの点を懸念したのか、機体を軽くする工夫はしていた。だが、その方法が大いに問題だった。当時の粗製濫造の飛龍と同様、機体の一部にベニヤ板を使っていたのである（ひょっとすると、単にジュラルミンの節約のためだったのかもしれない）。実際、健軍飛行場では、ベニヤ板を使った飛龍の離着陸時の事故が多発していた。

　大刀洗航空機製作所では、もともと海軍の「赤とんぼ」〔九三式中間練習機〕や、ドイツ空軍のライセンス生産機であったユングマン〔四式基本練習機〕を製作していた。それが太平洋戦争の途中から飛龍を製作するようになり、未熟練の中学生、女学生、女子挺身隊員、勤労報国隊員たちが部品製作と組み立てにあたっていた。戦争末期になると物資不足も深刻化し、航空機の質は悪化する一方だった。しかし、たとえ欠陥機であろうと、隊員はそれに乗って出撃しなければならない。機の不具合を理由に出撃を渋ったりしようものなら、戦隊長から卑怯者と罵られ、厳しく処罰されることになるからだ。

　私が大刀洗を視察してから一カ月弱後の五月二三日早朝、菊水七号作戦を直前に控えた北飛行場で、さくら弾機の炎上事件が起こった。自然発火なのか、放火なのか、いずれにせよ第六二戦隊の現場は大混乱だったであろう。事件の詳細は、第六二戦隊の幹部、第六航空軍の司令官および一部の参謀にしか知らされなかったようだ。普通は航空機の事故が起きると、各戦隊の副官の主導で調査が行われ、その結果が第六航空軍司令部に報告されるのみで、他の戦隊にはいっさい知らされない。ましてさくら弾機の場合、その存在自体が陸軍の秘密中の秘密だったので、すべてが謎に包まれていた。原因究明もその後の対処も、すべて憲兵隊が行ったと聞いた。だが、戦況は末期的症状を呈しており、事件から約一カ月後には沖縄で第三二軍が玉砕している。まともな事故調査をするような余裕はなかったのではないか。

　私の航空機審査の経験からすると、自然発火はまず考えられない。機内の電気系統の配線は未熟練の学徒たちではなく、三菱重工の専門技術者が行うからだ。B‐29やグラマンによる爆撃などの激しい衝撃が外から加えられた場合は発火する可能性があるが、地上に駐機中の機体にそこまでの衝撃を与えられるとは思えない。

さくら弾機はそもそも、それまでにも朝倉市内での不時着事故、各務原飛行場での試験飛行中の墜落事故、東京の多摩飛行場での事故〔試験飛行の着陸時に前脚を破損〕などを起こしており、欠陥機のそしりをまぬかれない爆撃機だった。設計に無理があったと言わざるをえない。大本営の一部が、戦況を一気に打開しようと焦るあまり、超大型爆弾の破壊力に目を奪われ、航空機の原理を無視してむちゃな命令を下したとしか考えられない。開発を命じられた三菱重工側にも問題がある。技術者なら、設計図を見れば無理があるのは即座にわかったはずだ。軍の命令をしりぞけるわけにはいかなかったのだろうが、もし私が担当者だったら、一度は「そんなむちゃな改造はできません」と答えたと思う。

航空機の揚力は重量に反比例する。推進力が落ちるからスピードが極端に遅くなり、とんでもなくガソリンを食う。さくら弾機では、普通は八名搭乗するところを四名に減らし、副操縦士の前に設置するはずの計器や機銃をすべて撤去して全体の重量を抑えた。さきほど言ったようにベニヤ板も使った。そうやって極力軽量化したが、それでも総重量は飛龍の三倍におよんだ。多少の知識のある者なら、三トンの爆弾を搭載すること自体、飛龍の性能を無視した愚行と考えたはずだ。航空機もガソリンも不足している大変な時期に、こんな非効率的なものを開発するとは無責任な話だ。一発逆転のつもりだったのだろうが、結局は使えないものを作ってしまったのではないか。

義烈空挺隊の悲劇

米軍は沖縄本島上陸第一日目（一九四五年四月一日）にして北・中両飛行場を占領してしまった。その四日後には、占領した飛行場を戦闘機部隊基地にして本格的な攻撃を開始した。南九州の特攻基地や徳之島、喜界島などから出撃した日本軍の特攻機は、目標上空に到達する前に敵戦闘機に邀撃された。沖縄を守る第三二軍は、米軍の上陸は許しても飛行場だけは死守せんとして必死に抗戦したが、ことごとく失敗に終わっている。

地上部隊がだめならというので、第六航空軍がみずから両飛行場の制圧に乗り出したのが義号作戦だった。北・中飛行場を攻撃すべく健軍飛行場から送り出された義烈空挺隊は、特攻隊とは呼ばれなかったものの、出撃したら二度と戻れぬ決死の斬り込み隊であった。私は隊の爆撃機の整備責任者としてその出撃を見送ったが、実に悲壮なものであった。

五月二三日午後五時、空挺隊員が格納庫の前に集合する。第六航空軍司令官・菅原道大《みちおお》中将が激励の辞を述べる。次いで乾盃、万歳三唱。奥山道郎大尉率いる五個小隊一三六名に加え、諏訪部忠一大尉率いる第三独立飛行隊三二名がいざ機に搭乗しようとしたとき、沖縄周辺の天候が不良との無線連絡が入った。当日は朝から快晴で、すでに先陣として第六〇戦隊と第一一〇戦隊の飛龍部隊が沖縄に向かっていた。しかし予報に反し、天気が夜までもたなかったのだ。第六航空軍司令部が判断に迷っていると、こんどは海軍から「天候不良のため総攻撃を一日延期する」との緊急連絡があった。海軍は陸軍の義号作戦に協力する形で自軍の菊水七号作戦を行うことになっていた。

これで二三日の義烈空挺隊の攻撃はいったん中止され、翌二四日夕刻、好天の中であらためて出発した。まず、確認機として同行した第一一〇戦隊の草刈隊長機から、諏訪部大尉率いる第三独立飛行隊が着陸成功という報告が入った。第三独立飛行体の編成は九七式重爆撃機一二機である。続いて夜一〇時過ぎ、四機が北飛行場に、一機が嘉手納村の中飛行場に強制着陸したが、米軍との壮絶な戦闘の末に全機玉砕した。

この一カ月後の六月二三日には沖縄本島を守っていた第三二軍が玉砕、いよいよ本土決戦ということで、日本軍は本土防衛のための「決号作戦」を立案した。大刀洗・健軍両飛行場の飛龍の一部はその準備のため、埼玉県の児玉飛行場へ移動させることになった。陸軍上層部は、敵機動部隊に対する最後の切り札は飛龍を中心とした重爆特攻をおいてない、と本気で考えていたようだ。

敗戦翌日の一九四五年八月一六日、私は健軍飛行場で第一一〇戦隊予備役を満了し、除隊した。大学での復職手続きのため、すぐ大阪へ向かった。師と仰いだ市原教授はすでに亡くなり、お世話になったほかの教授もいなくなっていた。すっかり気が抜けたような心地で退職を決めた。

手続きを終え、福岡へ戻ってしばらくすると、文部省から連絡があった。九州大学で助教授として勤務しないかという。一度は断ったが、教授陣が揃わず困っているからぜひにと頼まれ、引き受けた。だが、一年半の強烈な軍隊経験のせいか、学究生活に戻る決心がなかなかつかなかった。結局、それから一年経ってようやく六本松の九大教養学部で働くことになった。

戦後の一時期、陸海軍の高級将校をはじめ、士官学校出身者や学徒出陣で入隊した陸軍の特別操縦見習士官、海軍の予備学生などが、九大に学生として編入してきた。国が掲げた再教育制度によるものだった。

いずれも私とさほど年の変わらない、二〇代半ばくらいの若者たちだった。その中に、浜松教導飛行師団や第一一〇戦隊で私の上官だった人が数人いた。立場が逆転して、かつての上官に壇上から講義するのが照れくさくて困った。

しばらくするとGHQ〔連合国軍最高司令官総司令部〕から、「戦時中の職種について申告せよ」との通達があった。申告内容はマッカーサーに報告され、教員適性検査として使用されるという。不合格となれば戦犯として処分されるという噂が流れていた。文部省からは、「貴殿は第一一〇戦隊時代、草刈戦隊長より、爆撃機から投下する爆弾の中に毒ガスを入れる研究をするよう命じられた。この件が教員適性検査で問題視される可能性がある」と言われた。実際は毒ガスの効果を学術書で調べて報告しただけで、兵器開発に携わったというほどのことではない。GHQに提出する自己申告書にもその通り書いた。自分でも忘れかけていたことだったのに、文部省がわざわざ指摘してきたせいで、正直に申告しないとまずいような気がしたのかもしれない。これで辞める必要はなかったはずだが、みずから退職を決意した。同じころ、大学に女性が入学しはじめ、研究環境がすっかり変わりつつあった。もう大学は自分のいる場所ではないような気がして、思い切って辞職することにしたのである。

その後、民間企業に再就職した。民の世界で自由に研究をして、その成果を実用化しようと思った。親元を離れて以来、大阪帝大から軍隊へと、ずっと官の世界で生きてきた自分にとって、人生の一大転換だった。

2

特攻出撃のたびに生還

飛行第六二戦隊航法士　前村弘候補生……東京都江東区在住

操縦士を夢見て

私は一九二五（大正一四）年、長崎市内の三菱造船所の津ノ脇社宅で生まれた。父の嘉市は造船所で働いていた。三歳になると城山町〔現・青山町〕に引っ越した。自宅から北へ一キロほどのあたりに、赤レンガ造りの浦上天主堂が見えた。夕日に映える尖塔を眺め、教会の鐘の音を聞くのが好きだった。

私の通った城山尋常小学校は、当時では珍しく鉄筋コンクリート四階建てのスマートな校舎だった。小学校を修了し、長崎商業学校に入学する直前の一九三八年三月二九日、三菱造船所で戦艦「武蔵」が起工した。私の父は、完成した武蔵が進水して呉港まで回航するとき、戦闘用の艤装作業をするため列車で後を追っている。

戦艦を間近に見ながら育ったが、心は飛行機に惹かれていた。商業学校を卒業するころには、陸軍の航空学校に入って操縦士になろうと決めていた。

卒業が近づくと、海軍予科練〔飛行予科練習生〕、陸軍少年飛行兵の募集ポスターが学校の掲示板に張り出された。だがこのときはまだ、兵隊になる覚悟がなかった。長崎高商〔高等商業学校〕を受験するつもりでいたが、水泳で国体に出場したときに行った東京に出ようと思い直した。学校に求人が来ていた数社の中から、東京・三田に本社を置く住友通信工業〔現・NEC〕を選んで受験したところ、採用された。入社すると田町の無線工場に配属され、機械部品製造の工程管理係として働くことになった。

入社して一年四カ月後、満一七歳のときに転機が訪れた。そのころ、陸軍第一期特別幹部候補生、通称「特幹第一期」の募集が始まった。受験資格は「一五〜二〇歳までの男子、中学校三年修了またはそれに準じる学力がある者」となっていた。航空、船舶、通信各分野の短期現役下士官の早期補充を目的とした制度で、入隊すれば初年兵の苦しみを味わうことなく即一等兵になれる。もしかしたら操縦士になれるかもしれないと期待した。迷わず東京連隊区司令部に願書を提出し、一九四四年四月二〇日、静岡県浜松市の第七航空教育隊、通称「浜松七教」に入隊した。

このとき浜松七教に入った候補生の数は約二〇〇〇名だった。ほかに千葉県柏市の四教〔第四航空教育隊〕にも二〇〇〇名いたというから、全国的な規模で特幹を募集していたのだろう。さらに船舶、通信を合わせれば膨大な数になる。それだけ陸軍の人員不足が深刻だったし、特に航空隊は戦死や訓練中の事故死で犠牲者が多かった。

入隊すると、午前中は歩兵としての基礎訓練で汗をかき、午後になると飛行機の整備教育（エンジンやプロペラの構造、燃料や計器に関する講義と実習）を受けた。最初の四カ月間は一等兵として、襟章の横に下士官候補生の座金《ざがね》のバッジをつけた。以後半年ごとに進級したが、任官するまでずっと「候補生」と呼ばれた。

浜松七教では爆撃機搭乗員の教育を熱心に行っていたので、私はあいかわらず操縦士になれるのではという淡い期待を抱いていた。基礎教育が終わると、第一期候補生の八割が転属要員を命じられ、やがて台湾、朝鮮、満州に赴任していった。台湾、フィリピン諸島、シンガポール、インドネシアに転属した第一期生のほとんどは、輸送途中の東シナ海とバシー海峡で米潜水艦・艦載機の攻撃を受けて戦死し、現地に到着できたのはごく一部だった。

私は浜松に残り、特幹第二期候補生たちの指導にあたった。靴の磨き方、ゲートルの巻き方、行進や銃の手入れの仕方など、軍隊の初歩教育を任された。いつまでたっても操縦士の教育を受けられないことが不満だった。そんなある日、営内の掲示板に張られた「空中勤務者募集」のポスターが目に止まった。ついに念願のチャンス到来である。さっそく、内務班〔軍曹以下の下士官と兵から成る居住単位〕を同じくしていた松本という名の候補生と一緒に応募した。

試験は東京・調布の京王閣で行われた。まず身体検査を受けた。それから回転椅子に座らされ、何度か回ったあとで立ち上がるよう言われた。視力検査もあった。箱に開けられた小窓の中に何桁かの数字が並んでいて、試験官がそれを動かし、数字を読みとって答えるというものだった。

検査の結果、軽度の色弱を指摘され乙種。操縦士としては不適格だが、航法士〔ナビゲーター。現在の国家資格では「航空士」として採用するとのことだった。一緒に受けた松本候補生は、操縦士・航法士いずれも不適格とされ、浜松に帰隊した。私を含め、このとき受かった航法士一五〇名は、宇都宮飛行学校への入営を命じられた。

航法士の仕事

陸軍の爆撃機の主な任務は地上戦への協力であり、地文航法、つまり計器に頼らず、目視で地形を確認しながら飛ぶ航法を採っていた。いまで言う有視界飛行方式である。航法士の仕事は現代の「カーナビ」のようなもので、航空地図を見ながら、実際の山や川、鉄道、海岸線、集落などの形を目で瞬時に確認し、機を正しい方角へ導く役割を担う。

宇都宮飛行学校時代（前村弘氏提供）

地文航法は陸上では通用するが、洋上ではまったく役に立たない。洋上作戦を主体とする海軍の航空隊では航法が重視され、専門の訓練を行っていたので、艦載機の操縦士も航法士（海軍では偵察員と呼ばれていた）もかなり高度な技術を持っていた。そこで、敵機動部隊を対象とする航空作戦が始まり、陸軍の爆撃機がその支援のため出撃するようになると、海軍の偵察員が搭乗することが増えた。陸軍は洋上飛行と夜間飛行の経験がほとんどなかったからいたしかたない。陸軍の本格的な航法教育は、一九四三年に満州の白城子飛行学校でようやく始まったばかりで、このころはまだ未熟だった。

日本の上空高度一万メートルのあたりには、米大陸の方角に向かって猛烈な勢いの偏西風が吹いている。いわゆるジェット気流というやつで、時速三〇〇キロの新幹線並みのスピードだ。高所を飛行する際、どうしてもこの偏西風に流される。航法士は針路修正に備え、自機のいる地点の風向きと風速を瞬時に把握しなければならない。常に羅針盤を見ながら、伝声管で操縦士に次の針路を度数で伝える。真東なら九〇度、真南なら一八〇度、真北なら三六〇度というふうに頭の中に叩き込んでおく。高度差にも注意が必要で、たとえば高度一〇〇〇メートルと三〇〇〇メートルでは風速に差があるため、照準眼鏡を使って偏流を測定しなければならない。航法士の測定ミスで見当違いの方向に飛んでしまうこともあるから、常に緊張を強いられる。

だが、最も厄介なのは洋上飛行と夜間飛行だ。とりわけ夜間飛行は天候に左右されやすく、長時間の訓練が必要だった。洋上は行けども行けども海面ばかり、島や陸地がなければ位置を確認するのが非常にむずかしい。また夜間は、雲の下は漆黒の闇で、地文航法は無理である。雲の上を飛ぶ際は、六分儀と天測図を用いた天測航法を採った。風向きと風速がわかれば、羅針盤と、北極星をたよりに測った星の位置から方角を割り出すことができた。

訓練は一式双発高等練習機で行われた。宇都宮飛行場を離陸し、太平洋上の鹿島灘沖へ飛んで洋上飛行の訓練をする。操縦士は目の前の計器を見つめながら、伝声管で伝えられる航法士の指示どおり黙々と操縦した。ときおり航空地図を拡げて確認することもあるが、基本的に操縦士は、風向きや風速の測定、針路の決定には関知しない。それらは航法士の技能にかかっているのである。

航空隊に入った以上、誰もが一度は操縦士を希望する。戦闘機を華麗に操り、空中で敵と勇ましく戦いたいと考える。私も初めのうちは操縦士になる夢を捨てきれず、航法士の仕事に不満を感じていた。しかし、同じ爆撃機の搭乗員として、操縦士や機関士とチームを組んで訓練を重ねるうちに、航法士が爆撃機の運航に重要な役割を果たしていることを知り、考えが変わった。航法士の責任の重さに身を引き締めた。

航法士は操縦士から指示が出たり、天候の急変があれば、即座に自機の位置を割り出し、次の針路を決めなくてはならない。さらに重要なのは、最先端に座して爆撃機の目の役割を果たすことである。航法士には、上空での索敵〔敵軍の位置や兵力を探ること〕という重大な任務が課せられているのだ。大空の彼方に敵戦闘機がゴマ粒ほどの大きさで見えたのを素早く察知し、操縦士と射撃士に伝えなければならない。戦闘態勢に入れば、前方の機銃にしがみついて敵機と交戦することもある。重爆撃機では、普通は八名の搭乗員が乗り込む。それぞれに役割と任務があり、一人でも欠ければ戦えない。そう思うと、航法士の仕事に誇りを感じるようになった。

戦闘経験のない私は、南太平洋やレイテ島、ルソン島などの戦線で米軍と戦って帰還した空中勤務者の話を聞くたび、強い衝撃を受けた。もし前線に送られたら、自分はちゃんと航法ができるのか、米軍の爆撃機や戦闘機と対等に戦えるのか、と不安が募った。

入隊前に勤めた住友通信工業で、電波探知機と方向探知機の開発に関わったことがあるので、レーダーに特別な関心を持っていた。あるときベテラン操縦士が、前線での体験を次のように語った。「積乱雲の中に逃げ込んでも、敵機はレーダー砲で確実に攻撃してくるから処置なしだ。米軍はロラン航法〔電波長距離航法〕というのを開発して、B‐29などの大型爆撃機に採用している。海の上でも長距離を正確に飛んで、敵を見つけることができる。B‐29の操縦も、サイパン基地から電波で指示するんだ」

私は言葉を失った。ロラン航法は当時最先端の電波航法だった。それに比べて日本の航法は、羅針盤、六分儀、コンパス、定規などを用いた旧態依然の推測航法の域を一歩も出ていない。米軍とわが軍には月とスッポンほどの違いがある。私は、これでは勝負にならないぞ、と覚悟した。

レイテ湾での陸海軍の特攻精神を引き合いに出して、「日本には大和魂があるから、英米になぞ絶対に負けない。国民総特攻だ、精神力で勝利するぞ！」などと豪語する上官もいた。だが米軍機と戦った経験を持つ搭乗員は、物量の差、科学の差、訓練の差を身をもって感じとっていた。はなから負け戦であることがわかっていても、口にするのは憚られた。

私たち特幹第一期候補生のうち一〇名は、宇都宮飛行学校を卒業すると飛行第六二戦隊に配属された。私もその中に入っていた。勤務地は茨城県の西筑波飛行場である。

「攻撃ハ特攻トス」

戦局が末期的症状を呈するにつれて、大本営は最後の手段として、重爆撃機による特攻作戦を打ち出すようになる。

私たちが西筑波に派遣されたのは、フィリピンから帰還した第六二戦隊の再編にあたり補充要員が必要だったからである。戦隊の主軸はそれまで使っていた百式重爆撃機から、四式重爆撃機キ67、通称「飛龍」に代わった。私たちが着いてまもなく、戦隊長の石橋輝志少佐が大本営に呼ばれ、第六二戦隊を特攻隊として再編せよとの命令を受けた。しかし石橋少佐はこれに異を唱え、即刻更迭された。すぐに新戦隊長として新海希典《しんかいまれすけ》少佐が赴任してきた。一九四五年二月二五日のことである。この更迭劇と同時に第六二戦隊は、青木武三少将率いる第三〇戦闘飛行集団の隷下に入った。これは菅原道大《みちおお》中将を軍司令官とする第六航空軍に直属せず、フィリピン防衛を目的とした戦闘機主体の大部隊である。第六二戦隊がその指揮下に置かれたのは、関東方面に接近する敵機動部隊に対してト号機で特攻をしかけるためだった。ト号機は飛龍を大型爆弾搭載用に改造した特攻専用機である。

新海戦隊長もまた、三宅坂の第六航空軍司令部に出頭し、菅原軍司令官と青木集団長に就任の申告をした際、第六二戦隊を特攻隊とすることに疑問を述べたらしい。

特攻隊ということになれば、訓練内容はおのずと異なってくる。実際の空母を標的とした攻撃訓練が必要になる。海軍大分基地では、別府湾内に空母「鳳翔」を浮かべて雷撃隊による跳飛弾攻撃〔海軍では「反跳爆撃」。一一七頁参照〕の訓練を行っていた。第六二戦隊もそこに加わることになった。

このころ、サイパンのウルシー環礁停泊地から北上した米軍の第五八機動部隊は、空母フランクリン以下十数隻から成る大規模な編成だった。その艦載機は北九州方面だけで延べ一三〇〇機にのぼるといわれ、大分飛行場は苛烈な空爆にさらされていた。

三月一八日早朝、第六二戦隊の隊員たちが起床してすぐ、空襲警報のサイレンが鳴りわたった。すでに

指揮所前の黒板に出撃編成名簿が掲示された（前村弘氏提供）

米の艦載機グラマンが飛行場の上空に迫り、急降下して駐機場や掩体壕《えんたいごう》のト号機にロケット弾を浴びせ始めた。

「ト号機を安全な場所に移動させろ！」

新海戦隊長が大声で叫んだが、時すでに遅かった。ト号機があっというまに炎に包まれた。第一波が去った直後、東京の第三〇戦闘飛行集団司令部から新海戦隊長に緊急電話が入り、特攻出撃の命令が下ったが、使用できるのは四機の「飛龍」のみだった。

翌日、第三中隊の米田大尉機が、資材受領のため熊本の健軍飛行場へ向かう途中で消息を絶った。捜索の結果、米田機が大分県竹田市北部の久住山《くじゅうさん》の山腹に激突し大破しているのが見つかった。米田大尉以下一〇名の全員死亡が確認された。敵グラマン機に遭遇した可能性が高い。

米軍の空襲後、第六二戦隊はただちに帰還した。大分海軍基地を出発し、途中敵艦載機の攻撃を避けて名古屋上空から日本海側に迂回し、西筑波飛行場に着いたのは三月一九日午前九時ごろであった。営舎で一息ついていると、午後になって集合命令が下った。全員がピスト〔戦闘指揮所〕前に駆けつけた。すでに戦隊幹部が揃い、慌ただしい雰囲気だった。

浜松沖で敵機動部隊を迎撃するため出撃せよという。ピスト前に置かれた黒板に、チョークで編成表が記されていた。「特攻隊三機、戦果確認機一機」とある。目をこらすと、一番ト号機〔隊長機・三浦忠雄中尉）の航法士として私の名前があった。戦果確認機の機長は新海戦隊長だった。そのあとの文字に、私は驚愕した。「攻撃ハ特攻トス」――

これまで、口頭でも文書でも、本人の意志確認や調査が行われたことは一度もない。それがいきなり特攻命令か。あまりのことに私は声もなく立ちつくしていた。

すると、航法教官の橋本清治見習士官が来て、私の肩に手をかけた。

「前村、初陣だな！　今回、三浦中尉が隊長で出撃することになったんだが、お前は航法士として何度か中尉殿と同乗しただろう。息の合った者がよいということで、お前に行ってもらうことになったのだ。いずれわれわれも後を追うが、先陣を切って立派に任務を果たしてこい！」

そこへ航法専任将校の長浜健一郎少尉が加わった。「前村、生きて帰ってこれるのだから、心配せず立派にやってこい！」

特攻で生きて帰ってこれるというのか。私の耳には、教官たちの激励の言葉が、死にゆく者への慰めのように響いた。

浜松沖に初めての出撃

千葉の下志津教導飛行師団の偵察隊の情報によると、敵機動部隊は浜松の南一五〇キロ付近を北東に向かって進行中とのことだった。私は三浦隊長機に乗り込み、出撃した。

敵機動部隊が浜松沖にいるとしても、必ずしも東に進路をとるとはかぎらない。日本軍の攻撃を予想してジグザグ航行をしたり、猛スピードで方向転換することもある。敵艦載機の中でも特に航続距離の長いシコルスキー〔ヴォート・シコルスキー・エアクラフト社の単発単座戦闘機Ｆ４Ｕコルセアのこと〕は、特攻機を攻撃してくるだろう。

第三〇戦闘飛行集団の参謀たちはこの特攻作戦で、調布飛行場の第二四四戦隊から吉本誠至大尉率いる三〇機を掩護《えんご》につけると約束していたそうだ。出発してまもなく、鬼怒川の上空を通過するときは雲一つない快晴で、私はこのぶんだと敵機動部隊の発見は容易だと思った。その後、利根川を眼下に見ながら後方に目をやると、新海戦隊長の戦果確認機が見えた。戦隊長は出発前の作戦会議で、多摩川上空で掩護隊三〇機と合流すると言っていた。しかし多摩川が近づいても、味方の機影は現れなかった。

そのうちに相模湾の海岸線と熱海の街、左手には三宅島が見えてきた。高度七〇〇〇メートルを保持して水平飛行に入る。雪をいただいた富士山が右下に見えてくると、三浦機長は伝声管で酸素マスクの着用を命じた。地上の気温が二〇度の季節でも、七〇〇〇メートルの高度ではマイナス二〇度である。寒さのために手がかじかみ、羅針盤などの機器をうまく操れない。通信士や射撃士も指が動かなくなってしまう。隊長は全員に飛行服の暖房スイッチを入れるよう指示した。

敵機動部隊が浜松沖から猛スピードで東進してきているとすれば、まもなく遭遇するはずの地点だった。だが、新しい位置情報が入らないかぎり、最初の計画どおり飛行するしかない。小さな銭洲《ぜにす》が見えるころから、綿のようなちぎれ雲が後方へ走るようになり、前方には厚い雲が広がってきた。

私は機首に座って航跡図の記入をしつつ、敵の姿が見えないか目をこらした。緊張が募った。飛龍には全部で五つの機関砲がついているが、八〇〇キロ爆弾二発を積むト号機は通常、機体を軽くするため火器をすべてとりはらう。ただし今回の出撃では、敵艦載機の攻撃を予想して機関銃だけはつけてあった。敵と遭遇した際は、私が腹這いになって前部機関銃で応戦しなければならない。

目的地まであと一五分というあたりから急に天候が悪化し、視界が雲で完全に遮られてしまった。洋上の様子はまったくわからない。敵艦の航跡はもちろん、艦載機の発見も不可能な状態だった。

「目的地に到着！」私がそう叫ぶと、三浦隊長が応じた。

「よし、思い切って降下するぞ！　各員、索敵を怠るな！」

ト号機は雲の中に突っ込んで緩降下を開始した。私は航跡図を放り出し、機関銃の銃把を握りしめた。そのまま敵艦に体当たりする覚悟を決めた。高度五〇〇メートルまで降下すると、雲間から洋上の白い波が見えた。血走った目で索敵するが、白い航跡は発見できない。いらいらしてくる。そのとき、突然バリバリという音がして、後方砲手の今軍曹が撃ち始めた。

「敵機来襲！」隊長が怒鳴った。

左後方から、黒い影がすごいスピードでさーっと現れ、機の斜め前を横切った。敵艦載機にちがいない。曳光弾が大きな弧を描いて消えていった。

「よし、敵機動部隊はこの下だ。突っ込むから注意しろよ！」

三浦隊長はそう叫ぶと、機をさらに降下させた。洋上を旋回しながら航跡を求めて飛んだが、敵空母の航跡も艦載機の姿も見つからなかった。曇った日の洋上の日暮れは格別早い。敵艦載機は、早目に空母に帰還しないと危険だと判断したのかもしれない。厚い雲に遮られ、味方の機も見失ってしまった。燃料も残り少なくなっていた。

「前村！　敵はもう発見できない。浜松基地へ向かうぞ。針路は何度だ！」

伝声管に響く三浦隊長の声で、私は我に返った。突入のことで頭が一杯になり、航法の任務をすっかり忘れていたのだった。とたんに頭の中が真っ白になり、あわてて航跡図を広げた。急いで現在位置を割り出し、浜松への針路を伝えた。

「五度変針、三五〇度です！」

浜松基地に機首を向けて五、六分経ったときだった。突然バーンという鈍い爆発音がした。

「敵襲かっ！」

三浦隊長が叫んだ。私は思わず機内を見渡したが、エンジンの音はいつも通りで、攻撃を受けた様子はない。

「前村！　お前、どこか撃たれとりゃせんか」

「いえ、別に変わったことはありませんが」

「けがをしたはずだ。もう一度体を点検してみろ」

だが、どこも何ともない。三浦隊長は「おかしいなあ」と言いながら操縦に戻った。

目印となる浜名湖がなかなか見えてこないので、私は航法をしくじったかと焦りだした。ようやく暗闇の中にきらきら光るものが見えてきた。

「隊長、浜名湖です」

「やっと着いたか……」

三浦隊長は山口通信士に、浜松飛行場を呼び出すよう指示した。滑走路が暗いので、夜間照明を手配させろと言った。それから上空を旋回しながら待った。浜松では、まさか特攻出撃した重爆撃機が帰還するとは思いもよらず、照明の準備をしていなかったようだ。しかもこの日の早朝には敵艦載機の攻撃を受けたばかりだったこともあり、空襲を警戒して厳重な灯火管制を敷いていた。あわててトラックを四、五台出して、ヘッドライトの明かりで滑走路を照らしてくれた。よく見ると、一式戦闘機「隼」が三機、滑走路上にひっくり返っている。三浦隊長はベテラン操縦士ならではの手腕で、隼をうまく避けて着陸した。

迎えに出た将校の話によると、われわれの掩護に来てくれるはずだった第二四四戦隊の三〇機は、指定地点に到着したものの味方も敵機動部隊も発見できず、いっせいに浜松飛行場に緊急着陸しようと集まってきたという。その中の三人の操縦士が、薄暮の操縦に不慣れで着陸に失敗し、滑走路を塞いでしまったそうだ。万一、八〇〇キロ爆弾を二つ搭載した三浦機がこの三機にぶつかりでもしたら、大惨事になっていたところである。

着陸したト号機を掩体壕に入れ、私たちは機外へ出た。ところが、機関士の逸木軍曹がなかなか降りてこない。私が機関士席をのぞき込むと、逸木が倒れていた。足からひどく出血している。あわてて救急車を呼び、浜松陸軍病院へ運んだ。病院で逸木が打ち明けた話に、私は絶句してしまった。浜松に向かおうとしたときに聞いた正体不明の爆発音は、彼が自分の足をピストルで撃った音だというのだ。

「お前、どうして自分の足を撃ったのだ」私は彼に尋ねた。

「俺はな、三浦隊長が浜松へ向かうと言ったのを聞いて、特攻出撃したのに生きて帰るわけにはいかないと思った。それで自決しようとして、撃ちそこねてしまった。出撃して死んだ第六二戦隊の仲間に申しわけないと思ったんだ……」

逸木は涙ながらにそう語った。そこまで深刻に思いつめていようとは思いもしなかったので、私はかける言葉が見つからなかった。

翌日、渡部真少尉の二番機も生還し、岐阜県の各務原《かがみはら》飛行場に着陸したことを知った。新海戦隊長の戦果確認機は、敵艦載機に撃墜されていた。新海機には、私の同期の小見忠三郎候補生が搭乗していた。

第一次沖縄重爆特攻を命じられる

浜松沖特攻の翌三月二〇日、第六二戦隊は第三〇戦闘飛行集団の隷下を解かれ、第六航空軍直属となった。後日、四月八日になって、戦死した新海少佐の後任に、沢登正三少佐が戦隊長として赴任してきた。

三月二五日には、米軍の沖縄上陸作戦の前兆として、敵の大船団が慶良間《けらま》諸島に迫った。これを受けて翌二六日、海軍連合艦隊は沖縄方面の航空作戦「天一号作戦」を発動。第六二戦隊もこれに参加することとなったが、南西方面の天候悪化と特攻機の準備が遅れたせいで、沖縄への特攻出撃は四月に入ってからということになった。

第一次沖縄重爆特攻隊はさくら弾機・ト号機合わせて五機。編成は次のように決まった。

一番機（ト号機）　機長：加藤幸二郎中尉
二番機（ト号機）　機長：岡田一郎曹長
三番機（さくら弾機）　機長：金子寅吉曹長
四番機（ト号機）　機長：古田幸三郎少尉
五番機（さくら弾機）　機長：及川泰郎少尉

私は二番機に航法士として搭乗せよと命じられた。まず、四月一二日に西筑波から福岡の大刀洗飛行場へ向けて出発する。そして一七日、鹿児島県の鹿屋基地から出撃である。

私は出撃前に家族に別れを告げておきたいと思った。長崎の父に宛てて手紙を書いた。特攻のことは極秘事項だからいっさい書けない。「某作戦で大刀洗に行き、甘木町〔現・朝倉市〕の金城館に宿泊する」とだけ記した。

浜松沖特攻から奇跡的に生還し、「お前は運がいい」と仲間に祝福されたばかり。まさか再び特攻出撃を命じられるとは思ってもいなかった。ほかに熟練の航法士が何人もいるのに、どうして私がまた指名されたのか。これも運命かと天を恨んだ。指名されなかった戦友たちの和やかな表情を横目に、自分にだけ死神がしつこく食らいついているんだと思った。

四月一二日、空中勤務者全員がピスト前に集合し、沢登戦隊長が訓示を述べた。

第一次沖縄特攻（1945年4月15日大刀洗発）のメンバー（前村弘氏提供）

4月12日，大刀洗への出発前に訓示を行う沢登第62戦隊長。この直後に事故死することになるとは誰も予測できなかった（前村弘氏提供）

「いよいよ沖縄で天一号作戦が始まった。わが第六二戦隊は米軍を撃滅するため出撃する。神風が吹いた勢いで行くんだ！　戦隊全員が特攻隊員だ！」

沢登戦隊長の姿を見たのはそれが最後だった。その一〇分後、戦隊長の乗る一番ト号機が、離陸直後に西筑波飛行場近くの松林に墜落し炎上したのだ。沢登戦隊長は任期わずか四日で殉職した。大刀洗へ向かう前に起きたこの惨事は、第六二戦隊の前途に暗い影を落とした。

幸いにして私が搭乗した岡田機は、敵の空襲で滑走路のあちこちに弾痕の空いた大刀洗飛行場に何とか無事着陸した。整備士の一人がつぶやいた。

「操縦士の訓練が足りないからなあ……特に、薄暮と夜間の着陸は無理だ」

整備士たちは第六二戦隊の実情をよく知っている。特別操縦見習士官や航空士官学校出身者でさえ、滞空時間が一〇〇時間に満たない者もいた。操縦士の未熟練、指導者数・飛行機・ガソリンの不足と、まさにないないづくしの状態で、とりわけ夜間の戦闘には不安を抱かざるをえなかった。そのうえ重大なミスが二つも続いて起こったのだから、特攻隊員の志気はいやおうなく下がっていた。前途に不吉な暗雲が漂った。

一五日の午後、ピストで休んでいると、副官が来て私に告げた。「前村、長崎のご家族が来ているぞ。甘木の旭屋旅館で待っておられるそうだ」

私は急いでトラックに乗り込み、甘木町に向かった。西鉄甘木駅前の旅館に着くと、両親と姉の百々代《ももよ》が待っていた。会うまでは何から話そうかと迷っていたが、いざ会えば話は故郷長崎のことばかりだった。

私が酒を飲まないことを知っている母は、子どものころから大好物だったおはぎを重箱一杯作り、持ってきてくれていた。

父が「鹿屋というのは海軍だろう。どうして海軍の基地から出撃するんだ?」と聞いてくるので、答えに窮した。

これが今生の別れとなるかと思えば、話したいことは山のようにある。だが、長びけばつい情にほだされて出撃の決意がにぶる。みずから志願した航空隊ではあるが、死ぬのは怖い。それでも行かねばならない。心の中でひたすら先立つ不孝を詫びた。

明日の出発時刻を尋ねる父に、私は言った。「命令があったら、夜中でも出発たい」

「そうか。鹿児島まで行って、飛行機に乗ったところを見送るからな」

「見送りなんか来んでよか。いまから錦城館で作戦会議たい」

私はそう言い残し、後ろ髪を引かれる思いで旭屋旅館を去った。

この日はほかにも事故が起きていた。各務原航空廠から到着する予定だった及川少尉の五番機・さくら弾機が、大分県日田市上空で燃料切れとなり、プロペラが止まったまましばし滑走、福岡の大福村〔現・朝倉市〕の田んぼに不時着して大破したのだ。出発時の沢登戦隊長機の事故で心理的に動揺し、整備や操縦、航法に不備があったのかもしれない。

こうして第一次沖縄特攻は、さくら弾機一機を欠いたまま、四機で行うこととなった。四機は一六日の午後一時、大刀洗飛行場から鹿屋基地に向かって出発した。

到着早々、翌日の準備にとりかかる。ト号機に二個の八〇番爆弾をとりつける作業に手間どった。何しろ一個八〇〇キロの重さである。終わるころには夕方になっていた。敵機動部隊の動きによっては早朝出撃もありうるというので、明日に備えて急いで宿舎に引き揚げようとしたときだった。陸軍第九八戦隊「雷撃隊」の整備将校が大声で怒鳴った。

「おい、編隊長はどこだ？　さくら弾機が兵舎のほうを向いて停めてあるじゃないか！　お前たち、さくら弾機の恐ろしさを知らんのか。爆発したらどうなると思う。危ないから早く向きを変えてくれ！」

みな疲れきっていたが、雷撃隊を無視するわけにもいかない。第六二戦隊の特攻隊員たちは、しぶしぶ立ち上がって掩体壕まで行き、さくら弾機の向きを変えた。

グラマンの攻撃を逃れて

「集合！」

四月一七日朝、加藤編隊長の号令が響いた。、特攻隊員一六名は、第六航空軍参謀副長・青木喬少将、航空参謀・田中耕二中佐、大熊太平大尉ら幹部の面前に整列した。加藤編隊長の出撃の申告が終わると、机の上に並べられたスルメを肴に別れの盃を交わす。大熊大尉が日本酒の瓶を抱え、隊員たちの手にする茶碗に一人ひとり酒を注いで回った。

出撃後、まずは鹿屋上空で編隊を組み、南西に針路をとって沖縄に向かう計画だった。大本営は戦況挽回の最後の目玉として、さくら弾機にすべてを賭けていた。

大熊大尉が言った。「青木閣下が掩護機をつけることになっているとおっしゃってる。大丈夫だよ」

さくら弾機は約三トン、ト号機は八〇〇キロ×二個の爆弾を装着しているから、当然飛行速度は極端に落ちる。最新鋭の敵グラマン艦載機に攻撃されればひとたまりもない。しかも、両方とも軽量化のため攻撃用火器をすべて取り外してあるから、敵機に遭遇したら逃げ回るしかない。重爆特攻においては、掩護機がつくかどうかで大きな違いが出るのだ。隊員たちは、これで特攻は成功するぞと目を輝かせた。たしかに知覧、万世、都城各基地には戦闘機の戦隊がいるが、浜松沖特攻の例もある。私は、掩護機が確実に来てくれるのか、気休めの口約束ではないのかという疑念を拭えなかった。

いよいよ出撃という段になったが、三番機のさくら弾機（金子機長）と四番機のト号機（古田機長）の様子がおかしい。虎の子のさくら弾機が不調との報告に怒った青木参謀副長と田中参謀は、海軍指揮所へ引き揚げてしまった。さくら弾機は片道の燃料しか積んでいないから、途中で故障すれば引き返せない。

離陸前に修理するしかない。整備担当の古俣金一伍長が呼ばれた。

古俣伍長はさくら弾機の主翼に登り、エンジンを調べ始めた。すると大熊大尉がやってきて言った。

「古俣伍長、三番機の機関士と交代してくれ。君なら慣れているから安心だ」

古俣伍長の顔色が変わった。彼は前夜から徹夜でさくら弾機のエンジンを調整していて、一睡もしていなかった。心の準備もなく、いきなり特攻機に搭乗しろと言われてさぞ困惑したことだろう。しかし上官の命令は絶対だ。古俣伍長は黙って三番機の機関士が脱いだ飛行服に着替え、さくら弾機に乗り込んだ。

まず加藤編隊長の一番ト号機が離陸した。大熊大尉から「必ず一番機について行けよ!」と声をかけられ、私の乗る岡田機長の二番ト号機がそのあとに続いた。それから、にわか搭乗員の古俣伍長を乗せた三番さくら弾機が離陸態勢に入った。このとき、鹿屋基地を敵グラマン機が急襲した。離陸前の古田機長の四番ト号機は機銃掃射を受け、出撃不能となった。これで、沖縄特攻は三機だけになってしまった。

高度四〇〇〇メートルになったころ、後ろを見ると、後続しているはずのさくら弾機の姿がない。やはり相当スピードが遅いようだ。岡田機は何度も旋回を繰り返しながらさくら弾機を待つ。無線機の故障で、前を飛ぶ加藤編隊長の一番機と連絡がとれないので、私は何としてもその機影を見失うまいと必死だった。

そのとき、敵グラマン機の襲撃を受けた。私は戦後、手記にその様子を次のように書いている。


戦場上空に近付き、低い雲層の下で海面の米艦艇を探していると、前方に後からの火閃が走り、敵グラマンが五〇メートルの高さに、上と下と三機編隊が機銃弾を激しく撃ちまくりながら、われわれのト号機のすぐ後から追ってきた。

加藤機はグラマン六機に迎撃され、激しい機銃弾に見舞われ、白煙をパッと出したかと思うと上昇反転し、そのまま海中に真っ逆さまに撃墜された。

岡田機長が咄嗟に二四八度旋回して、水平飛行に戻した時は、敵機のパイロットの顔が見える程の近さで、バリバリと攻撃しながら執拗に食らいついてきた。

わが機には武装が全然無く、応戦したくとも手も足も出ない。何とか離脱して敵艦に体当たりしなければ、との思いが頭から離れないでいた。このままでは無駄に海中に落とされるだけだと、一八〇度旋回して、徳之島に向かって海面すれすれにローリングをしている時だった。

「体当たりを敢行するか！」

と、岡田機長の鋭い悲痛な声が、伝声管を通じて伝わってきた。

私は思わず、「もったいない、グラマン一機では……。こっちは爆撃機ですよ、機長」と叫んだ。岡田機長は何もいわなかった。たった四、五分前、加藤機が撃墜された時の光景が生々しく脳裏に焼き付き、何か空しい思いが残ってやりきれない。

ここに至るまでの度重なる事故で、岡田機長も気持ちが動転していたのかもしれない。私はこの襲撃でト号機の無防備さを痛感した。パニック状態で急旋回を繰り返し、とにかく逃げ回ったが、敵に腹を見せることにもなり、かえって撃墜される率が高まるのだ。

グラマンはなにしろスピードがあって小回りがきくので、図体が大きく動きの遅いト号機ではなかなか体当たりもできない。重爆特攻機は、一発当たれば空母を撃沈し、何百機もの艦載機と多くの敵兵を葬ることができるなどと言われたが、実際はたった一機のグラマンにさえ手こずったのだ。

だが、海上すれすれに低空飛行するト号機を追ってきていたグラマン二機は姿を消していた。

「チャンスだ。出直しだ、沖縄に向かうぞ！」

岡田機長の号令を聞いた機関士の三沢伍長が、燃料が心細いから、いったん鹿屋基地に戻りガソリンを補給したうえで再出撃したらどうかと提案した。途中で燃料切れになれば、海上で自爆するしかない。岡田機長は「わかった、そうしよう。前村、針路は何度か」と言った。

私は航跡図を確認して、鹿屋までのコースを割り出した。「次の針度は三七度、予想到着時刻は一一時二三分です」

先ほどのグラマン襲撃時、猛スピードで逃げ回ったせいか、高度を上げると主翼がガタガタと激しく震動した。やがて左のエンジンが止まり、片肺飛行となった。岡田機長は三沢機関士を呼んでエンジンの調整を命じた。速度が三分の一に落ち、次第に高度が下がっていく。洋上三〇〇メートルまで下がったとき、ようやく左エンジンが動き始め、プロペラの回転も元に戻った。

「三沢、鹿屋までの燃料は大丈夫か」

「ぎりぎりです。最後は滑走するしかありません」

機内に緊張が走った。鹿屋基地上空から下を見ると、人影はまったくなかった。かろうじて着陸できたと思ったとたん、不吉な音がした。上空にB - 29の大編隊が姿を現し、一帯がその機影で暗くなった。ヒューッと鋭い音がして、爆弾投下が始まったのがわかった。

私たちはト号機を降りると、転げるように走って、近くの防空壕へ避難した。滑走路で爆弾が爆発するすさまじい地響きが長く続いた。B - 29が去った気配がしたので壕の外へ出ると、こんどは艦載機の一群が来襲、旋回しながら機銃掃射を始めた。私たちはあわててまた壕の中に戻った。

ようやく収まって外に出てみると、私たちの乗っていたト号機の機体は機銃掃射の跡で蜂の巣のようになっていた。不思議なことに、二つの八〇〇キロ爆弾は無事だった。これがもし爆発したら、鹿屋基地は壊滅だったろう。

岡田機長がピストに帰還の申告に行くと、青木参謀副長は烈火のごとく怒ったという。

「特攻隊として出撃した以上、戦果が上がろうが上がるまいが、帰ってきてはならんのだっ！」

営舎に戻ってきた岡田機長はそのあと、食事もとらずに寝てしまった。責任感の強い人だけに、忸怩たる思いでいたのだろう。私たちもむっつりと黙り込んだ。自分たちの置かれた立場を痛感していた。沖縄特攻に出た三機のうち、加藤編隊長機は撃墜され、金子機長のさくら弾機は消息不明。私たちも生きて帰ってはならなかったのだ。他の隊員たちは、私たちの姿を見ても咎めはしないが、かといって何があったのかと聞いてくる者もいない。それがかえって、二番機の四人の孤立をいっそう深めることになった。

私はこれで、浜松沖特攻、そして第一次沖縄特攻と、二度も敵機動部隊を発見できずにおめおめと帰還したことになる。浜松で逸木軍曹が自分の足を撃ったときは、「そこまで思いつめていたか」と思ったが、こんどこそ人ごとではない。戦死した仲間に申しわけない気がして、隊内で身の置き場がなかった。

各務原のさくら弾機墜落事故

鹿屋に戻ってから五日後の四月二二日、岐阜県各務原航空廠で二機のさくら弾機を受領せよとの命令を受けた。淀川洋幸曹長の操縦で、私たち岡田機の四名を含む計八名が各務原に行くことになった。もし受けとったさくら弾機に岡田機長が乗るなら、私が航法士として同乗することになる。三度目の特攻である。さくら弾機の燃料は片道分だけだから、こんどは生還の望みは完全に絶たれている。

「前村、こんどはさくら弾機か。図体がでかくて重いから、必ずスピードが落ちるぞ。グラマンには特に気をつけろよ」

顔見知りの整備士が気の毒そうな顔で言った。

さくら弾機の製造元は各務原の三菱重工である。いまは完成機がなく、まず長野県松本市郊外の三菱疎開工場で部品を受領し、そのあと各務原航空廠で機体を受けとることになっていた。

南アルプスを越えて松本飛行場に到着した。トラックで郊外まで行き、山中に設けられた地下の疎開工場に入る。旋盤が何台も並んでいる。薄暗い電灯のもとで、鉢巻姿の女子挺身隊員たちが大勢働いていた。部品は明日揃うというので、その日は浅間温泉の井筒の湯に宿泊した。翌朝、部品を受けとり、各務原へと出発した。

各務原航空廠の巨大な工場で、さくら弾機の組み立てを見学した。飛龍の胴体上部を削った機体の上に、チェーンブロックで持ち上げた大きな丸いカバーがはめ込まれる。盛り上がった上部が佝僂《くる》病に罹った人の背中に似ていることから、私たちは「せむし」と呼んでいた。爆弾を搭載するための膨らみだ。航空本部の検査官が、機体を軽くするため、主翼の一部と尾翼先端のR型の部分はすべてベニヤ製にしたと語った。機首前方の風防も、操縦士の前方だけはガラスだが、あとはベニヤに替えられている。完成したら機体全体をグレーのペンキで塗る。ジュラルミンに見せかけるためだ。

「これじゃあ、敵グラマンに攻撃されたらひとたまりもないぞ！」

南方戦線でグラマン相手に戦ってきたベテラン操縦士の淀川曹長が、不安を隠し切れないという様子で言った。するど航空本部の検査官が弁明した。

「もうアルミもジュラルミンも手に入らないのだから、しょうがないんだ。それに、軽量化がさくら弾機の原則だから、やむをえない」

私たち「沖縄特攻生還組」四名で、完成したさくら弾機の試験飛行をすることになった。操縦は岡田機長である。ほかに航空廠の整備士も同乗した。乗り込んで後ろをふりかえると、操縦席の背後に赤いペンキを塗ったさくら弾が見えた。学校給食で使う大釜のような形の直径一・六メートルの巨大爆弾が操縦席に被さるように置かれ、ボルトでしっかり止められていた。

滑走を始めたとたん、ミシミシ、ガタガタという大きな音がして機体が大きく揺れた。岡田機長は出発線でいったん停止すると、操縦桿を抱え込むようにしてしばしうつむいた。それから顔を上げて言った。

「前村と田中はすぐ降りろ！」

私は驚いて言った。「岡田機長、私はさくら弾機は初めてです。一緒に行かせていただきます」

「だめだ。降りろと言ったら降りろ！」

私と田中伍長がやむなく外に出ると、さくら弾機はゆっくりと動き出し、滑走路の端まで行ってやっと離陸した。

岡田機長は離陸前の滑走の感触で、ただでさえ重いさくら弾機に五名も乗り込んだら、事故を起こしかねないと判断したのだろう。しかたなく、私と田中伍長は航空廠に戻り、格納庫の前の芝生に腰を下ろして、試験飛行が終わるのを待った。

淀川曹長もやってきて、一緒に上空を眺めていた。一時間ほどして、さくら弾機が着陸態勢に入った。地上まであと一〇〇メートルくらいか、と思った瞬間だった。左側のプロペラが止まり、失速し、あっというまに墜落してしまった。土煙がもうもうと上がったが、爆発も出火もしなかった。私は瞬時、あっけにとられていた。

土煙の合間に、三トンのさくら弾が機体から転がり出るのが見えた。墜落の衝撃でボルトが外れたのだ。まるでよちよち歩きの赤ん坊のように、あっちによろよろ、こっちによろよろと転がり回った末に止まった。ぞっとする光景だった。サイレンが鳴りわたり、消防車が集まってきた。

「危ない、近づくな！」

航空廠の整備士が赤旗を振って通行止めをした。飛行場の始動車が来たので、私はそれに飛び乗ると墜落現場へと急いだ。機体上部のベニヤは墜落の衝撃で裂けて吹き飛んでいた。機体の残骸に挟まって身動きのできない三沢伍長の体を、淀川曹長が引っ張り出していた。岡田機長は下半身がエンジンの下敷きになり、すでに息がなかった。引きずり出された三沢伍長も重傷で、陸軍病院に運ばれたが、その夜のうちに亡くなった。

前回の第一次沖縄特攻のときの三番機と同じく、左のエンジンが故障したのなら、さくら弾機には根本的な欠陥があるのではないか。だが、これほどの重大事故が起きたというのに、各務原航空廠の調査は行われなかった。私たちは翌日、岡田機長と三沢伍長の遺骨を持って大刀洗に帰ることになった。

「おい、お前たち、航空廠で体重を計ってこい。合計体重が重量オーバーだったら、大刀洗まで汽車で帰れよ！」

淀川曹長が言った。彼もさくら弾機の欠陥を直感的にわかっていたのだろう。帰りのさくら弾機が少しでも重量オーバーしたら命とりだというので、搭乗員の体重にまで目を光らせていた。

岡田機長に試験飛行から外された私と田中伍長は、結果的に命拾いをした。二度のト号機特攻から生還したうえに、さくら弾機の墜落事故からもまぬがれた。最初に特攻を命じられたときは死神に憑かれたと思ったが、むしろ運があったのだろうか。

前列右端がさくら弾機の墜落事故で亡くなった三沢伍長（前村弘氏提供）

さくら弾機、炎上す

岡田機長と三沢伍長を亡くした私たちは、悲しみにうちひしがれて大刀洗に帰ってきた。

五月二五日に第二次沖縄特攻が予定されていたが、各務原での墜落事故でさくら弾機が一機失われたため、私は出撃を外れることになった。

「お前ほど運のいい奴はおらんぞ！」

第六二戦隊の戦友たちは、そう言って私の延命を喜んでくれた。どうやら死神からやっと解放されたようだった。

第二次沖縄特攻で出撃するさくら弾機は計三機。淀川曹長が各務原から操縦してきた一機は工藤仁少尉、あとの二機は溝田彦二少尉、福島豊少尉を機長として出撃することになっていた。

溝田機に搭乗する予定の、見習士官の山中正八という青年がいた。第六二戦隊で私に航法を教えてくれた橋本見習士官は彼と親友同士だった。橋本教官によれば、山中は甘木町のいろは旅館に泊まっており、

山中正八見習士官（大刀洗平和記念館提供）

付近を散歩する途中で福岡女子師範学校の学生と親しくなった。彼女は朝倉の航空機製作所が空襲でやられたあと疎開した工場（大刀洗の航空機工場）で働き、いろは旅館近くの造り酒屋に寄宿していた。山中はもともと満州のハルビン学院出身の文学青年で、二人は会うとよくトルストイやドストエフスキーの話をしていたそうだ。近くの錦城館に宿泊していた私たちも、仲よく歩く二人の姿をしばしば見かけた。

だが、橋本は親友として、この交際を案じていたらしい。ある晩遅く、いろは旅館を訪ねて山中に忠告した。

「おい、山中。伊藤戦隊長代理が、お前とあの女子学生のことを心配しておられるようだぞ。出撃前ではあるし、心の整理をしといたほうがいいのじゃないか」

すると、ふだんは穏やかな山中がいきなり怒りだした。

「何だと！　お前はいつから人のことに干渉するようになったんだ！」

「そういきりたつな、話せばすむことじゃないか。こんな夜中に大声を出すなよ、みんなに迷惑がかか

るぞ！」

そう答えた橋本に、山中がいきなり殴りかかった。たまらず橋本が殴り返す。二人は組み合ったまま倒れ込み、襖を引き倒して廊下に転がり出た。たちまち大騒ぎになり、起き出してきた隊員たちが力ずくで二人を引き離した。

その翌日から山中の夜の外出は止んだ。訓練から帰ると、食事もそこそこに部屋に閉じこもって出てこない。隊員たちも旅館の従業員も、腫れものに触るような感じで遠まきにしていた。

深夜の乱闘事件は戦隊本部で問題視された。沖縄出撃直前という大事なときに、あれこれ誘惑のある町中の旅館を宿舎にするのはまずいというので、全員ただちに立石国民学校と三井高等女学校の教室に移るようにとの命令が下った。私は立石国民学校に泊まることになった。

旅館に比べて学校の教室は殺風景で味気なかったが、三井高等女学校の生徒や旅館の女中さんたちが、差し入れの握り飯などを持って慰問に来てくれた。

第六二戦隊では、四月に沢登少佐が墜落事故で殉職して以来、戦隊長不在だった。それがやっと小野祐三郎少佐が後任に決まり、大刀洗に赴任してきた。しかし、第六航空軍参謀との作戦会議が連日続き、新任祝賀会は延期されていた。第二次沖縄特攻が五月二五日と決まったので、二二日の夜、太宰府近くの二日市温泉の旅館で、小野戦隊長の新任祝賀会を兼ねた出撃壮行会を開くことになった。

当日、私はさくら弾機とト号機の整備を早目に切り上げ、立石国民学校に戻った。壮行会の前に、同じ航法士の花道柳太郎伍長とさくら弾機の効果について語り合うためだ。

私が第一次沖縄特攻で敵グラマン機から攻撃された体験を話すと、花道伍長は黙り込んでしまった。しばらくしてこう言った。

「さくら弾機には、操縦席の横に手動の爆破装置がある。敵機にやられて飛行困難だと機長が判断したら、それを引くんだと。その爆発で近くの敵艦をやっつけるそうだ。気持ちの良いもんじゃないな」

私は幸運にも、すんでのところで三度も死をまぬがれたが、花道伍長にとっては初めての体験だ。体験者（私）からグラマン機の恐怖を聞かされ、不安ばかりが募るのも無理はない。

「今夜の壮行会は、お通夜のようになりそうだな」

さくら弾機の効果を話し合うはずが、口をついて出るのは愚痴ばかりだった。二人して教室の天井をぽかんと眺め続けた。

午後五時ごろだったたか、花道伍長と同じさくら弾機に乗る通信士の山本辰雄伍長が教室に入ってきた。迎えのトラックが来たのを知らせにきてくれたのだ。

三人で校門を出た。前方に花立山《はなたてやま》のお碗を伏せたような姿が見えた。ト号機と飛龍で訓練するとき目印にしたのを思い出す。この山ともあと数日でお別れだ。

二日市に向かうトラックに乗り込んだ。隊員たちは全員、日の丸鉢巻姿で荷台に立ち、肩を組んで軍歌を歌い始めた。道ゆく人たちはわれわれに向かって最敬礼をしたり、手を合わせて拝んでいた。山本伍長も大声を張り上げて「日の丸行進曲」を歌っていた。

二日市温泉に着いて宴が始まった。酒を飲まない私だが、出撃しないと思うとつい気がゆるみ、盃を重ねた。遅れて到着した小野戦隊長に向かって、階級章が気になるから上着を脱いでくれなどと注文をつけた。まさに無礼講である。みなむやみに陽気だった。

幹部たちが早目に退席すると、お祭り騒ぎが始まった。飲めや歌え、みんなで軍歌を大合唱して、大いに騒いだ。

夜中になると、橋本と山中が再び口論を始め、最後は殴り合いになった。自分たちの喧嘩がもとで、仲間が旅館から学校の教室に移らなければならなくなったことで、二人とも屈託を抱えていたようである。山本伍長が必死で二人を止めようとしていたのが印象的だった。

この山本伍長という人は、第一中隊所属で、私は第二中隊だったから親しくはなかったが、折々に印象に残る姿を見かけて覚えている。中学校時代に陸軍を志願したと聞いた。めっぽう酒が強く、壮行会翌日の朝食の席でも一升瓶を目の前に置き、コップ酒をあおっていたのを思い出す。

朝食が終わって八時過ぎ、二台のトラックが迎えにきた。しかし、戦隊幹部の姿が一人も見えない。旅館の中も何だかざわざわと騒がしい。女将に何かあったのかと尋ねると、戦隊本部から電話があって、小野戦隊長以下、幹部全員が朝食をとらずに出発したという。どうもおかしい、さくら弾機に何かあったのではないかというので、誰が言い出したのか忘れたが、北飛行場に確認しに行こうということになった。

現在の花立山。操縦士は大刀洗飛行場に着陸する際，この山を目標にした。反面，敵機にとっても空爆時の絶好の目印となった

篠隈《しのくま》あたりまで来ると、黒い靄が広がり、ガソリンの匂いが鼻をついた。北飛行場の敷地内に入り、副滑走路（誘導路）を右に折れて駐機場に着いた。そこにはさくら弾機が無惨な姿で焼け落ちていた。主翼もなく、「せむし」も残骸だけを残して破壊されている。まだ白い煙を上げてくすぶっていた。みなトラックの荷台に立ったまま、茫然とその姿を見つめた。

「もう出撃不能だ。こんどの作戦は中止になるかもしれんぞ。実に困ったことになった」

溝田少尉がつぶやくように言うとトラックから降りた。全員これに続いて降り、さくら弾機の残骸を無言でとりかこんだ。花道伍長も、声もなく立ちつくしていた。

そのときだった。山本伍長が一歩前に出ると、拳を振り上げて大声で叫んだ。

「とんでもないことになって実に残念だ！　一機一艦で、敵空母を轟沈させるつもりだったのになあ！　敵機二〇〇機、敵兵三〇〇〇人を全滅させることができたのに！　何たることだ！」

すると誰かが、「そうだ、大型輸送船なら四〇〇〇人はかたいぞ！」と応じた。

私は、残骸を見るかぎり、燃え始めたのは早朝ではないかと思った。いったいなぜ燃えたのか、自然発火なのか、それとも放火なのか。みな胸の内であれこれ原因を推しはかっていたと思うが、誰も口にはしなかった。

翌日、岐阜の各務原航空廠から、代替機としてト号機が一機、空輸されてきた。

3

黙殺された掩護《えんご》機要請

飛行第六二戦隊通信士　松島清伍長……静岡県浜松市在住

少年飛行兵にあこがれて

私は一九二六（大正一五）年、静岡県浜松市で生まれた。四〇年三月、一四歳で地元の高等小学校を卒業すると、家の近くの農会に勤めた。中学校に進学したかったが、家の経済事情で断念した。父の松島広治は筏職人で、天竜川の上流で伐採した木材を筏に組んで下流まで運ぶ仕事をしていた。

農会に勤め出して二年も経たぬうちに太平洋戦争が勃発した。陸軍爆撃機隊の本拠地だった浜松では、一九四二年二月、シンガポール陥落を祝して提灯行列が行われた。私も市内の映画館で戦勝ニュース上映を見た。爆撃シーンになると場内総立ちで拍手した。航空隊の格好良さに感激して家に帰った。

町じゅうに張られた「陸軍少年飛行兵募集」のポスターをうっとりと眺める日が続いた。受験資格は一四歳から一七歳まで、国民学校高等科卒業ていどの学力があればよく、授業料は無料、一カ月四円の手当てまで支給されると言われていた。家庭が貧しくて進学できなかった少年たちが、あこがれの操縦士になる早道だというので我先に応募したため、競争率は一〇〇倍近くにもなったそうだ。当時は軍国主義教育一辺倒だったから、男児の夢は「兵隊さんになること」に尽きた。私も少年飛行兵になりたくてうずうずしていた。

二人の兄に手助けしてもらい、親の印鑑を無断で拝借して勝手に願書を出した。浜松の高射砲連隊の建物で試験を受け、家に合格通知が届いて初めて、両親は私が少年飛行兵学校を受験したことを知った。入学先は東京北多摩郡〔現・武蔵村山市〕の東京陸軍少年飛行兵学校である。

陸軍の航空学校に入ることは、とても名誉なこととされていた。私は合格者として地元の新聞に名前が掲載され、それを見た多くの近隣市民がわが家に祝福に訪れた。

東京へは父が同伴してくれることになった。東海道線の天竜川駅を出発するときは、出征兵士と同じく、親族、町内会、職場の人たちが見送りに来てくれた。日の丸の小旗と「武運長久」の幟の前で、私は「元気で国のために頑張ってきます」と決意を述べた。

東京に着いて学校へ出向くと、すぐ身体検査があって、それから支給された軍服に着替えた。父は私の脱いだ私服を受けとり、浜松に帰っていった。

こうして一九四二年四月、私は第一四期甲種として、あこがれの少年飛行兵学校の生徒となった。軍隊では中隊の下にいくつかの区隊があり、一区隊はさらに二つの内務班〔軍曹以下の下士官と兵から成る居住単位〕に分かれる。初めはこの日本の軍隊特有の内務班生活になじめず、班長の下士官から怒鳴りつけられてばかりいた。だが、話に聞く古参兵の陰険なリンチには遭わずにすんだ。このころ、古参兵の多くはすでに前線に送られていたからだ。これはつらい軍隊生活で唯一の救いだった。

入学後は、午前中は学科が中心、午後は教練と体操で体力づくりに明け暮れた。一年はあっというまに過ぎ、翌一九四三年三月の卒業前に調布の京王閣で適性検査を受けた。少年飛行兵たちは、まず操縦士として適格かどうかで選別される。私は検査官からこう言われた。

「松島、お前は通信に向いているから、水戸の通信学校に行け！」

水戸の通信学校とは、陸軍航空通信学校のことである。操縦士を夢見ていた私は、「通信向き」と言われてがっかりした。通信士は水戸、整備士は所沢、操縦士は宇都宮、熊谷、大津、大刀洗の各飛行学校へと分けられた。

一九四三年四月、私は水戸の航空通信学校に入学した。教育期間は二年で、最初の一年は無線機と暗号の基本を徹底的に学んだ。「トン・ツー」だけできればいいのだろう、と安易に考えていたが、甘かった。数字を組み合わせて言葉をつくる暗号の訓練にはだいぶ手こずった。通信学、暗号学の専門的な教育を受けるうちに、しだいに通信の重要性がわかってきて、興味も増していった。

一年経って再び適性検査があり、少年飛行兵たちは機上勤務と地上勤務に分けられた。戦局の悪化に伴い、卒業を一年繰り上げて実戦に投入されることになったのだ。私は教官から、「ボルネオ駐屯中の第六二戦隊の重爆だ！」と言われた。

私はボルネオがどこにあるかさえ知らなかったが、とにかく重爆撃機に通信士として搭乗できることを喜んだ。まず北九州の門司港まで行き、そこから東シナ海を通って台湾の高雄港を経由してルソン島に渡り、マニラ北西のクラークフィールド飛行場で待機せよとのことだった。水戸からは私を含む十数名が派遣されることになった。

命からがら、バシー海峡を渡る

一九四四年の秋、北九州に着き、門司税関ビル前の埠頭で輸送船に乗り込んだ。船には武器弾薬などの物資が積まれているほか、私たちと同じく南方へ派遣される兵隊や軍属が大勢乗っていた。ダンブルと呼ばれる船底の貨物置き場が兵たちの居場所である。響灘《ひびきなだ》の六連島《むつれじま》付近で他の船と船団を組み、計一二隻で固まって進んだ。このころ日本近海では、米潜水艦がさかんに魚雷攻撃をしかけてきていた。特に南方戦線へ兵員、武器、食糧を運ぶ輸送船が標的となった。だから船団を組んで航行するのだが、それで安全が保証されるわけではなかった。

途中、東シナ海方面の敵潜水艦の動向を探るため、船は鹿児島の錦江湾《きんこうわん》内でいったん停泊した。駆逐艦が護衛に来てくれるのを期待したが、ボートのような小さな駆潜艇が三艘ついただけだった。

奄美大島、徳之島を経て沖縄を過ぎるころには、ダンブルの中はすさまじい熱気と、バケツに溜まった糞尿の臭い、兵たちの体臭でむせかえるようだった。すし詰め状態に耐えかねた兵たちは甲板に上がり、風呂がわりとばかり、スコールに打たれて体の垢を落とした。デッキの横に板を張り出しただけの仮設便所にまたがって用を足すと、小便が海風で飛んで自分の体にかかり、閉口した。

台湾北端の基隆港《キールン》が目前に迫り、先頭の船が接岸しようと前進したときだった。私の乗った船のすぐ後方でドカーンという爆発音がした。デッキにいた通信士たちがいっせいに振り返った。ものすごい衝撃が走り、船が大きく揺れた。

「やられたのはどの船だ！」「うしろの輸送船だ！」

私の乗った船の二〇〇メートル後方にいた輸送船が、ものすごい高さの水柱を立てて沈んだ。敵潜水艦の魚雷攻撃だ。

甲板に出ていた兵隊たちに、海面上に敵潜水艦の潜望鏡が出ていないか急いで探せという命令が出た。私たちは恐怖に震えながら海面を見つめた。台湾海峡の波は荒い。あちこちで海面に白い波が立つたび、どれも敵の潜望鏡のように見えた。味方（海軍）の戦闘機が数機出動してきて、上空を旋回しながら警戒にあたった。船団は警戒態勢のまま台湾沿岸を南下し、島の最南端の高雄港に着いた。私たちのほかにも、同じく南方の戦場をめざす数百隻の船が停泊し、水や食糧を積み込んでいた。

「バシー海峡には、敵の潜水艦が魚のようにうようよいて、通りかかる船を狙っているからな……もう運を天に任せるしかないぞ」

輸送指揮官が言った。制空権も制海権も米軍に完全に奪われている状況にもかかわらず、駆逐艦や戦闘機が護衛についてくれる可能性はなさそうだった。運任せという指揮官の言葉に、ひどく心細くなった。

その夜、船団は夜陰にまぎれて高雄港を出港し、ジグザグ航法でバシー海峡をマニラへと向かった。出港から二時間後、敵潜水艦の魚雷攻撃を受け、先頭を行く輸送船が沈没。やむなく高雄港へとって返すことになった。

「この様子じゃ、一隻もマニラにたどり着けないんじゃないか」

門司港で合流した、山本という名の伍長がつぶやいた。悲観的なことを言うなあと思ったが、この状況では無理もない。

私たちの乗った輸送船は、Uターンするため大きくカーブを切った。そのとき、上空に敵の軽爆撃機が突如姿を現し、機雷を投下し始めた。私たちはあわててダンブルに隠れた。

その後も敵の襲撃におびえながら、ようやく高雄港に戻った。それから一週間、船中で待機し、安全を確かめてから再び出港した。だが、ルソン島北部沿岸に近づいたとき、敵の軽爆撃機が五、六機現れ、機雷を投下した。それを避けながら進むと、敵潜水艦が魚雷を次々と浴びせてくる。味方の船が一隻、また一隻と海上から消えていった。

門司港を出港してから二五日目の大晦日、私たち第六二戦隊の補充通信士はようやくマニラ港に到着した。一二隻の船団のうち、たどり着けたのは私たちの船を含めわずか三隻だった。私たち空中勤務者は特別仕立てのトラックに乗り、マニラ郊外の比較的安全な兵站宿舎に送られた。宿舎に着くとさっそく、第六二戦隊の重爆撃隊はどの基地にいるのか将校に尋ねてみた。だが、敵にやられてもう一機も残っていないのではないか、と心細いことを言われた。

翌朝は暗いうちにトラックで宿舎を出発し、マニラの北西五、六〇キロほどのところにあるクラークフィールド飛行場へ向かった。運転席の上の屋根には二丁の軽機関銃が据えられている。市街地を離れると、フィリピン人ゲリラが手榴弾で攻撃してくるから、備えておく必要があるのだ。沿道の市民たちも、日本軍のトラックを見る目がとげとげしい。上陸二日目にして、ただならぬ雰囲気を感じた。

このとき、第六二戦隊本部はまだボルネオ島に駐屯中だった。数日中にクラークフィールド飛行場に転進してくるとのことで、すでに先遣隊の十数名が到着していた。私たちが　到着を申告すると、先遣隊長がフィリピンにおける第四航空軍と第六二戦隊の現状をかいつまんで説明してくれた。昨日将校から聞いた通りだった。飛行機も搭乗員もごくわずかしか残っておらず、重爆撃隊はすでに壊滅状態だという。私たちはフィリピンの現実に直面して黙り込んだ。航空本部は、なぜそのような壊滅状態の戦場に補充兵を送り込んだのか。先遣隊長は、愕然としている私たちに追い打ちをかけるように言った。

「それにしても、お前たち、よくもマニラまで来られたな。バシー海峡を無事に渡れたとは奇蹟的だ。命がけで来てくれたのに申しわけないが、第六二戦隊は近々、いったん西筑波の原隊に帰還する。そのあと隊を編成し直して、もう一度フィリピンに派遣されることになるだろう。最新鋭のキ67『飛龍』が補充されるはずだ」

命からがら、ようやくここまで来たのに、とんぼ返りさせられるのか。私は先遣隊長の言葉をにわかには信じられず、呆然とした。

朝鮮人学徒兵・山本伍長の思い出

クラークフィールド飛行場は、ルソン島内の陸軍基地としては最大規模で、米軍が最も重視する攻撃目標だった。さっそく私たちが到着した翌朝、夜が明けると同時に敵機動部隊艦載機の波状攻撃が始まり、夕方まで続いた。夜になるとB-29と夜間重戦闘機が来襲し、一トン爆弾とロケット弾で滑走路を破壊した。滑走路の弾痕を埋めておかないと、味方の爆撃機や戦闘機が離着陸できない。次の空襲までのわずかな合間を縫って、私たち通信士も作業衣に着替えて滑走路の補修作業にあたった。始めて一時間もしないうちに空襲警報のサイレンが鳴り、全員防空壕へ避難した。敵艦載機のロケット弾で、掩体壕《えんたいごう》に格納した爆撃機も戦闘機も徹底的に破壊された。

一九四五年一月末、第六二戦隊はいったん西筑波飛行場へ引き揚げることになった。これだけ海も空も敵に制圧されている状況では、軍隊の移動も簡単にはいかない。まず操縦士や通信士などの空中勤務者が優先的に運ばれ、次に整備士など地上勤務者、最後に物資が輸送される。空中勤務者は重爆撃機で台湾の松山飛行場まで行き、そこから船で門司をめざす。地上勤務者は全行程を船で行くことになる。いずれも途中で敵の攻撃を受ける可能性は高く、それこそ運任せである。

第六二戦隊の副官が、最初に爆撃機で帰還する空中勤務者の名簿を発表するというので、一同騒然となった。連合軍がルソン島のリンガエン湾から上陸した直後のこと、戦況から見て残れば玉砕となることは明らかだった。内地へ帰る最後のチャンスだというので、誰もが帰りたがった。爆撃機で前線に出撃して負傷した搭乗員はなおさらだ。しかし、戦力増強のための帰国だから、負傷兵や能力が劣るとみなされた者は後回しにされる。このときルソン島に残された空中勤務者たちは後日、山岳地帯で粘っていた山下奉《とも》文《ゆき》大将率いる陸軍歩兵や海軍兵とともに、上陸した米軍に向かって最後の悲壮な抵抗をすることになる。

第 62 戦隊の通信士たち。前列左端が松島伍長，後列左が山本伍長
（松島清氏提供）

私たち補充通信士は全員、帰還名簿に名前があった。みな着いた当初は「何のために来たのか」と疑問を感じていたが、前線の悲惨な状況を知るにつれ、帰りたいと思い始めていた。往路の船内で悲観的なことを言っていた山本伍長も帰還名簿に入っていた。すると、名簿に洩れて落胆していた一人の下士官が、彼の名前を指さして吐き捨てるように言った。

「この山本伍長というのは、実は半島人だ」

名指しされた当人は、これを聞いて一瞬顔をこわばらせた。帰還する者と残る者の差が明瞭に意識され始めていたところへ、出自の違いという問題まで加わって、その場に気まずい空気が流れた。

私は、山本伍長が朝鮮人とは思いもしなかったので驚いた。では、山本辰雄という名は創氏改名によるものだったのか。言われなければ気づかないほど日本語がうまいから、生まれたときから日本で暮らし、中学校の途中で陸軍の学校に志願したのにちがいない。だが、戦場でともに命を賭けて戦っている者どうし、どこの出身であろうと関係ないのではないか。

私はむしろ、日本の植民地である朝鮮の人が、日本国民の一人として学徒兵を志願したことを大いに評価すべきじゃないかと思った。

ただ、そのあとで、彼の態度が気になったことが一度だけある。ある日、飛行場上空で、敵のグラマン艦載機と日本の「隼」（一式戦闘機）が数十機入り乱れての空中戦が始まった。上空でチカチカッと光ったと思うと、一機が黒煙を吐きながらきりもみ状態で落ちてきた。敵機か味方機かは見分けがつかない。

そのとき、近くで「やったぞ！」という声が聞こえた。振り返ると、山本伍長が手を振り上げて叫んでいた。墜落した戦闘機の機体には、日の丸がついていた。なぜ彼は日本機がやられたのを喜んでいるのか、といぶかしく思った。

もしかしたら、山本伍長は「やられたぞ！」と叫んだのに、私が聞き違えたのだろうか。だが、その声はたしかに「やったぞ！」と聞こえた。あるいは彼は、米軍機が撃墜されたと早合点して快哉を叫んだのだろうか……？

私は、彼の出自を知ったせいで、心のどこかで「朝鮮人だから日本機が撃墜されて喜んでいる」と思い込んでしまったのだろうか。その思いと、「そんなはずはない」という気持ちが入り乱れて、この出来事がいつまでも心に引っかかって消えなかった。

帰還の日がやってきた。第六二戦隊の戦友たちとの別れはつらかった。残る者たちに、「戦隊が再編され次第、飛龍と一緒に帰ってくるからな」と、慰めにもならないことを言うほかになすすべがない。フィリピン前線の現状が生易しいものではないと知りながら、仲間を置いていかなければならない。私たちは身を切られる思いで、脱出用の呑龍の後部座席に乗り込んだ。

石橋輝志戦隊長以下、第六二戦隊の帰還者たちは、無事に台湾の松山飛行場に着いた。その夜は台北市郊外の温泉旅館に一泊した。部屋に入るとテーブルの上にバナナが山積みにされていた。内地へのお土産にと、黒砂糖の塊も山盛り置いてある。旅館の人たちの心づくしだった。

夕方、福岡市郊外の雁ノ巣陸軍飛行場に到着した。その翌日、博多駅から列車で西筑波へ向かうことになっていたが、一二月初旬の東南海地震で天竜川の鉄橋が落ち、東海道線が不通になっていた。やむなく浜名湖をぐるりと迂回して掛川に出て、やっと東京駅へたどり着いた。そこから常磐線経由で西筑波の原隊へ戻った。

この日帰還した第六二戦隊はわずか三十数名。うち生え抜きのベテラン搭乗員は数えるほどしかいない。爆撃隊の再編が危ぶまれた。

大刀洗で特攻出撃に備える

一九四五年四月、西筑波の第六二戦隊は福岡県の大刀洗飛行場へ派遣されることになった。爆撃機で沖縄の敵機動部隊に特攻作戦を行うのが任務だ。

レイテ島、ルソン島への上陸作戦で日本の特攻に悩まされた米軍は、レーダー網を整備し、戦艦や空母の甲板を鉄鋼補強して特攻に備えた。もはや二五〇キロ爆弾を積んだ特攻機では爆沈させられなくなっていた。そこで日本軍は、新たに四式重爆撃機「飛龍」を改造して二つの特攻専用機を開発した。八〇〇キロ爆弾を二個搭載したト号機と、約三トンの特殊爆弾を搭載したさくら弾機である。

しかし、これほど重い爆弾を搭載すると、当然ながら飛行速度は格段に落ちる。そのうえト号機もさくら弾機も、機銃や機関砲をすべて取り外してあるから、敵艦載機の攻撃に遭っても反撃するすべがない。丸腰で逃げ回るしかなかった。最新鋭の四式戦闘機〔キ84、愛称「疾風」〕が掩護についてくれれば、敵グラマンを多少はかわせるかもしれないが、無傷で沖縄にたどり着ける可能性はかなり低い。つまり両機とも、途中で敵機に遭遇すれば特攻はほぼ失敗ということになる。

特攻隊員として大刀洗飛行場へ（松島清氏提供）

第一次沖縄特攻の出撃日は、一九四五年四月一七日と決まった。四月一二日、第六二戦隊は大刀洗へと出発した。大刀洗で岐阜の各務原《かがみはら》航空廠からさくら弾機が一機空輸されてくるのを待ち、到着次第、鹿児島の鹿屋海軍基地へ向かうことになっていた。ところが、さくら弾機は大刀洗に着く直前、大分県日田市上空で燃料切れを起こし、福岡県朝倉郡大福村〔現・朝倉市〕の田んぼに突っ込んで大破してしまった。
それで最終的に第一次沖縄特攻の編成は、さくら弾機一機、ト号機三機の計四機ということになった。機長はそれぞれ、一番ト号機が編隊長の加藤幸二郎中尉、二番ト号機が岡田一郎曹長、三番さくら弾機が金子寅吉曹長、四番ト号機が古田幸三郎少尉である。私は古田機長のト号機に搭乗することになった。三番機の金子曹長は、不慣れなさくら弾機の操縦にとまどっていた。ト号機は出撃前の訓練飛行を認められたが、燃料消費の大きいさくら弾機は認められなかった。

出撃当日の朝、さくら弾機にエンジントラブルが見つかった。第六航空軍参謀副長の青木喬少将はこれに怒り、海軍ピスト〔戦闘指揮所〕へ引き揚げてしまった。整備士が呼ばれて調整し、さくら弾機は無事に離陸した。次に古田機が離陸しようとしたとき、空襲警報のサイレンが鳴り出した。上空を見上げると、すでにグラマン機の姿があった。

「敵機だ、早く避難しろ、急げ！」という古田機長の号令に、私たちはト号機を降りて近くの防空壕へ駆け込んだ。グラマンの機銃掃射の音と、ゴーッというロケット弾の唸りが響きわたった。私たちの降りたト号機はもう炎に包まれているだろう、搭載した八〇〇キロ爆弾がいつ爆発するかと思うと、生きた心地がしなかった。

グラマンの波状攻撃はそのあと午前中いっぱい続いた。防空壕の中で、第九八戦隊の整備士官がつぶやいた。

「奴らの定期便だ。知覧も万世もおんなじだ。毎朝、同じ時間帯に来やがる。B-29は高度八〇〇〇メートルで爆弾を落とすから、風向きによっては外れることもあるが、艦載機のロケット弾は狙いが正確だから逃げようがない。一発で吹き飛んでしまう」

毎日、警戒警報を鳴らすひまもなくいきなり来る。だから九州の飛行場では、攻撃の合間のわずかな時間内に離着陸をしなければならないのだった。第九八戦隊、通称「雷撃隊」は、最初は鹿屋を基地としていたが、空襲が続くので大刀洗に移転したという。だが大刀洗ももはや安全ではなくなっていた。

ようやく空襲が止んだので、防空壕を出て急いで見に行ってみると、ト号機は機銃掃射の穴だらけになっていた。古田機長がエンジンをかけてみるが動かない。「これじゃ出撃中止だ」と言って、憮然とした表情でト号機を降りた。

「主翼の燃料タンクもやられて、ガソリンが抜けちまっとる。まるで蜂の巣だな。よくも炎上しなかったものだ。市川、修理したら出撃できるのか?」

機関士の市川喜久大軍曹が答えた。

「機長、これだけ穴だらけにされたんじゃ無理です。エンジンそのものが破壊されてますから。出撃は絶望的です、修理だけで一週間はかかります」

そのとき海軍ピストの方から、黄色い将官旗をつけた軍用車が来るのが見えた。少将は黄色、佐官級は赤色の旗をつける決まりだ。ただしそれは基地内だけで、一般道では敵のスパイに襲われる危険があるから将官旗を外すことになっていた。

私は古田機長に耳打ちした。「青木閣下がこっちへ来ます」

すると古田機長も小声で言った。

「おい、松島。閣下はご機嫌が悪いから、何を言われようと逆らうなよ」

軍用車がト号機の前に止まり、青木参謀副長が副官とともに降りてきた。

「急いで修理して、今夜のうちに夜襲をかけろ。出撃時刻は零時だ」

古田機長が、さきほどの市川機関士の報告をふまえて答えた。

「閣下、お言葉を返すようですが、このト号機は全身傷だらけで、エンジンを交換しても沖縄までの飛行はちょっと無理ではないかと思います。燃料タンクも撃ち抜かれておりまして、これも新しいものと取り換えるとなると、数日はかかります」

「何だと！　燃料など、沖縄までの片道分あればよろしい。特攻隊に帰りの燃料は必要ない。お前たち、死ぬ覚悟が欠けているぞ！」

青木参謀副長は顔を真っ赤にして古田機長を怒鳴りつけると、「本日の出撃は中止だ！」と言い残してピストへ戻っていった。ト号機の状態を聞いて、さすがの参謀副長も出撃中止命令を出さざるをえなかった。だが怒りのやり場に困って、古田機長にやつあたりしたようにも見えた。

「欠陥機」への不安

結局、第一次沖縄特攻は、空襲で出撃不能となった古田機を除く三機で出撃し、うち加藤機長の一番ト号機は撃墜され、金子機長の三番さくら弾機は行方不明、岡田機長の二番ト号機だけが帰還したことをあとで知った。

私たち古田機の搭乗員は大刀洗に帰還し、訓練を続けることになった。私は毎日、古田機長が操縦するト号機に搭乗して、有明海や玄海灘での洋上訓練に従事した。二個の八〇〇キロ爆弾の重さでト号機の速度は極端に落ちた。武器をすべて取り外してあるから、敵機に遭遇するのが怖くてたまらなかった。

「どれほどでかい爆弾を搭載しても、敵艦に近づくことができなければ意味がない。グラマンの餌食になるだけなら、ただの無駄死にだ」

古田機長は吐き捨てるように言った。

私たちは、参謀本部が立てた重爆特攻作戦に疑問を抱かざるをえなかった。私は「疾風」が掩護についてくれさえすれば、沖縄までなんとかたどり着けるのではと思えてしかたなかった。疾風がグラマンと戦ってくれている隙にすり抜けることができればチャンスはある。市川軍曹も、掩護機がつかない重爆特攻は絶対に成功しない、と不満そうだった。

それに、第六航空軍は日中の特攻を主体に考えており、夜間の飛行・戦闘訓練をまともにやっていなかった。私は思いきって、『戦闘詳報』〔陸海軍の各部隊が作戦・戦闘後に上級司令部に提出する報告書〕で自説を述べた。重爆特攻は日中よりも夜間の方が成功率が高い、ただしその際は必ず掩護機をつけるべきだと提案したのだ。すると大熊太平大尉に呼ばれ、夜間攻撃の具体的な戦法について意見を聞かれた。私は、戦隊本部が下士官の意見に耳を傾けてくれたことを喜び、思うところを率直に述べた。

その提案が参謀本部に届いたかどうかわからないまま、第二次沖縄重爆特攻は五月二五日の午前六時出撃と決まった。私が最も案じていた掩護機の件は完全に無視された。しょせん参謀たちは、さくら弾機とト号機がとにかく体当たりに成功し、自分たちが昇進しさえすればいいのだと思ってがっかりした。

決戦兵器と期待されたさくら弾機にしても、何度も重大な事故を起こしているにもかかわらず、私の知るかぎり事故原因の調査は行われていない。東京・福生の多摩飛行場での前脚破損事故、福岡・大福村での燃料切れ不時着事故、第一次沖縄特攻でのエンジン不調など、すべて原因不明のまま放置された。大熊大尉と淀川洋幸曹長が、新任の第六二戦隊長・小野祐三郎少佐に、さくら弾機とト号機には根本的な欠陥があるのではないかと進言したこともある。ところが第六航空軍参謀たちは、「起死回生の切り札・さくら弾機」の戦果に夢中で、部下の訴えに耳を貸さなかった。燃料節約の必要から、また出撃前に事故を起こしてはいけないというので、訓練飛行も禁じられていた。事前に調子を確かめられないから、離陸後に事故が起きる可能性が高まる。これではいつまでたっても改善されない。

つい一カ月前の鹿屋での失敗さえ、教訓として生かされる気配がなかった。第二次沖縄特攻で使うさくら弾機を各務原航空廠まで受領に行った淀川曹長は、三トンの爆弾を積んでまともな操縦ができるのか不安だとこぼしていた。ほかの搭乗員たちも同様だった。自分たちが命運をともにするさくら弾機とト号機をめぐって、酒が入ると激しい口論が起きた。みんな心の中では「こんな欠陥機で命を落としたくない」と思っていたから、参謀本部と第六航空軍に対して批判が噴出した。

「掩護機なしで、グラマンの邀撃《ようげき》を突破して敵機動部隊の拠点まで到達するなんて、絶対に不可能だ……」

古田機長はト号機訓練のたびに悲観的なことを言った。私も市川軍曹も同意見だった。
ト号機訓練は私たちにとって、命日の決まっているむなしい訓練だった。次に出撃すれば必ず死ぬ運命なのだから、心身ともに追いつめられる。訓練を終えると、今日は一日生き延びたというので、旅館に帰って茫然と過ごした。それがやがて苛立ちに変わり、いっそのこと早く出撃して死にたいと思うようになった。寝ても覚めても自分の死について考えるあの心理状態は、体験した者でないとわからない。生きていることが耐えがたく、上官にむやみに反発したり、搭乗員仲間と激しく言いあらそったりした。酒好きは浴びるように飲み、夜の街に出てうっぷんを晴らした。特攻を命じる軍司令官や参謀らは、そうした特攻隊員の苦悩とは無縁で、自分たちの手柄ばかり考えていたのだから無責任なものだ。

重爆特攻は、戦闘機特攻のように身軽にはいかない。ト号機の場合、出撃命令後に八〇〇キロ爆弾を二個搭載する作業だけでも二、三時間かかる。そのうえ敵機動部隊は常に移動している。「新司偵」〔キ46、百式司令部偵察機〕が情報をつかんで知らせてきても、大刀洗から沖縄まで九〇〇キロの距離があるから、現地に着くはるか前に敵機動部隊は次の地点へ移動してしまう。

そもそも情報の伝達方法に無理があった。まず偵察機が敵機動部隊をカメラで撮影し、そのフィルムを現像した写真が第六航空軍の情報参謀に渡る。情報参謀は写真を分析し、作戦参謀と打ち合わせ、その結果が第六二戦隊に伝えられる。こんなふうにのろくさやっている間、敵機動部隊は猛スピードで移動しているわけで、位置情報はあっというまに古くなってしまう。飛行中の特攻機が敵機動部隊の位置を正確に知ることは、ほとんど不可能に近いのだ。しかも、梅雨時の沖縄は天候の変化が激しい。それまでにも出撃命令が出たあとに天気が悪くなり、中止になることがたびたびあった。

さくら弾機、炎上

不安だらけの中、第二次沖縄重爆特攻の編成が発表された。

一番機（さくら弾機）…溝田彦二少尉、山中正八見習士官、田中弥一伍長、高尾峯望伍長

二番機（さくら弾機）…福島豊少尉、大川実伍長、山下正辰伍長、永野和男兵長
三番機（ト号機）…古田幸三郎少尉、松島清伍長（私）、市川喜久夫軍曹、大内将兵長
四番機（さくら弾機）…工藤仁少尉、山本辰雄伍長、花道柳太郎伍長、桜井栄伍長
出撃三日前の五月二二日夕刻、福岡県二日市町〔現・筑紫野市〕の温泉旅館で、小野戦隊長の就任祝賀会を兼ねた特攻隊壮行会が開かれた。いつもの宴会のようには盛り上がらず、空の徳利だけが増えていった。芸妓と仲居が座に加わるとようやくにぎやかになり、山本伍長が声を張り上げて軍歌を歌いだした。
古田少尉が、工藤少尉の姿がないことに気づいて言った。
「おい、花道伍長。お前らの機長がいないが、どうしたのだ」
「なにか急用があって、来られなくなったらしいです」花道伍長が答えた。
古田少尉は「壮行会だというのにか？　部下が全員顔を揃えているのになあ」と渋い顔をした。たしかに、機長が壮行会に出席しないというのは無責任だと私も思った。だが、戦隊の責任者である小野戦隊長は、別に気に止めていないようだった。
そのうちに、見習士官の山中と橋本が女性問題で口論を始めた。取っ組み合いになったのを山本伍長が止めに入った。酒を一滴も飲まない花道伍長は、湯に入ってくると言って席を立った。ほかの者たちも三々五々部屋に引き揚げていき、山本伍長と私だけが残った。二人とも酒に強く、結局そのまま明け方まで飲み続けたような気がする。酔いつぶれてうとうとしかけたとき、宿の表玄関で何か騒いでいるのが聞こえたが、眠ってしまった。

起きてしばらくすると、仲居頭が「朝食の用意ができました」と呼びにきた。食事が終わって時計を見ると、ちょうど八時だった。

玄関に出たが、戦隊幹部が一人もいない。女将が、北飛行場で事故があったようで、幹部のみなさんは六時過ぎに旅館を出たと言った。

「おい、花道。何かあったらしいぞ」と私が言うと、花道伍長も不安げに「気になるなあ。今から北飛行場に行ってみようか」と答えた。それから、二日酔いらしい様子の山本伍長を見て、花道伍長がからかった。

「山本伍長、ゆうべの元気はどうしたんだ」

「ご機嫌で飲みすぎたよ」山本伍長は笑って答えた。

みなでトラックに乗り込み、猛スピードで北飛行場へ向かった。駐機場に着くと、さくら弾機が全焼していた。前脚は熱で溶けている。あわててトラックから降りてよく見ると、機体上部のベニヤが剥がれて、赤い色のさくら弾が丸見えになっている。燃え落ちた機体の一部を整備士たちが運び出していた。

トラックを降りた私たちが声もなく立ちつくしていると、山本伍長が急に拳を振り上げて叫びだした。

「一機一艦撃沈のさくら弾機が焼けてしまって、こんな悔しいことはない。実に残念だ！」燃えたさくら弾機は、彼や花道が乗るはずの四番機だった。

「これで二五日の出撃は中止になるかもしれんなあ……各務原から新たにさくら弾機を空輸させるにしても、今日の今日というわけにはいかんだろう」古田機長が心配そうに言った。

さくら弾機の炎上は、第六航空軍にとってきわめて重大な事件であり、出撃を予定していた第六二戦隊にとっても不名誉なことだった。

私たちは再びトラックに乗り、宿舎となっていた立石国民学校と三井高等女学校に帰った。着くなり、第六二戦隊長名で箝口令が出された。「さくら弾機事件については、いっさい口外してはならない」。

北飛行場は一時閉鎖され、付近一帯への町民の立ち入りが禁止された。上層部ははなから放火と決めてかかっていたようで、すぐに憲兵隊が動き出して放火犯探しが始まった。昼前ごろ、古田機長が、山本伍長が放火容疑で逮捕されたと告げた。

私は瞬間的に、今朝方まで一緒に酒を飲んでいた彼が放火犯であるはずがないと思った。山本伍長がいつ私の目を逃れて、二日市の温泉宿を出て北飛行場まで行き、放火して帰ってきたというのか。私自身は大酔いつぶれて寝入ってしまったから、彼をずっと見張っていたわけではない。しかし、二日市温泉から大刀洗までは少なくとも十数キロはある。トラックを使えば誰かが気づくはずだから、徒歩で行ったとして、どんなに早足でも往復に数時間かかる。私が彼の姿を最後に見たのが明け方で、朝食を終えた八時には一緒にいたのだから、どうしても彼であるとは思えなかった。

秘密兵器のさくら弾機が放火で損壊したわけだから、軍としては一刻も早く犯人を見つけて処罰しなければならない。焦った憲兵隊が、第六二戦隊の本部に行って名簿を調べ、山本伍長が朝鮮出身であることを知って濡れ衣を着せたのではないか。後日、山本伍長は自白したと聞いたが、きっと一方的に犯人と決めつけられ、拷問されたのだろう。いくら無実を主張しても、相手は憲兵だ。憲兵が犯人と決めたら、徹底した拷問でむりやり自白させ、無実だろうと何だろうと犯人にされてしまう。

私が何より疑問に思ったのは、なぜ山本伍長だけが取り調べを受けたかということだった。私の聞いたかぎりでは、同じ工藤機の花道伍長も桜井伍長も、私たち古田機の搭乗員も、憲兵隊から一度も事情聴取を受けていない。二日市の温泉宿に泊まった全員を呼んで、その夜の山本伍長の行動を確認すれば疑いは晴れたはずなのに、それをしていない。朝鮮出身という出自を理由に罪を着せたとしか思えなかった。

朝まで一緒に飲んでいた私は、彼にこの犯行が無理であることをきちんと説明できる唯一の人間だったのではないか。そう思うと、いまでも申しわけない気持ちになる。だが、憲兵に逆らうなど、当時は思いもよらなかった。

曇天の海上を飛ぶ

古田機長の予想は外れた。事件から二日後の五月二五日午前六時、第二次沖縄特攻隊は四番機をさくら弾機からト号機に替えて、予定通り大刀洗飛行場を出発した。

さくら弾機の炎上はショックだったが、私は気持を切り替えて出撃に臨んだ。出撃前の小野戦隊長の訓示を思い出した。

「特攻隊は生きて帰ってはならん。敵艦に体当たりして討ち死にするのが任務だ！」

それを聞いて初めて、ああ、自分は今から死にに行くんだという実感が湧いた。「ト号機の性能をもってすれば、一機をもって一艦を撃沈させることができるんだ！」という伊藤戦隊長代理の言葉を思い返し、気持ちを奮い立たせた。

二機のさくら弾機（溝田機長、福島機長）と二機のト号機（古田機長、工藤機長）は、沖縄近海をめざして一路南下した。私の搭乗した古田機は旋回をくりかえし、遅れがちなさくら弾機を待ったが、そのうち厚い雲に遮られて二機とも見失ってしまった。通信を送れば、敵にこちらの位置を知られてグラマンの攻撃を受ける危険がある。しかたなくそのまま飛び続けた。

徳之島を過ぎたあたりから急に空が真っ暗になり、どしゃぶりの雨が風防を叩いた。市川軍曹がポケットから煙草を取り出し、悠然と吸い始めた。機内に煙が立ち込めた。怒った古田機長が「市川、よせ！」と言った。しかし軍曹は動じず、「機長もどうですか」と煙草を差し出した。

古田機長が無視して命じた。「市川、爆弾の安全装置を外せ！」

市川軍曹は、「なにもあわてることはないでしょ。煙草でも吸って、のんびり行きましょうや」と言いながら、爆弾倉に潜って安全装置を取り外した。

この二人、階級は少尉の古田機長が上だが、実戦経験では市川軍曹のほうが勝っていた。市川は第六二戦隊が帯広で発足した当時からの古参兵であり、南方戦線を生き残った歴戦の勇士だ。それに比べて特操〔陸軍特別操縦見習士官〕第一期生の古田機長は初めての実戦で、緊張のあまり顔を真っ青にしていた。

そのとき、大刀洗の通信所から無線連絡が入った。

「沖縄列島、雲量一〇、雲下飛行可トスル」

つまり、「かなり雲が出ているが、雲の下は飛行してよし」ということだ。私は通信記録のメモを古田機長に渡した。

この時点の高度は四〇〇〇メートル、ここから急降下を始め、洋上一〇〇メートルまで一気に下りた。海面すれすれに飛ぶが、前方は暗くて何も見えない。

午前八時五七分、さくら弾機から暗号による信号を受信。最初は聞きとれなかったが、すぐ「ミミミツツツミミミツツツセセセセ」とわかった。「溝田機突入す」である。

続いて九時二二分、「テテアテレカウホ（敵艦発見）」。さらに「ヤシタヤシタヤシタ（突入）」。私は急いでメモにとり、古田機長に渡した。

「この雲の下の洋上に、まちがいなく敵機動部隊がいるはずだ。全員、索敵せよ！」

激しい雨のため、索敵は困難をきわめた。さくら弾機からの突入を知らせる通信が無言の圧力となったのか、古田機長はにわかに焦りはじめた。燃料が少なくなったのも気になるらしく、計器ばかり見つめている。

「市川、燃料はどうだ！」

「あと三時間がぎりぎりです」

それでも古田機長は、あと三〇分だけ索敵しろと命じた。途中でさくら弾機を待つために旋回したため針路が変わってしまい、現在位置がわからない。航法士の大内兵長は泣き出しそうな顔になっている。

私は短波方向探知機でラジオ局の電波を受信し、それで位置を確認しようとしてみた。だが当時は電波が制限されていたから、とらえるのはかなり困難だった。たとえ電波が届いても、それがどこの局のものであるかは、周波数の一覧表がないと判断しようがない。

「針路がわからなけりゃ、とんでもない方向へ飛んじまうかもしれんぞ。松島、一か八か、やってみるか？」

「はい、危険ですが、やってみます」

敵のレーダー網に捕捉される恐れはあるが、大刀洗基地に無線連絡するしかなかった。通信所を呼び出したところ、幸いすぐつながり、やっと方角を割り出すことができた。この悪天候では、敵機動部隊を発見するのは至難の業だ。もはや帰還するしかなかった。

帰路、古田機は敵機に遭遇することなく、昼の一二時七分、大刀洗飛行場に無事着陸した。私たちは機を降りてピストへ向かった。ピスト前の黒板には白チョークで、
○　さくら五〇二七号機（機長　溝田彦二少尉）　戦艦ニ突入確実
○　さくら五〇三三号機（機長　福島豊少尉）　大型艦ニ突入確実
と書かれていた。

私たち古田機搭乗員は、小野戦隊長の前に揃って整列し、帰還を申告した。

「ご苦労だった。次の作戦に備えて休養をとりたまえ」

戦隊長はそう言って労ってくれた。しかし、戦隊長ら幹部がピストを去ると、副官の中尉が私たちを呼び止めて難詰した。

「お前たち、沖縄まで行きながら、なぜ引き返してきたのだ。はなから体当たりする覚悟がなかったの

「突入確実」と報じられた一番さくら弾機の搭乗員たち。前列右が機長の溝田少尉（大刀洗平和記念館提供）

だろう。燃料を入れて、もういっぺん出撃してこい！」

これを聞いた市川軍曹の顔色がさっと変わった。

「副官殿が操縦されるなら、市川は何度でも出撃しましょう。副官殿が、夜間操縦ができればの話ですが……」

副官はその言葉を聞きおわらないうちに、そそくさと逃げるように出ていった。市川軍曹の切り返しは、さすが古参兵という感じだった。

ピストを出たところで淀川曹長と出くわした。

「やあ松島、これでお前も一人前だ。生きて帰って本当によかった、よかったなあ」

淀川曹長はそう言って心底から喜んでくれた。それにひきかえ、副官の心ない言葉にはがっかりした。古田機長も、「自分は出撃もしないで、帰ってきた俺たちを責める資格はないはずだ」と言ってかんかんに怒っていた。

二機のさくら弾機も、突入したというだけで、敵艦を爆沈できたわけではないらしい。思うに、溝田機と福島機の二機のさくら弾機は、敵艦を発見したものの、突入直前に敵艦載機に撃墜されたのではないか。何かにつけて戦果を偽る上層部が、「突入確実」という言葉でそれを隠そうとしたにちがいない。

ともかくこうして、陸軍最後の切り札とされたさくら弾機とト号機の重爆特攻作戦は、ついに戦果を挙げることなく失敗に終わった。

4

特攻で死にたくなかった

飛行第六二戦隊航法士　花道柳太郎伍長……和歌山県日高郡日高町在住

航空廠技能者養成所から特攻隊へ

一九四〇（昭和一五）年の春、私は和歌山県日高郡東内村高等小学校を卒業した。成績が良かったから、担任の仮谷先生は中学校進学を奨めてくれたが、うちは兄弟が多くて貧乏していたので断った。

すると仮谷先生が、陸軍航空廠の技能者養成所に入れば、授業料と食費は無料で給料ももらえるし、卒業後は航空廠で働けるからいいんじゃないか、と言う。官費で勉強できて、将来の職業が保証される。貧しい家の食い扶持が一人減る。こんなありがたい話はない。それに、ひょっとすると飛行機の操縦士になる夢も実現するかもしれないと思った。

競争率が高く、かなりの難関だったが、岐阜県の各務原《かがみはら》航空廠技能者養成所の板金科に合格した。私たち第一期生二〇〇名は、三五、六名ずつの内務班〔軍曹以下の下士官と兵から成る居住単位〕に振り分けられた。

だが私は技能者養成所というのが何をするところなのか、よく知らずにいた。班長は軍人で、朝はラッパで起床、毎日午前中は学科、午後は航空機の整備実習と訓練。要するにすべて軍隊式の集団生活である。それが三年間続いた。

軍隊生活はつらかったが、官費で教育を受けて資格が取れるチャンスを逃がすまいと、毎日猛勉強した。宿舎内は夜九時には消灯で真っ暗になってしまい、勉強の時間が足りない。そこで最初の休日に外出したとき、懐中電灯と電池を買ってきた。明かりが漏れると班長にどやされるので、毎日頭から毛布を被って一二時過ぎまで勉強した。

航空廠での主な仕事は整備だったが、毎日飛行機を眺めながら、操縦士への夢を捨てきれずにいた。やがて特別幹部候補生の制度ができて、受けてみたところ運よく合格した。滋賀県の八日市飛行場に配備されていた中部第九八部隊第八航空教育隊（通称「八教」）に入隊した。入隊と同時に東京・調布の京王閣で適性検査を受けた結果、重爆撃機の航法士に決まった。それから航法士としての訓練を受けるため、宇都宮陸軍飛行学校に入校した。そこで隣の班に前村弘候補生〔本書2章証言者〕がいて、のちに同じ戦隊に配属されることになる。

当時、重爆撃機の主体は百式重「呑龍」から四式重キ67「飛龍」に変わりつつあり、爆撃隊も再編成されようとしていた。これにともない、操縦士はもとより航法士も大量補充が必要となっていた。宇都宮にも航法士候補生が大勢いたから、いつも順番待ちでなかなか爆撃機に乗れない。機上訓練は週に一回できればいいほうだった。夜間の機上訓練にあぶれた者は、外で夜空を見上げて星座を確認する練習を徹底的にやられた。

二年間で宇都宮飛行学校を卒業し、茨城県西筑波飛行場の飛行第六二戦隊に配属された。一九四五年二月、一九歳のときだ。前村候補生とともに（彼は私よりひと月早く出発したが）西筑波へ赴任した。だが、着いてすぐに大分の海軍航空隊基地へ行くことになった。別府湾での訓練に参加せよとの命令だった。

ちょうどこのころ、第六二戦隊は特攻隊に指定され、すでに重爆撃機の訓練も特攻仕様になっていた。跳飛弾攻撃〔海軍では「反跳爆撃」〕という、艦艇を標的にした爆撃法がある。高度一〇〇〇メートルくらいから急降下して、低空飛行しながら敵艦の手前の海面に爆弾を落とす。すると海面の反発力で爆弾が跳ねて、ちょうど敵艦の舷側に命中するというものだ。投下したらただちに逃げないと、自分も爆発でやられてしまう。これは本来、特攻のための攻撃法ではないのだが、爆弾投下後にすぐさま安全な地点まで飛ぶなんて、どだい無理な話だ。裏を返せば体当たりの訓練に等しい。みな本能的に特攻のための訓練だと感じとっていた。

由布岳《ゆふだけ》、鶴見岳、高崎山など国東《くにさき》半島の険しい山々に囲まれた別府湾だが、海は比較的穏やかだ。「飛龍」で山々の頂上から斜面を滑るように降下し、湾内を航行する海軍の空母「鳳翔」や「攝津」を標的に、コンクリートの模擬弾を投下する訓練をした。時速六〇〇キロで急降下し、海面すれすれを超低空飛行する。鳳翔の手前の海に爆弾を落としたら、ただちに空母のマストを越えるあたりまで上昇する。このとき、上がりすぎてはいけない。できるだけ低いところを逃げないと、敵の対空砲火で撃墜される恐れがあるからだ。

跳飛弾訓練は、一歩まちがえば命にかかわる、とんでもなく危険な訓練だった。爆弾投下後の退避がむずかしいからばかりではない。訓練中も、何機もが同時にあちこちから突入して接触するなど、事故が多かった。

三月一五日、三機編隊の跳飛弾攻撃訓練をすることになった。新海希典《しんかいまれすけ》戦隊長自ら、一機に搭乗して指揮をとるという。私は長保中尉の操縦する二番機に航法士として搭乗するよう命じられた。だが、体調が思わしくない。前夜の夕食後に急に腹が痛くなり、朝になっても下痢が止まらずにいた。いまとちがって飛行機の中にはトイレがない。当時はビニール袋なんてものもないし、バケツを機内に持ち込むわけにもいかない。困って新海戦隊長に相談していると、横で聞いていた林悠男見習士官が、「機内でトイレは無理やなあ。俺が交代してやる」と申し出てくれた。

操縦士の長安中尉は航空士官学校出身だが、群を抜いて操縦が下手だった。それまでに三度も事故を起こしていた。みんな中尉の機に搭乗するのをいやがって、あれこれ理由をつけて回避しようとした。私は嘘をついたわけではないが、「花道がうまく逃げたな」と思った者もいたかもしれない。

三機はそれぞれ、急降下して爆弾を投下し、「鳳翔」を飛び越えると洋上すれすれの低空飛行に入った。そのとき、二番機のプロペラが波に当たって、長安中尉はとっさに操縦桿を引き上げた。すると機首は上がるが尾翼は下がる。風が強く波が高かったため、尾翼が波に叩かれ、機体が真っ二つに割れてしまった。機内の三名は海に投げ出された。

案の定、長安中尉がしくじったようだ。この事故で、機関士一名は奇跡的に助かったが、長安中尉と林見習士官は即死だった。林見習士官は私の身代わりになったようなものだ。正直、命拾いしたという思いもあったが、彼に申しわけない気持ちでいまだに胸が痛む。

訓練中の事故から三日後の早朝、西筑波の第六二戦隊への帰還命令が出て、格納庫の中でト号機と飛龍の点検をしているときだった。空襲警報のサイレンが鳴り出したと思ったら、もう敵のグラマン艦載機が低空から機銃掃射を始めた。すでに二、三機が格納庫の外でエンジンテストを始めていた。

「飛行機を早く掩体壕《えんたいごう》に移せ！」

誰かが叫んでいるが、まにあわない。ロケット弾が当たるものすごい音がして、あっというまに飛龍が炎に包まれ、黒煙と炎が一面に広がった。私はあわてて格納庫から飛び出すと、飛行場の南にあった池のそばを駆け抜け、目についた穴の中に頭からつっぷして隠れた。

それから二、三時間のうちに、第二波、第三波と空襲が続いた。ようやく終わったと思い、穴から出て兵舎の方角を見ると、爆撃で建物があらかた消えていた。掩体壕の中に停めてあった飛龍三機だけは、部分的に破損はあったが修理すれば使えそうだった。

この大空襲を受けて、第六二戦隊はにわかに慌ただしくなった。

「あす午前四時半出発、緊急事態だ！　俺は第三〇戦闘飛行集団の青木〔武三〕閣下に会いに行く！」

新海戦隊長は険しい表情でそう言うと、急いで出かけていった。

あとを任された伊藤大尉は、「別府湾での訓練は打ち切りとし、われわれは新しい任務に就く」とだけ言った。私たち下っ端にも、何か重大な事態が起きていることだけはわかった。

特攻人形が身代わりになってくれた

その翌日の一九四五年三月一九日、第六二戦隊はいったん西筑波へ帰還した。その日のうちに浜松沖特攻が行われたが、私は出撃せずにすんだ。この特攻で新海戦隊長が戦死し、後任には沢登正三少佐が就いた。三月末には米軍の沖縄上陸が現実味を増し、第六二戦隊は海軍とともに沖縄方面で天一号作戦に従事するため、四月一二日、福岡県の大刀洗飛行場へ移動することになった。

ところが出発当日、沢登戦隊長の乗るト号機が離陸直後に墜落。戦隊長は着任四日で亡くなってしまった。第六二戦隊は不吉な前兆におびえながら大刀洗に着いた。私たちは飛行場近くの朝倉郡甘木町〔現・朝倉市〕内の旅館に分宿することになった。私の宿は「おたふく屋旅館」である。

甘木町は平安時代にまで遡る由緒ある町だ。飛行場が完成したのは大正期〔一九一九年〕だが、昭和になって日中戦争が始まると〔一九三七年〕、航空廠や航空機製作所、「飛行学校が設立され、各飛行部隊が配備されるなど、陸軍関連で急激に人口が増え、軍都として栄えた。戦争が拡大するにつれ、軍需景気で町は一変した。町中どこも大勢の兵隊、工員、女子挺身隊員、学徒動員の中学生や女学生で溢れている。その中で、左腕に日の丸の腕章をつけたわれわれ特攻隊員はひときわ目立った。私が西筑波から派遣されてきたころは、陸軍第九八戦隊「雷撃隊」の基地となっていて、その指導のため海軍の航法士も大勢来ていた。

大刀洗飛行場にはコンクリート製の直線滑走路がなく、ぱっと見はだだっ広い草原である。風向きしだいでどこからでも離着陸できるから、戦闘機の操縦士には好まれていた。ここが空襲で破壊されることを心配した陸軍航空本部は、その北の夜須《やす》村〔現・筑前町〕に極秘の予備滑走路を建設した〔一九四四年三月着工、四五年二月完成〕。実際、三月末には本飛行場が大規模な空襲を受けて壊滅状態となり、私たち第六二戦隊はこの北飛行場を使うことになった。

北飛行場には主と副の二本の直線滑走路があったほか、駐機場や誘導路、掩体壕も整備され、重爆撃機や戦闘機を安全に隠せるようになっていた。私たちは到着してすぐ、雑木林の中の掩体壕にト号機を入れた。町民たちが勤労奉仕に来てくれて、カモフラージュ用に木の枝や刈りとったトウモロコシを掩体壕の入口に積み上げた。

到着翌日、訓練のため、ト号機を掩体壕から出して北飛行場の駐機場に据えた。整備士の北兵長が、搭乗前に点検しようとト号機の翼上に登った。私は飲み水を汲みに行った。その間に、すぐ近くの副滑走路（誘導路）に着陸した戦闘機が、強風にあおられて私の乗るはずだったト号機に激突した。翼の上にいた北兵長はすっ飛ばされて地面に叩きつけられた。私は呆然と立ちすくんだ。北兵長はすぐ車に乗せられ、陸軍病院大刀洗分院に運ばれたが、まもなく亡くなった。

ト号機はガソリンに引火しなかったため炎上は免れたが、修理に相当かかりそうだった。前日の沢登戦隊長の墜落事故に続いて、またも爆撃機を失った戦隊幹部は、次の特攻ができないかもしれないと焦っていた。追突したほうの戦闘機の操縦士は、頭から血を流していたが比較的軽傷だった。彼は私のところへ来て、「申しわけないことをした、許してくれ」としきりに謝った。

破損したト号機の航法士席の前で、私が下げておいた「特攻人形」が揺れていた。もし水汲みに行かず乗っていたら、私も死んでいたはずだ。特攻人形が身代わりになってくれたと思い、感謝した。その人形は、私の泊まるおたふく屋旅館の女中、井上フチコさんが、到着した日にお守りとして贈ってくれたものだった。

井上フチコさんが「自分だと思ってくれ」と言って花道氏に渡した写真。花道氏が5月25日の出撃時に握りしめていたため，折れてしまった（花道柳太郎氏提供）

初めてさくら弾機を見る

その翌日の四月一四日、各務原航空廠から三機のさくら弾機が北飛行場へ空輸されてきた。伊藤戦隊長代理と大熊大尉の立ち会いのもと、工藤仁少尉が操縦を引き継ぎ、林の中の掩体壕へ運んだ。三日後の一七日には、第一次沖縄特攻が鹿児島県鹿屋海軍基地から出撃する予定だ。私の名は編成表になかったので、ひそかに胸をなでおろした。

当時、北飛行場には重爆撃機用の掩体壕が十数カ所もあった。三方に三メートルほどの高さで土や石を積み上げ、天井は杉の丸太を組んで作り、上部を杉や榊の葉、孟宗竹などで覆っていた。

初めてさくら弾機を見た私は、その奇妙な姿に驚いた。機体上部が瘤のように盛り上がっている。工藤少尉が「さくら弾というのは、重さは三トンもあって、爆発すると前方三キロ、後方三〇〇メートル先まで炎に包まれるそうだぞ」と、その威力を説明した。

私たちはそれまで、もっぱらト号機を使って、玄海灘や有明海まで遠出して訓練を行っていた。私は工藤少尉に、出撃直前だからさくら弾機で訓練すべきではないか、と尋ねた。すると少尉は、ガソリンをものすごく食うから訓練で使うなと言われている、と答えた。

約三トンの爆弾を積んだ決戦兵器を、ぶっつけ本番で使えというのか。怒った搭乗員たちは、大熊太平大尉のところへ押しかけて抗議した。しかし大尉は「第六航空軍の方針だ」としか言わない。すると機関士の桜井栄伍長が、「あれだけ重いと、エンジンに相当な負担がかかると思います」と食いさがった。

「出撃前にさくら弾機を一機でも失いたくないというのが、第六航空軍の意向なのだ。ガソリン不足も深刻だし、ト号機で訓練するしかないんだ」

私は大熊大尉の言葉に愕然とした。訓練で事故を起こしたら出撃できないから、実戦まで使うなということか。それではまるで、欠陥機であることを承知で使わせようとしているのを認めたも同然ではないか。ト号機と同様、さくら弾機も飛龍を特攻用に改造したものだ。約三トンの爆弾を積むため、軽量化策がとられている。搭乗員数は飛龍の八名から四名に減らし、副操縦士席の前の計器や機関砲などの武器はすべて取り外してある。敵グラマンから攻撃されたら、ただ逃げ回るしかない。だが、いくら軽量化したとはいえ、三トンもの爆弾を積んでいるのだからスピードも相当落ちるはずだ。逃げ切ることなどできない。掩護《えんご》機として四式戦闘機「疾風《はやて》」のような高性能の戦闘機をつけないかぎり、突撃前に撃墜されてしまうのは確実だった。

操縦士はもちろん、機関士や整備士、そして私たち航法士にも、さくら弾機の欠陥が容易に見てとれた。知っていてあえてこんな欠陥機で出撃しなければならない特攻隊員の心情を、大本営も第六航空軍の参謀たちもまったく理解していなかった。

四月一五日には、追加で各務原から到着するはずのもう一機のさくら弾機が不時着事故で破損し、出撃不能となった。先に着いていた三機のうち、一七日の第一次沖縄特攻に調整が間に合ったのは一機だけだった。この一機は金子寅吉曹長を機長として出撃したが、沖縄近海で行方不明になってしまった。私は、口には出せないものの、内心で「やっぱりな」と思った。

農会の娘たちにさくら弾機を見せる

次の出撃日が決まらないまま、われわれ搭乗員はしばらく暇をもてあました。ある日、私は駐機場に停めたさくら弾機の計器の手入れを終えたあと、近所の伊藤甚蔵氏の家へ井戸水を分けてもらいに行った。私たち特攻隊員は、しょっちゅう伊藤家で水やお茶、握り飯などをごちそうになっていた。伊藤氏の息子の義治は、朝倉中学校在学中に海軍予科練〔飛行予科練習生〕に志願して操縦士となり、ラバウル海軍基地に行ったあと、当時は鹿屋海軍基地で偵察機の操縦をしていた。伊藤氏は、息子と同世代の私たちが特攻隊員と知り、気の毒に思ってあれこれ世話を焼いてくれた。奥さんが冷たい井戸水をバケツに汲んで、掩体壕まで持ってきてくれることもあった。

伊藤家は夜須村の大地主で、作男を二人雇っていた。そのうちの一人は朝鮮人の青年だった。北飛行場の建設現場で働いていたが、完成して仕事がなくなったときに伊藤家が拾ってくれたという。わが隊の通信士の一人、山本辰雄伍長も朝鮮出身だった。二人がすぐうちとけて、朝鮮語で楽しそうに話していたことを思い出す。

伊藤家には幸子という名の娘もいた。朝倉高等女学校を卒業後、夜須村役場で農会の事務員をしていた。私たちは毎日のように伊藤家に遊びに行くうち、彼女とも親しくなった。

この日、家にいた幸子が私に言った。

「職場で、あなたたち特攻隊の方々が毎日のように家に遊びに来るって話をしたのよ。そしたら、みんな慰問に行きたいと言うんです。どうしても特攻隊員に会って激励したいって。みんなで行ってもいいかしら」

北飛行場の存在は極秘だったので、憲兵がしじゅう出入りして特別警戒にあたっていた。すぐ近くの安《やす》野《の》という集落には朝鮮人の飯場がたくさんあり、五、六〇〇名が住んでいる。これらの飯場は北飛行場の建設工事の名残で、多くの朝鮮人が完成後もそこに残り、いまでは空襲を受けた飛行場滑走路の弾痕を埋める作業などをしていた。憲兵隊は、この朝鮮の人々の中にスパイがいるのではないかと疑い、労働者風の身なりで飯場に潜り込んだりして、神経質に監視していた。

大刀洗で出撃待機中のころ（花道柳太郎氏提供）

しかし、さしもの憲兵も、私たち特攻隊員に対しては非常に寛容だった。酒を飲んで暴れても見て見ぬふりをされた。私は、農会の娘さんたちなら憲兵もスパイだ何だとは言わないだろうし、そもそも特攻隊員のすることに口は出すまいと思ったので、来てもかまわないと答えた。

それからまもなくして、陸軍第八次航空総攻撃が五月二五日と決まった。私は工藤少尉を機長とするさくら弾機に搭乗することになった。いよいよ死ぬのかと思うと胸がしめつけられた。

出撃四日前の二一日の午後、幸子から、農会の娘たち七、八人が集まるので家に来てくれないかと連絡があった。ちょうど私と山本伍長が手が空いていたので、二人で伊藤家へ行って歓談した。

特攻の訓練の様子や、さくら弾の威力について話していると、娘たちがやおら「ぜひさくら弾機を見たい」と言い出した。敵艦に体当たりするなんてすごい、どんな飛行機か見たいというのだ。

さくら弾機は陸軍の極秘中の極秘だ。普通なら断るところだが、若い娘たちに頼まれると私も山本伍長も断りきれなかった。それで彼女らを北飛行場の駐機場に案内した。途中、憲兵に会ったが、思ったとおり特攻隊員が案内役だから見て見ぬふりをした。カモフラージュの枝などをどけて、入口から中を覗かせてやった。

そこまではわりとはっきり覚えているのだが、そのあと、さくら弾機に娘たちを乗せてやったかどうか、はっきりしない。たぶん、爆撃機としての威力なんかについて、一通り説明しただけだったのではないか。だが、陸軍の最高機密を一般人に見せるなど、いまから思えばとんでもないことをした。当然、私も山本伍長も、上官にはいっさい報告しなかった。

壮行会の夜

五月二二日の午前中、三日後の出撃に備えて、さくら弾機三機、ト号機二機の最後整備を終えた。これらの爆撃機は二四日午後、本飛行場へ移動させる予定だった。

夕方五時、戦隊から迎えにきたトラックに乗って、一二、三キロ先にある二日市町〔現・筑紫野市〕の温泉旅館に向かった。沢登少佐亡きあとの新戦隊長・小野祐三郎少佐の着任祝いと、第二次沖縄特攻の壮行会を兼ねた宴会をするためだ。淀川洋幸曹長だけは連絡要員として戦隊本部に残った。

トラックの荷台に乗った隊員たちは全員、頭には日の丸の鉢巻き、左腕には日の丸の腕章をつけ、白い絹のマフラーをなびかせながら、「加藤隼戦闘隊」「愛国行進曲」などの軍歌を大合唱した。

私たちは旅館に着くとすぐ浴衣に着替え、温泉に入ってくつろいだ。町に散歩に出る者、旅館の庭のベンチに座って話し込む者もいた。宿のすぐ横には小川が流れ、町中に温泉の湯気が霧のように立ちのぼっている。

私は温泉から出ると、ほてった体を冷やそうとベンチに腰を下ろした。沖縄で遭遇するはずの敵艦の姿をぼんやり思い浮かべた。そこへ、同じ工藤機で出撃する桜井伍長がやってきた。あたりを見回し、何か警戒するような様子である。

桜井伍長は私のほうへ顔を寄せると、思いがけないことを言い出した。

「花道、俺は出撃したくない」

「おい、憲兵の耳に入ったら大変なことになるぞ。いったいどうしたんだ」

桜井はしばらく黙っていたが、やがて照れくさそうに白状した。

「実をいうと、好きになった娘がいてな。別れがつらいんだ。おたふく屋旅館の娘の井上敏子さんだ」

私も悲しくなってきて、自分の身の上を話した。

「俺のうちは、兄弟が多くて貧乏してる。両親を楽させてやりたいと思って飛行機の仕事についたんだが、結果的に特攻隊員になっちまった。特攻隊なんぞ志願した覚えはない。『今日からお前は特攻隊員だ』って一方的に命令されて、しかももらった飛行機がさくら弾機だ。ありゃあ片道切符だよ、出撃したら絶対に帰ってこれない」

すると桜井が泣きだした。

「俺もお前も、運が悪かったなあ。特攻で戦死したら二階級特進だというが、死んでから勲章だの金だのもらって何になる。それが悔しいんだ、俺は……」

私の脳裏に、故郷に残した家族の顔が浮かんだ。こんなふうに死ぬものか、絶対にいやだと思うと、私の目にも涙がどっと溢れた。

それからまもなくして小野戦隊長が遅れて到着し、宴会が始まった。約三〇名の隊員たちの前に置かれた膳の上にはたくさんの料理が並び、戦隊持参のウイスキー、ワイン、日本酒がどんどん運びこまれた。私はまったくの下戸なので、もっぱら食べるほうに回った。そのうち、酒の勢いで方々で喧嘩が始まったので、宴会場を脱けだしてまた温泉に入った。湯から上がると早々に床に就き、すぐ眠ってしまった。

朝方、あたりが騒がしくなって目が覚めた。起きてすぐ朝風呂に入った。温泉に浸かるのもこれで最後か、生きている間にひと目だけでも家族に会いたかった、などと考えた。

湯から出てあちこち見て回ったが、戦隊幹部が一人もいない。私は女将に尋ねてみた。

「明け方、どうも騒がしかったようだが、何かあったのか」

「はい、戦隊からお電話が入って、戦隊長さんたちは朝食も召し上がらずに急いでお出かけになりました。私どもは詳しいご事情は存じません」

幹部が全員いないというのはただごとではない。私は、北飛行場で何かあったのではないかと直感した。すぐみんなで北飛行場へ向かうことにした。

トラックの運転手に飛ばしてもらって、一〇分ほどで駐機場に着いた。そこにあるものを見て、私は思わず大声で叫んだ。

「なんてことだ！　さくら弾機が燃えちまってるじゃないか！」

機関士の桜井伍長がいぶかしげな顔で言った。

「火元は何だ？　自然発火にしてはおかしいな。メインスイッチを切ってるんだから、火が出るはずがない」

たしかに、燃え方を見るかぎり、放火のように思われた。さくら弾機は軽量化のため、機体前部がベニヤでできている。そこが真っ先に燃えて、全体に火が移ったのだろう。

橋本清治見習士官が言った。「これだけ無惨に燃えたのに、よくもさくら弾が爆発しなかったものだ。もし爆発して、三キロ先まで炎が走ったとしたら、北飛行場は全滅してたぞ。そしたら沖縄出撃は中止だったな」

このとき、私のすぐ横にいた山本伍長が、右の拳を振り上げて叫び始めた。

「残念でならない！　敵空母と大型輸送船をさくら弾機でやっつけるんだったのに！　悔しいじゃないか！」

私はあることが気になっていたので、山本伍長の突然の激昂にはあまり注意を払わなかった。さくら弾機が燃えた、これは天の采配だ、特攻で死ななくてすむかもしれない――と思ったのだ。しかし、すぐに思い直した。どうせ代替機を手配して、作戦は続行されるにちがいない。

それから全員トラックで、宿舎となっていた立石国民学校〔上層部が軍紀維持を理由に、隊員の宿舎を町中の旅館から学校の教室に移した。八五頁参照〕へ帰った。さくら弾機の焼けただれた残骸が思い出されて落ちつかなかった。夕方になると工藤少尉が来て、山本伍長が憲兵隊に逮捕されたと伝えた。

私はとっさに、まさかと思った。ゆうべから今朝にかけて、私たちは山本伍長と一緒だった。それなのに憲兵隊は私たちに事情を聞きにこない。どうもおかしい。私は隣にいた桜井伍長に疑問を投げかけた。

「二日市の旅館の女将の話じゃ、隊から連絡が入ったのは朝の六時ごろだったというんだろう。朝飯は八時だったな。山本はそのとき、一升瓶を抱えてコップ酒をやっていたよな。そのあと、一緒に北飛行場に行ったじゃないか」

桜井は、たしかにそうだと同意してから言った。

「もしかして山本は、朝鮮人だから放火犯に仕立て上げられたんじゃないのか。憲兵隊としては、一刻も早く犯人を挙げなきゃならん。誰でもいいから早くつかまえちまえ、というので、山本に目をつけたんじゃないか。俺もお前も山本も、同じ工藤機の搭乗員なんだから、憲兵隊はまず俺たちに旅館での様子を聞くべきだよなあ」

それから二人で、これは誤認逮捕だ、そのうち釈放されるだろうと話し合った。二日市温泉に向かうトラックの荷台で、山本伍長が勇ましく軍歌を唱っていた様子や、夜の宴会、続く朝食の席での姿を思い浮かべても、彼を疑う余地はまったくなかった。

特攻隊は、搭乗機ごとに隊員の結束がとても固い。ともに死ぬ運命共同体のようなものだからだ。宴会でもたいてい固まって座るし、宿では同じ部屋で寝る。訓練でも日常生活でも、別行動をとることはめったにない。同じ工藤機に乗る者どうし、山本伍長と私と桜井はそういう一団だった。山本伍長が私たちの目を盗んで何かできたとはとても思えない。

ただひとり、工藤機長だけが、壮行会の日にかぎって、用があると言って欠席していた。特攻出撃前の壮行会で、部下が全員揃っているのに機長がいないとは、ずいぶん妙だなと思ったので、いまだに強く覚えている。

事件翌日の二四日、出撃の前日になって、燃えたさくら弾機の代替機としてト号機が一機、各務原航空廠から空輸されてきた。私たち工藤機の搭乗員はそれに乗って出撃することになった。

上官の機転で生きのびる

私は戦後になって書いた手記『沖縄第二次特別攻撃隊記』に、出撃当日のことを次のように記している。

五月二十五日の朝、早く起こされ朝食をとるため立石国民学校の教室に設けられた食堂に向かった。私は驚いた。戦争中とは思えぬ立派なご馳走がたくさん並んでいた。中でも鯛の焼物は大きくてお膳からはみ出ていた。私はちょっと箸をつけただけで、胸がいっぱいになり、食べることが出来なかった。

食事が終わると私は、一升瓶を捜して、水をいっぱい入れて飛行場に向かった。整備係の努力によって、出発準備が出来ており、キ67飛龍の心地よい爆音が響いていた。全員整列、戦隊長に申告、訓示を受けて、それぞれ出発することになった。

私たち工藤機は山本伍長が外され、通信士がいないため、溝田機〔さくら弾機〕に同行して情報を送ってもらうことになっていた。

出発前、地上無線の担当者から、花道伍長は無線を打つことが出来るか、と問われたが、私には急にそんな器用なことが出来る筈がなかった。そこで私たちは、敵艦艇に突入する場合には「――」と打ち、自爆の時は「……」と打電することを申し合わせた。通信が切れた時が、突入か自爆ということになる。出発間近の短い時間を利用して、無線の取扱いを教えてもらった。

午前六時、いよいよ出発である。溝田機が大きなさくら弾を抱えて、重そうに離陸した。続いて私たちのト号機も発進、離陸時少々エンジンの不調をみたが、そのまま離陸した。

飛行場の上空を一周して、地上の先輩や同僚が日の丸や帽子を振って別れを惜しんでくれるのに、翼を振って答えながら溝田機の後を追った。

熊本上空から沖縄へ針路をとった。私は偏流を測定、対地速度も測定、航跡図を書き始めた。絶好の飛行日和である。宇治群島を真下に見ながら南下した。突然、工藤機長より日本も見納めだ、前方の警戒を十分にするようにと命ぜられた。

出発当時は快晴であったが、南下するに従って雲が多くなってきた。さくら弾機の溝田機は足が遅く、すぐ編隊から外れる。約三トンのさくら弾が重いのかも知れない。

私たちはジグザグに進んだり、またある時は一回転旋回して待ちながら、さくら弾機を待った。だんだん雲が低くなり、雨さえまじってきた。溝田機は高度を下げ始めた。

私たちもこれに続いて高度を下げながら後を追った。一回転旋回すると、溝田機はすぐ小さく遠ざかってしまう。その小さな影を見失わないように追いかけ前進する。

〔…〕前方に島らしきものが見えてきたので、それを目標に飛んだが、雲の影にだまされた。艦艇の航跡らしきものが見えたので、その後を追ったりして索敵したが、どうしても敵機動部隊に遭遇することも、沖縄に到着することも出来なかった。〔…〕

結局、敵機動部隊を発見することはできず、燃料切れの危険が出てきたため、工藤機長は再度の出撃を期して鹿屋海軍基地に引き返すことを決断した。

これまで誰にも話さなかったことだが、私たちが生きて帰還できたのは、一人の上官のおかげである。その人の決断がなかったら、帰還途中に洋上に墜落していたはずだ。

第二次沖縄特攻のころには、飛行機もガソリンも底をつき始めていた。米軍の本土上陸をにらんだ決号作戦に備えて、陸軍参謀本部は飛行機とガソリンを徹底的に温存しようとした。第六航空軍の参謀たちは平然とした顔で、「特攻隊は出撃した以上、帰ってきてはならない」と言った。それが第六二戦隊にも影響を及ぼして、伊藤戦隊長代理が整備士に「ト号機のガソリンは半分でいいからな」と言いわたしていた。

しかし出撃の朝、貴志良一大尉が、戦隊長代理の命令を無視して整備士に「ト号機のガソリンは満タンにするんだ、満タンだぞ！」と命じてくれた。これで私たちのト号機は、往復分のガソリンを積んで出発することができた。

貴志大尉は和歌山県出身で、日ごろから同郷の私にとても親切にしてくれていた。私たちは彼のおかげで、何度も針路を見失いながらもなんとか鹿屋基地に帰還することができた。まさに命の恩人である。

私は鹿屋から大刀洗に帰還すると、さっそく第六二戦隊本部に貴志大尉を訪ねて報告した。大尉はとても喜んでくれて、「無事に帰ってきてよかったなあ！　俺だって戦争で死にたくないし、特攻隊員も殺したくない。だから整備士に満タンにしろと命じたんだ」と言った。

それに、機関士の桜井伍長の技能もわれわれを救った。私たちの乗るト号機は鹿屋着陸の際、燃料切れを警告する赤ランプが点灯していた。普通ならここで落下タンク〔長距離飛行の際、機体の外に追加燃料タンクを取り付けた〕を投棄し、機内タンクに切り替える。だが桜井伍長はそうしなかった。ランプが点いても、タンクの底にはわずかながら燃料が残っている。それを無駄にしないため、タンクが完全に空になったのを見計らって切り替えたほうがいいという。桜井伍長はプロペラの音に耳を澄ませ、エンジンが止まらないよう落下タンクの残りの燃料を手動ポンプで送りながら、使い切ったとみるやすばやく切り替えた。これはよほどの腕がないとむずかしい。飛行機の構造をよく知る桜井伍長ならではの手際だった。

第二次沖縄特攻で出撃した四機のうち、二機のさくら弾機（溝田機と福島機）は敵艦に突入して玉砕、二機のト号機（私たちの工藤機と古田機）が生還するという結果になった。考えてみれば、私はさくら弾機が放火されたことで生き長らえたとも言える。もし放火事件が起きず、予定通りさくら弾機で出撃していたら、溝田機、福島機と同じ運命をたどっただろう。

山本伍長は終戦目前の八月九日に処刑された。銃殺刑だった。あの放火事件は、憲兵隊が山本伍長をむりやり犯人に仕立て上げたのだと思う。日常的に憲兵隊のやることを見ていた者からすれば、冤罪だったとしても驚かない。

山本伍長は断じて放火犯ではない。もし彼を拷問した憲兵たちがまだ生きているなら、私は彼らに会って真相を問いただしたい。真っ向対決してもいい。

私は敗戦と同時に除隊して故郷の和歌山へ戻った。以来、毎朝起きると四方を拝むのを習慣にしている。生きて帰れたことを感謝するとともに、山本伍長をはじめ亡くなった戦友たちの冥福を祈るのだ。

私は戦後三十数年の間、両親にも家族にも、特攻隊員だったことを秘密にしていた。だが五〇を過ぎるころから、このまま隠していたら永久に平和は来ないのじゃないか、われわれが勇気を出して特攻の愚かさを語らなければいかんのじゃないか、と思うようになった。

もしこの世が平和でなくなったら、特攻で戦死した友たちは浮かばれない。私らの話を聞く人たちが歴史の教訓に学んでくれれば、特攻みたいなばからしいことはなくなるはずだ。そう思い、特攻やさくら弾機について知っていることは、生きているうちにできるだけ話しておこうと心に決めている。

5

さくら弾機の機長として

飛行第六二戦隊操縦士　佐野（旧姓工藤）仁少尉……北海道札幌市在住

大学在学中、特別操縦見習士官に志願

一九二〇（大正一〇）年、北海道札幌市に生まれた私は、札幌第二中学校を卒業すると東京の明治大学商学部に入学した。

太平洋戦争が始まり、軍国主義一色に染まった時代、若者にとって大学卒業後の将来など無いも同然だった。いずれ徴兵されてお国のために働かなくてはならないという諦めだけがあった。私は在学中の二〇歳で板橋公会堂で徴兵検査を受け、甲種合格となった。

日本軍が初戦のマレー作戦で大戦果を挙げたことで、国民は自分たちの国が世界一強いと錯覚した。やがて学徒出陣が始まり、大学生や専門学校生たちが学業を捨てて戦地に赴かなければならなくなった。私は、どうせ入隊するなら自分の意志でと思い、陸軍特別操縦見習士官（通称「特操」）に志願した。いまから思えば甘い考えだが、歩兵とか砲兵から始めて苦労するよりは、飛行機乗りのほうが格好良いし、特操として飛行学校を出ればすぐ将校になれると思ったからだ。

一九四三年三月、特操第一期生として、宇都宮飛行学校下館《しもだて》分教場〔現・茨城県筑西市〕に入校した。内務班〔軍曹以下の下士官と兵から成る居住単位〕では、古参兵の上官からひどいリンチを受けて苦労した。

毎日午前中は航法、気象学、通信学など、航空の基礎教育を一通り受けた。午後は軍事教練など体力作りの厳しい訓練のほか、現役下士官の指導でグライダーを手始めに操縦を習った。技術将校からエンジンや燃料タンクの構造などを教わる日もあった。区隊長を務める将校は、陸軍教典やら戦陣訓、教育勅語の暗誦をさせ、軍人精神を叩き込んだ。

特操はみな大学や専門学校、師範学校などで一定の高等教育を受けているので、基礎知識があるとみなされ、飛行機に関する専門知識の習得と実習が中心だった。それだけ操縦士が不足しており、短期養成が急務とされていたのである。

少年飛行兵出身者は、年齢はわれわれよりずっと下だったが、ベテラン操縦士として特操を指導した。実際、彼らの操縦の腕前はみごとなものだった。

翌一九四四年四月、浜松陸軍飛行学校〔同年六月、浜松教導飛行師団に改編。三九頁注記参照〕に入学した。浜松は重爆撃機の総本山と言われたが、当時は軽爆撃機の操縦訓練も並行して行っていた。訓練は初め百式重爆撃機キ 49「呑龍」で行ったが、そのうち最新鋭の四式重爆撃機キ 67「飛龍」が主流になった。キーンと鋭い音で飛ぶ飛龍は性能抜群で、スピードも速く、やがて陸軍の主力爆撃機となった。性能が良いので艦艇相手の雷撃機としても使用されるようになり、第九八戦隊「雷撃隊」などで使われるようになった。訓練は一回について三〇～四〇分、海上飛行に重点が置かれた。それまで陸軍では陸上飛行が主だったが、艦艇を攻撃目標とする新たな作戦の立案とともに、海上飛行が重視されるようになったのだ。艦艇を狙う跳飛弾攻撃〔一一七頁参照〕の訓練も行われていたから、大本営陸軍部はすでに重爆特攻を計画していたのかもしれない。

所属戦隊が特攻隊に指定される

一九四五年二月、私は浜松教導飛行師団を卒業し、茨城県西筑波の陸軍飛行第六二戦隊に少尉として配属された。

ある日、戦隊長の石橋輝志少佐が大本営に呼ばれ、第六二戦隊を特攻隊として再編するよう命令された。石橋少佐は訓練不足を理由にこれに反対し、即座に戦隊長の任を解かれた。少佐が西筑波の戦隊本部に帰ると、早々と転属命令が届いていたのだ。二月二五日、後任の新海希典《しんかいまれすけ》少佐が新戦隊長として着任すると同時に、第六二戦隊は青木武三少将率いる第三〇戦闘飛行集団の指揮下に入った。それまで第四航空軍の戦闘機隊としてフィリピン防衛にあたっていた第三〇戦闘飛行集団が、米軍の本土上陸に備えて首都防衛の任務につくことになり、われわれ第六二戦隊もその指揮下で本土に接近する敵機動部隊を特攻で迎撃することになった。

この前年秋、大本営陸軍部は戦況を打開するための決戦兵器として、飛龍を改造して新たな特攻機を二つ開発した。一つ目は重さ八〇〇キロの爆弾（海軍八〇番）を二個搭載する「ト号機」で、一五機が完成した。二つ目が約三トンの特殊爆弾を搭載する「さくら弾機」だ（さくら弾機については、この当時は何も知らなかった。後日大刀洗へ移って初めてその全容を聞かされた）。両機とも軽量化のため、計器類を極力少なくし、定員は飛龍の八名から四名（操縦士、航法士、機関士、通信士）に減らした。それでもト号機は一六〇〇キロ、さくら弾機は三トンを爆装するから、飛行速度が極端に落ちた。さらに機関砲などの武器を取り外したことで、敵の攻撃に対してまったくの無防備となった。グラマン艦載機などの邀撃《ようげき》網を突破して敵の空母や輸送船のいる地点まで到着できるのか、はなはだ疑問だった。爆弾の威力を偏重し、飛龍の本来の性能を犠牲にした結果だ。

同じ陸軍でも、三重県明野《あけの》に駐屯していた戦闘機隊の一部では、特攻隊への志願を問う調査があったと聞く。しかし、戦隊ごと特攻隊にされた第六二戦隊では、隊員個人の意志ははなから無視されていた。「敵機動部隊が日本列島の太平洋岸を北上中」といった情報が入ると、上層部が各機の搭乗編成を決め、戦隊長に指示を出す。隊員は出撃当日、いきなり指揮所前の黒板に名前を書き出されて初めて出撃を知ることも珍しくなかった。心の準備をする余裕はまったくなかったのだ。

大刀洗飛行場へ進出

一九四四年末に東京三宅坂で発足した第六航空軍は、四五年三月一〇日、米軍の沖縄上陸に備えて福岡市に移転した。同市平尾にある福岡高等女学校〔現・福岡県立福岡中央高等学校〕の三校舎を接収して軍司令部とした。

その一〇日後、第六航空軍は南西方面の作戦遂行にあたり、海軍連合艦隊司令長官の指揮下に入ることになった。鹿児島県の鹿屋基地に拠点を置く海軍第五航空艦隊は、敵機動部隊との戦闘で激しく消耗し、ほぼ壊滅状態だった。残存飛行機をかき集め、陸軍第六航空軍との共同作戦で米軍の沖縄上陸に備えようとした。

第六二戦隊長の新海少佐は、この前日(三月一九日)、浜松沖に侵攻した敵機動部隊に対する特攻作戦で、最後尾の戦果確認機（ト号機）に搭乗し、敵艦載機に撃墜されて戦死した（後日、沢登正三少佐が後任の戦隊長として赴任した）。

翌三月二〇日、第六二戦隊は第三〇戦闘飛行集団の隷下を解かれ、第六航空軍の直轄となった。二五日には米軍の大船団が沖縄の慶良間《けらま》諸島に来襲、海軍連合艦隊は天一号作戦を発動したが、第六航空軍は特攻機と操縦士を揃えることができず、攻撃の絶好の機会を逃がしてしまった。二六日、台湾にいた第八飛行師団の特攻隊が慶良間諸島まで北上し、米艦艇に突入した。二七日には海軍の爆撃機「銀河」による特攻隊が沖縄に出撃したが、大きな戦果は挙げていない。陸軍の立ち遅れで天一号作戦は初期段階で失敗し、米軍の沖縄上陸を許してしまった。

南西諸島方面の長引く天候不順も、天一号作戦失敗の一因だった。四月に入るとやや天候が回復し、第六二戦隊も特攻出撃が可能となった。海軍連合艦隊と陸軍は持ちうるかぎりの航空戦力を投入し、第一次総攻撃（菊水作戦）を四月七日に行うことを決定した。

そして次の菊水作戦でさくら弾機が初めて使用されることになった。陸軍の中でさくら弾機を受領したのは、特攻隊指定を受けた第六二戦隊だけである。極秘兵器ということで、受領の詳細を把握していたのは隊内でもごく一部の幹部だけだった。初回は四月上旬、第一中隊の先任将校（最古参として中隊長の補佐役を務める）である安藤浩中尉が、岐阜県の各務原《かがみはら》航空廠まで一機を受領しに出かけた。安藤中尉は受けとったさくら弾機を、西筑波の原隊ではなく、まず性能検査のため東京・福生の多摩飛行場に空輸した。その際、着陸時の事故でさくら弾機の前脚が折れ、安藤中尉は負傷した。

四月一二日、第六二戦隊は西筑波から、出撃の中継基地となる福岡県の大刀洗飛行場へ向けて出発した。西筑波に残る隊員たちや町民が大勢見送りに来てくれた。その中には沢登戦隊長夫人の姿もあった。戦隊長は隊員らを前に、「第六二戦隊全員が特攻隊員である」と訓示した。見送りの人たちが振る日の丸の旗がはためく中、「飛龍の鋭い爆音と大歓声が混じりあい、大きなどよめきとなった。

中隊長・岩本益臣大尉の操縦で先頭を行く一番機には、沢登戦隊長ら戦隊幹部が搭乗していた。爆撃機がいっせいに離陸の準備を始めると、見送人の歓声がさらに大きくなった。一番機の天蓋が開き、岩本中隊長が手を振って合図すると車輪止めが外された。二番機は古田幸三郎少尉、三番機が私の操縦だった。私はエンジンをふかしながら、すでに離陸した一番機を目で追っていた。すると突然、その機影が視界から消え、前方の雑木林の上に真っ赤な炎が上がった。黒煙が空高く渦巻いた。

「あっ、隊長機が……」

その瞬間、私はエンジンのスイッチを切った。

この墜落事故で沢登戦隊長はじめ幹部が死亡、第六二戦隊は大混乱に陥った。さしあたり第二中隊長の伊藤大尉（先任将校）が戦隊長代理として指揮をとることになった。

事故の騒ぎで時間だけが過ぎていく。ぐずぐずしていると大刀洗に着くころには日が暮れてしまう。暗くなれば着陸がむずかしくなり、さらなる事故も起きかねない。かといって出発を翌日以降に延期すれば、沖縄特攻作戦に支障が出る。中止か続行か。伊藤戦隊長代理は決断を迫られた。

戦隊長代理は、事故の後始末を飛行場大隊に委ね、予定通り出発することを決めた。全機が伊藤機に続いて離陸した。下を見ると、雑木林からはまだ炎と黒煙がもうもうと上がっていた。途中、五機が各務原航空廠で機材を積み込むために編隊を離れた。

私が着いたときは、大刀洗飛行場の上空はまだ明るさが残っていて、着陸に支障はなさそうだった。ただ、滑走路のいたるところにB‐29の爆撃の弾痕が空いていた。私は注意深く弾痕を避けて着陸した。

操縦士の熟練度は、滞空時間を聞けばすぐわかると言われる。戦争末期のこのころ、教官不足、ガソリン不足による訓練時間の短縮で、多くの操縦士は十分な訓練ができずにいた。八〇〇キロ爆弾を二個搭載するト号機ともなると、よほど訓練を積まないと操縦はむずかしい。しかもこのときは通信士が搭乗していなかったので、滑走路の状態は機長が自分で判断しなければならなかった。

大熊太平大尉の操縦するト号機が着陸態勢に入るころには薄暗さが増していたため、大尉は弾痕を見分けることができなかったのだろう。前輪が穴に落ちてしまい、着陸の瞬間に前のめりになって止まった。幸い機体は転倒しなかったものの、前輪を外さないかぎり動けないから、滑走路を塞ぐかたちでとどまることになった。他の二機（渡辺機と菊池機）は着陸できず、しばらく上空で旋回していた。大熊機は処置に手間どり、なかなか移動できない。

空がさらに暗くなってきたうえ、燃料切れの心配もあるので、渡辺機は強行着陸を決めたらしい。大熊機の手前に着陸するつもりが操縦を誤り、失速して墜落してしまった。この事故で操縦士以下一〇名が即死した。

渡辺機に続いて着陸しようとしていた菊池機は、この事故を見て諦めたのかどこかへ飛び去り、そのまま行方不明になった。翌朝、四国の佐田岬付近の海中に墜落しているのが見つかり、搭乗員全員の死亡が確認された。

こうして第六二戦隊の大刀洗飛行場進出は、陸軍航空史上最悪の日となった。沖縄戦の初発段階で、戦隊幹部、搭乗員、飛行場大隊員約四〇名と数機の飛行機を失った。西筑波出発時の沢登戦隊長機の墜落事故に続いて、進出先の大刀洗でも惨事が起きてしまった。こんなふうに重大な事故が続いて起こると、特攻隊員の士気も失われる。前途に不吉な暗雲が漂った。この一連の惨事は、偶然が重なったのではなく、戦争の末期症状の一つであり、起こるべくして起こったものと私は思う。

大刀洗でさくら弾機を受領

西筑波飛行場の第六二戦隊では、特攻機といえばト号機のことで、さくら弾機のことはまったく知らなかった。安藤中尉が運んでくるはずの一機も西筑波に着く前に墜落してしまったので、見たことすらなかった。大刀洗に着いて初めて、伊藤戦隊長代理から、新しく開発した決戦兵器のさくら弾機に搭乗し、沖縄に特攻出撃するよう命じられた。

四月一四日、各務原航空廠から、淀川洋幸曹長らの操縦で三機のさくら弾機が大刀洗に空輸されてきた。そのうちの一機を私が北飛行場の駐機場で受領した。

さくら弾機は全体がグレーのペンキで塗られていた。斜め前から見ると、上部に瘤のようなものが突き出た奇妙な格好をしている。誰かが「せむしのようだ」と言った。それ以外は飛龍とまったく同じ構造のようだった。操縦席に座って振り向くと、赤いペンキを塗った直径一・五メートルほどの爆弾が、お碗をひっくり返したような姿で、こちらに覆いかぶさるように設置されていた。

受領に立ち合った伊藤戦隊長代理は、「このさくら弾機は、陸軍の命運を賭けた決戦兵器だ。したがってテスト飛行および出撃までの訓練は禁じる」と言った。私は、三トンもの特殊爆弾を搭載するのだから操縦は非常にむずかしいはずだ、ぜひテストをさせてほしいと要求した。

「故障で墜落したりすれば大変なことになる。テストはト号機でやってくれ。燃料不足もあるから、第六航空軍から厳しく止められているんだ」

これほど重たい機を、テストも訓練もなしに九〇〇キロ先の沖縄まで操縦していき、敵艦艇に突入せよというのか。常識では考えられないことだった。私は西筑波にいたとき、ト号機による訓練で太平洋上を三〇分ていど飛んだ経験があるだけで、長時間の洋上飛行はしたことがない。梅雨時の南西諸島の気象状況も未知であり、航法士の技量に頼るしかない。沖縄まで海上をどのくらいの高度で進めばいいのか、速度はどれくらいにすべきか、南国特有の積乱雲の中に突入したときの操縦方法など、未経験のことばかりだった。不安が募り、操縦席に腰かけたまま考え込んでしまった。

そのあと、さくら弾機を駐機場から掩体壕《えんたいごう》に移すことになった。駐機場の中でエンジンをかけ、タコの足のように伸びた誘導路をたどって掩体壕まで行く。さくら弾だけで約三トンの重さがあるので、重心がぐっと前方に偏る。動きだしたとたん、ガタンガタンと大きな音がして機体が揺れた。爆弾を固定するボルトの締め方が緩いのではと思うほど不安定だった。

エンジンは飛龍と同じだから、操縦の手順は変わらない。だが重量がネックになる。速度が極端に落ちるはずだが、テスト飛行も訓練もできないのだから感触がつかめない。飛龍よりも燃料を食うから、当然ながら燃料は沖縄までの片道分である。確かなことは、生還の望みがまったくないということだけだった。

さくら弾機もト号機も、爆弾倉を改造して燃料タンクを増槽してあるが、ガソリンの食い方がまったくちがう。ト号機なら、沖縄近海で敵艦艇を発見できなかった場合は鹿児島あたりまで帰還できるだろうと聞いた。それは四月一七日の第一次沖縄特攻の際、一機のト号機が鹿屋基地に帰還したことでも証明された。だが同じ第一次特攻で、金子寅吉曹長が操縦するさくら弾機は、戦果が確認されないまま消息を絶っていた。私はますます不安にかられた。

部下が逮捕される

第二次沖縄特攻出撃が五月二五日と決まり、私はついに機長としてさくら弾機を操縦することになった。

搭乗員は私のほか、航法士の花道柳太郎伍長、通信士の山本辰雄伍長、機関士の桜井栄伍長である。

海軍予科練〔飛行予科練習生〕、陸軍少飛〔少年飛行兵〕などは同期会があって、戦後も深い結びつきがあるようだが、私たちさくら弾機の搭乗員の間には、生死をともにする運命共同体といったような絆はなかったように思う。大刀洗では初め甘木町のおたふく屋旅館に泊まったが、到着数日後に私だけ大地主の家の離れに移った。同じ機に搭乗するといっても、こっちは機長で将校だし、搭乗員の花道や山本、桜井は下士官だ。仲間として酒を酌み交わすというような関係でもないし、さくら弾機で出撃してともに死ぬんだという熱いつながりも感じていなかった。

出撃の三日前〔五月二二日〕の夜、戦隊全員で二日市温泉の旅館に行き、壮行会と小野祐三郎少佐の戦隊長就任祝賀を兼ねた宴を催した。しかしこのときも私は、人生最後の酒を飲んで料理を食べたというだけで、たいしたことは記憶に残っていない。

＊

沢登戦隊長以下、幹部が大勢亡くなった直後ではあり、全体に湿っぽい雰囲気で、飲めや歌えという感じではなかった。ただ、三日後に出撃する特攻隊員たちは、「敵空母に体当たりだ！」「大型輸送船を狙ってやる！」「目標は大型戦艦だ！」などと勇ましいことを大声で叫び、勢いだけはよかった。見送る側も、「大型空母は俺たちに残しておいてくれ！」「俺もあとに続くぞ！　靖国神社で会おう！」などと励まし、壮行会の決まり文句が飛び交った。

ふだんはこうした宴会の際、各中隊ごと、もしくは搭乗機ごとに一箇所に集まる習慣があった。だがその日に限って、通信士の山本伍長の姿が見えなかったような気がする。

翌朝、二台のトラックが私たちを迎えに来た。旅館の玄関前に女将や番頭、女中たちが並び、万歳三唱をして見送ってくれた。

「おい、何かあったにちがいないぞ。ちょっと北飛行場に寄って、ついでに花立山《はなたてやま》の戦隊本部にも行ってみようじゃないか。幹部全員、われわれに黙って出発するなんて、ちょっとおかしいだろう」

誰だったか忘れたが、そう提案した者がいて、みな同意した。

北飛行場の駐機場に着いて、焼けただれたさくら弾機の残骸を見た。私は言葉を失った。驚きと同時に怒りがこみあげた。悔しくてしかたなかった。

燃えた原因はいったい何なのか。前夜は空襲警報のサイレンは鳴らなかったから、敵の空爆による火災ではない。機長の私がメインスイッチを切れば、さくら弾機のすべての電源は止まる。キーを持っているのは私と機関士の桜井伍長だけだ。電源の落ちた爆撃機のどこから火が出たというのか。機体上部はベニヤ板でできているから、下に枯草でも積んで火をつければベニヤに燃え移る可能性はある。火に弱いさくら弾機は、放火するにはもってこいの爆撃機かもしれなかった。

だが、前方三キロ、後方三〇〇メートルまで吹き飛ぶとされるさくら弾の威力を知っている者にとっては、これほど危険な行為はない。火をつけて爆発でもしたら、まず自分の命がない。

戦隊本部へ行ってみると、まさに大騒ぎの最中だった。小野戦隊長と大熊大尉は放火説を主張し、何者かが駐機場に侵入して犯行に及んだのではないかと言っていた。放火となると、戦隊の管理責任が問われる。それで幹部たちは頭を抱えていた。

機長の私に直接の責任はないが、心中複雑な思いが渦巻いていて、戦隊長に何を言ったか覚えていない。さくら弾機を失った以上、二日後の沖縄出撃が中止になることは確実だと思った。糸の切れた凧のような虚しさを感じた。

二日後には死ぬ運命だった私たちにとって、さくら弾機の炎上は複雑な意味を持っていた。わずかな日数を生き延びたことで安堵する反面、覚悟が鈍ってかえって苦しみが増したからだ。

私たちは火災の原因をつきとめられないまま、新たに宿舎となった立石国民学校に戻った。その日の午後、山本伍長が放火の容疑で憲兵隊に逮捕されたことを知った。戦隊本部からも憲兵隊からも、もちろん第六航空軍からも、機長の私にいっさいの事前連絡はなかった。私は割り切れないものを感じた。私はこのとき初めて、山本伍長が朝鮮出身であることを知らされた。憲兵隊は事件発生後、真っ先に戦隊本部に行き、全隊員の名簿を提出させて山本の出自を確認したのだろう。憲兵隊からすれば、あのとき放火犯として疑うとしたら、山本しかいなかったのかもしれない。

代替機のト号機で出撃（佐野仁氏提供）

事件翌日以降も、私はどこからも聴取を受けなかった。はたから見れば、私は機長として、山本伍長の日ごろの行動や二日市の旅館での行動などをよく知る立場にいたということになるはずだ。憲兵隊はなぜ私を取り調べなかったのか。

しかし実のところ、いちいち搭乗員の行動を監視しているわけではないし、前にも言ったように彼らと私は上下関係にあり、さほど親密ではない。かりに戦隊本部や憲兵隊から何か聞かれても、詳しいことは答えようがなかったかもしれない。だがそれでも、私は事前に逮捕を通達されてしかるべきだったのではないか。

五月二五日の出撃を決行するか否かは、新たなさくら弾機が支給されるかどうかにかかっている。結局それが不可能とわかって、急遽、各務原航空廠からト号機を空輸させることが決まった。私たちはこのト号機で出撃することになった。

出撃の朝、飛行場大隊の隊員や近隣の女性たちが大勢見送りに来てくれた。竹竿の先につけた大きな日の丸の旗がはためている。離陸後、それがどんどん小さくなっていくのを眺めた。

私たちの乗ったト号機は、悪天候のため敵機動部隊を発見することができず、燃料切れに焦りながらも、運よく鹿屋海軍基地に帰還することができた。もしあの火災がなかったら、さくら弾機で敵艦に突入して死んでいただろう。妙な話だが、機長の私も、花道も桜井も、山本伍長のおかげで生還できたような気がする。

＊前章までのところで、複数の証言者が、本章の証言者・佐野仁氏（工藤機長）が「急用で五月二二日の壮行会を欠席した」と述べている。しかし、このように本人は出席したと証言している。このくいちがいが何に起因するのか不明である。

6

さくら弾機の不時着を目撃

森部和規《かずのり》……福岡県朝倉市在住

目と鼻の先で爆撃機が土手に衝突

私の実家は福岡県大福村〔現・朝倉市長渕〕の静かな農村地帯にあった。家から五〇〇メートル行けば筑後川の川辺に出た。私が子どものころは、広大な筑後平野に農家がぽつぽつと点在するだけの、とても見晴らしのよい場所だった。

国民学校六年生の春、新学期が始まって間もないある日〔一九四五年四月一五日〕のことだ。学校が早く終わって帰宅した私は、家のすぐ裏手を流れる堀川〔筑後川から引かれた堀川用水路〕に入り、水遊びをしていた。何とはなしに東の日田方面の空を見上げた。すると大型の爆撃機が一機、低空を滑るように飛んでわが家のほうに迫ってきた。瞬間、こりゃ大変だと思うと、水に浸かった足がすくんで動けなくなった。

私は逃げる余裕もなく茫然と立っていた。大きな爆撃機は怪物のように見えた。着陸態勢に入ったかと思いきや、左に急旋回し、菜の花畑に胴体着陸した。飛沫を上げながらしばらく地面を滑走し、一メートルほどの高さの土手（上を県道が走っている）に激突して止まった。急旋回したのは、県道筋にある二階建てのレンガ工場倉庫と駄菓子屋を避けようとしたのかもしれないと思った。

灰色の巨大な機体が土手の上に乗り上げ、県道がふさがれてしまった。私の目の前一〇メートルほど先に主翼の先端が突き出ている。大きな衝突音に驚いたのか、母の菊代が私の名を呼びながら家の勝手口から飛びだしてきた。突っ立っている私を横抱きにして、家の中に走り込んだ。父の理男はたしか、郷土防衛隊の訓練で出かけていて不在だった。

自分の目の前でさくら弾機が不時着したときの恐怖を語る森部氏

落ちたのが味方の飛行機とわかったので、私はまた外へ出た。全体を見たいと思い、県道に上がってみた。爆撃機が突っ込んだ菜の花畑は、そこだけ深くえぐられていた。両主翼の前についているプロペラは、衝突の衝撃で二つともぐにゃっと曲がっている。上から見ると、機体上部がめくれ、ひどく破損しているのがわかる。中から誰か出てくるなり、助けを呼ぶなりするかと思ったが、何の音も声もしない。乗っていた人たちは衝撃で気を失ったのかと思った。

しばらくして機内から人の声がした。上部の盛り上がった部分のベニヤがはがれて、その間からぬっと指が出てきた。続いて腕、さらに飛行帽を脱いだ顔が出た。頭には日の丸の鉢巻、左腕には小さい日の丸の徽章。顔には血が滲んでいる。

「私は機長の及川〔第一次沖縄特攻で出撃予定だった及川泰郎少尉〕といいます。坊やのおうちはどこですか?」

及川機長に話しかけられて、私は自分の家を指してあそこだと答えた。

「あと二人、搭乗員が機内に閉じ込められている。不時着したので、飛行機が発火する危険がある。おうちからバケツをあるだけ持ってきてくれないか」

私はあわてて家に戻り、玄関に置いてあったバケツを持って及川機長のもとへ走った。さらに二人が機内から脱出して翼の上に立っていた。二人とも機長と同じように顔から血を流していた。

機長ともう一人が県道に上がり、あとの一人が堀川に靴のまま入ってバケツに水を汲んだ。そうやって三人でリレーをして、バケツの水を機体にかけ続けた。

原因は燃料切れだった

やがて火の気がなくなったのだろう、バケツリレーが終わった。そこへ母が来て、お茶の用意ができたからどうぞと言って三人を家に招き入れた。

「兵隊さん。墜落の直前に左に舵を切ったのは、前方に二階屋が見えたからですか?」私は生意気に尋ねた。

「坊や、あんなときに、そこまでちゃんと見てたのか。すごいなあ。そうだ、民家に衝突したら大変なことになるからね。あれはね、キ67『飛龍』という、とても性能のいい飛行機がもとになっていてね。エンジンが二つあって、片方が止まっても飛べるし、さっきみたいに燃料切れで二つとも止まってしまっても何十キロも飛行できる。今回も、日田の上空でプロペラが回らなくなってしまったんだが、ここまで来れたんだ。あと少しで大刀洗飛行場だったのに、残念だ」

「どうして燃料切れになってしまったんですか？」

「さくら弾機は、普通の飛龍よりもうんと重いから、それだけ余分に燃料を食うんだよ。民家に衝突しないですんだのは、途中に障害物がなかったからだ。もし人口密集地だったら、とんでもない被害が出ていただろう。不幸中の幸いだが、沖縄作戦には支障が出てしまうなあ」

さくら弾機というのが何なのかも、沖縄作戦の目的も知らない私は、及川機長の話が理解できなかった。ただ、着陸地点があと一〇メートルずれていれば、私と母の命はなかったし、わが家も吹き飛んでいたにちがいないことだけはわかった。

三人の兵隊はそれからしばらくして外へ出て行った。午後になって、大刀洗の飛行場と航空廠から大勢の整備兵がトラックでやってきて、不時着した爆撃機を解体しはじめた。機体から取り出した爆弾は、レンガ工場の倉庫の脇に五メートルほどの深さの穴を掘って埋めた。

私は、及川機長が話してくれた「燃料切れ」に興味を抱き、この目で確かめてみたいと思った。家から小さなハンマーを持ち出して、機体の上によじ登った。解体作業を始めた整備兵たちは大目に見てくれた。ハンマーで機体上部の盛り上がった部分を強く叩くと、ボコボコと音を立てて割れた。よく見るとその部分はすべてベニヤ板でできていた。ベニヤを三枚くらい重ねて張り合わせて、上からグレーのペンキが塗ってある。

燃料タンクは、もとは爆弾を入れる部分だったように見えた〔さくら弾機は飛龍の爆弾倉を改造して追加の燃料タンクとした〕。タンクのバルブを開けて中に手を入れてみた。ガソリンは一滴も残っていない。たしかに機長の言う通り、「燃料切れ」だったことがわかった。しかし、当時の私の頭では、なぜ途中で燃料切れを起こすなどという危険な事態になったのかまでは、考えおよばなかった。

燃料タンクの外側には生ゴムが張られている。そばにいた整備兵に聞くと、敵グラマン機に攻撃されても、生ゴムが緩衝材の役割を果たしてタンクが守られるからだと教えてくれた。私は子ども心に、いくらそんな防備をしても、タンクの中に肝心のガソリンが入っていなければ意味がないではないか、と思った。

整備兵たちは機体から両翼を外し、プロペラをつけたままわが家と県道の間に置いた。この翼はそのあと何か月も放置されていたが、終戦直前に飛行場の人が来て回収した。当時、大刀洗の航空機製作所の疎開工場では飛龍の部品を製造していたので、それに再利用したのかもしれない。

不時着機から取り外され，埋められたさくら弾は，戦後自衛隊が撤去した（大刀洗平和記念館提供）

大刀洗飛行場は、この不時着事故の少し前、三月二七日と三一日の両日、B-29の大群に襲われ壊滅状態となっていた。その後も敵艦載機が連日来襲し、残った施設も徹底的にやられたと聞く。爆撃機の残骸などが置いてあれば、敵の恰好の的になってしまう。そこで航空廠の責任者は、現場の者たちにカモフラージュを指示した。

「敵機に見つからないように、早く機体を切断しろ。両翼とも三メートルくらいの長さに切って、枝やなんかで隠すんだ」

整備兵たちは切断した翼を並べ、木の葉や枝で覆った。作業は夕方までかかった。それでも数日後には敵艦載機に見つかり、爆撃機の不時着地点一帯が機銃掃射を受けた。空襲が終わって外へ出てみると、そこらじゅうに薬莢が落ちていた。

敵機は憎らしいほど低空を飛ぶので、操縦士の笑った顔がはっきり見えたものだ。事前に偵察機が来て写真を撮り、分析してから空襲に来るのだろう、この付近の機銃掃射は狙いが実に正確で執拗だった。

戦後、県道の拡張工事が始まるころになると、戦時中に爆弾を埋めたことが問題になり、陸上自衛隊の爆弾処理班が来て取り除いていった。大刀洗平和記念館には、その除去作業の様子を撮った写真が展示されている。

7

早朝の炎と黒煙

大刀洗陸軍航空廠北飛行場整備班　河野孝弘……福岡県直方市在住

少年飛行兵の夢やぶれ、技術者となる

私は一九四四（昭和一九）年春、福岡県直方《のおがた》市内の国民学校高等科を卒業すると、夢にまで見た少年飛行兵になるため、大刀洗の陸軍飛行学校を受験した。難関を突破して合格。四月二日、喜び勇んで西太刀洗駅に降り立った。駅前は私と同じようないがぐり頭の少年たちでごった返していた。引率者に連れられて大きな門の前に立った。掲げられた看板には「大刀洗陸軍航空廠」とある。帯剣した衛兵が私たちを迎えた。

「おい、俺たち、場所をまちがえたんじゃないか。どうもおかしいぞ」

誰かが言った。私はポケットから入校指定書を取り出し、「飛行学校」の文字を何度も見直した。

「きっとこの門の中に飛行学校があるにちがいない。とにかく受付を早くすませよう」

敷地内は大きな工場のような建物ばかりだった。その中の一つに誘導され、受付でここは何の施設かと尋ねた。すると係官が「大刀洗陸軍航空廠の技能者養成所だ」と言う。私は入校指定書を出してそんなはずはないと言ったが、とりあってもらえない。

陸軍はたしかに少年飛行兵を募集していたが、試験後、急に上層部の方針が変わり、合格者を技能者養成所に回すことになったという。

河野孝弘氏

「なあんだ……飛行学校じゃないのか。ああ、がっかりだ」私は思わず口走った。ほかの者も同様で、みな落胆してその場に座り込んでしまった。操縦士になる夢は消えたが、軍の方針ならしかたがない。諦めるしかなかった。

このとき、この技能者養成所には全国から九五〇名が集まり、うち七〇〇名が関東出身者だった。九州地方では鹿児島、熊本、宮崎出身者が多かった。これだけの数の少年たちが望まぬ先へ回されたことで不満が渦巻いた。数日のうちに、約束がちがうと退学を申し出て帰郷する者も現れた。うち何人かは、海軍の予科練〔飛行予科練習生〕を受験しなおしたいと言った。すると班長が激怒した。

「こらっ、貴様！　陸軍の技能者養成所にいて、海軍予科練を受けるとはなにごとか！　なめたまねすると承知せんぞ！」

班長はそう怒鳴ると、その中の一人を殴り倒した。これを目の当たりにしたほかの者は、恐れをなして班長に詫び、予科練など受験しないと誓った。

陸軍の恣意的な方針に腹が立ったが、泣き寝入りするしかなかった。この当時、すでに飛行機の消耗は激しく、操縦を教える教官も燃料も不足しており、たとえ少年飛行兵になったとしてもまともな訓練はできなかったかもしれない。

こうして私たちは、ろくな説明もないまま、技能者としての訓練を受けることになった。航空廠の廠長は日野大佐、技能者養成所の所長は萩尾中佐だった。教育と訓練の内容は非常に高度で、午前中は国語、数学、歴史などの学科（中学校用の教科書を使った）のほか、航空工学などの専門知識を講義で学んだ。午後は実習で、鑢《やすり》のかけ方、旋盤、鏨《たがね》の作り方などを教わった。鏨を大きなハンマーで叩くとき、慣れないので腕を大きく振ることができずにいると怒鳴りつけられた。飛行機の部品には厳しい規格があって、精密さと高度な品質を要求されるから、実習もおのずと厳しいものになった。

「完成した製品にほんのわずかの狂いがあれば、それだけで飛行機が墜落するんだぞ！」

教官はそう言って私たちを脅した。

大刀洗航空廠には巨大な格納庫が三つあって、陸軍がこれまでに使った飛行機がすべて揃っていた。重爆撃機、軽爆撃機、偵察機、戦闘機、ユングマン〔四式基本練習機〕などさまざまな飛行機が、ドイツから送ってもらった設計図に基づき、航空機製作所で生産された。部品製造も組み立ても、女子挺身隊員や女学生、中学生がやっていた。最新鋭の四式重爆撃機キ67「飛龍」でさえ、こうした非熟練者たちが作業した。沖縄特攻作戦に伴い、小月（山口県）、芦屋（福岡県）、菊池（熊本県）、知覧（鹿児島県）に大刀洗航空廠の分廠が設置され、工員や整備士が分散したことで人手不足となり、やむをえず一五、六歳の少年少女たちまで働かせることになったのだ。

よく整頓された工場内でさまざまな新鋭機に触れるうち、私は空への情熱をいっそうかき立てられた。あるとき、格納庫に停めてある飛龍をよく見ると、後部座席が破損していた。二〇ミリ機関砲の弾帯はちぎれ、下に徹甲弾、曳光弾、炸裂弾が散乱している。台湾沖航空戦に雷撃機として出撃した機だった。生々しい傷跡だった。

入所からまもないころ、格納庫の中で修理中の飛行機から発火し、大火災になったことがある。通常、修理の際は溶接の火花が散って危険なので、飛行機はガソリンを全部抜いておくことになっている。このとき、整備士が急ぐよう言われて焦っていたのか、ガソリンが染みた布切れを放置してしまった。それに溶接の火が飛び、たちまち燃え上がった。あわてた整備士が手近にあったバケツをぶちまけたところ、なんと中身が水ではなくガソリンだった。火勢が一気に強まり、飛行機に燃え移り、格納庫の中は炎の海と化した。木造だったのであっというまに建物全体に延焼し、大火事となってしまった。萩尾所長は管理責任を問われ、クビになった。

第二格納庫の駐機場には、八〇〇キロ爆弾を吊るした海軍の雷撃機が十数機、黒く不気味な姿で並んでいた。陸軍第九八戦隊「雷撃隊」が使う機だ。敵機動部隊の艦載機に手を焼いた日本軍は、そのおおもとの空母を叩くため陸海共同作戦を策定した。雷撃はもともと海軍の専門だから、第九八戦隊はその指導を仰ぐ立場で、大刀洗飛行場には大勢の海軍雷撃隊兵が派遣されてきていた。甘木の町中にも水兵がうようよいて、彼らが泊まっていた旅館街に通じる道路は「雷撃通り」と呼ばれるほどだった。

最新鋭の飛龍も大刀洗に集結しており、全部で四五機あった。雷撃隊を掩護《えんご》する三式戦闘機「飛燕」も、エンジンを轟かせながら出撃に備えていた。

入所から二カ月後、航空廠の軍属にも召集令状が届きはじめた。前線部隊に車両整備士として派遣されたり、米軍上陸に備えて南九州・四国方面の海岸陣地構築や警備にかりだされたりした。これで航空廠はいよいよ深刻な人手不足となった。

入所からまもなく一年となる一九四五年三月下旬、私の所属する班の者は全員「飛行学校要員」を命じられた。少年飛行兵を志望していたのに、問答無用で技能者養成所に回され、一年間耐えた。それをこんどは飛行学校へ行けと言う。これまで学んできた航空廠の仕事がむだになるではないか。いくらなんでも簡単に納得できるものではない。だが班長はかまわず続けた。

「ほかの連中はもうそれぞれの分野の職務についたが、お前たちは宙に浮いているんだよ。しかし、どっちにしても廃校になったから、どこでも好きなところへ行けばよい」〔大刀洗陸軍飛行学校は一九四五年二月に閉鎖され、第五一航空師団に編入された〕

あまりにも無責任な物言いに困惑していると、班長はさらに「知覧か菊池、小月の分廠はどうだ」と言う。私は即答できなかった。

「それなら、お前が目をかけてもらってる佐々班長のところで働けばいい。あいつは近々、新しくできた北飛行場の整備責任者になる。異動したらお前もついていけ」

人手の足りない航空廠で飛行機製作の仕事に就くものと思っていた私は、整備に回されることに多少のとまどいを覚えた。しかし、佐々班長が一緒なら心強いし、北飛行場勤務であれば休日には直方の実家に帰れるだろう。佐々班長がいつ異動するのか知らないが、そうしようと決めた。

三月二四日、養成所の修了式が行われ、私たちは技能者の訓練をひとまず終えた。一人前になるにはせめてあと一年は必要だったが、戦況からして教育の継続は不可能だったのだろう。

大刀洗大空襲

大刀洗飛行場は西日本一の広さを誇る陸軍の一大航空拠点だったが、日中戦争が激化し、大型爆撃機の時代になると課題に直面した。そもそも滑走路が五〇〇メートルと短く、長い滑走を要する爆撃機には不向きである。そのうえコンクリートを敷いていないから、雨が降ればぬかるみになるし、離着陸のたびに穴や溝ができる。機体の軽い戦闘機や偵察機ならまだしも、重爆撃機だと地面が削れてしまう。それを石や土で埋めるから凹凸ができる。一式戦闘機「隼」が悪路に脚をとられて転倒したり、旧式の九七式戦闘機が石ころにつまづいて逆立ちしたりと、ひやりとするような事故がたびたび起きていた。

そこで陸軍は別の場所に極秘の飛行場を作ることにした。用地として本飛行場の北西四キロほどに位置する夜須《やす》村〔現・筑前町〕の、篠隈《しのくま》・福島・下高場・四三島《しそじま》・東小田をまたぐ一六〇町歩の土地が接収された。地主との話し合いは難航したが、軍の命令だから逆らえない。最終的には強制収用となった。本飛行場の北ということで、「北飛行場」の名がついた。

一九四四年三月一日から突貫工事が始まった。すでに国内にいた朝鮮人勤労報国隊員に加えて、新たに半島から強制的に連れてこられた朝鮮人たちが工事にかりだされた。彼らは現場近くの安野《やすの》という集落に粗末な掘っ立て小屋を建てて住んだ。同胞の頭領を責任者とする飯場が形成された。飛行場の完成まぢかになって、福岡市内にあった西部軍司令部（第一六方面軍）が山家《やまえ》（現・筑紫野市、筑前町）の山腹に地下壕を掘って移転することになり、筑豊の炭鉱で掘進夫《くっしんふ》として働いていた朝鮮人勤労報国隊員たちが動員された。*それがほぼ完了すると、朝鮮人工員たちの一部は北飛行場の建設工事に回された。最終的に安野の朝鮮人飯場は、家族を含めると約七〇〇名にのぼった。

こうして大勢の朝鮮人を動員し、一九四五年二月、重爆撃機用の主滑走路（幅五〇メートル、全長一・八キロ）と誘導路（副滑走路、幅三〇メートル、全長一・六キロ）の二本のコンクリート製滑走路を備えた北飛行場が完成した。その翌月の三月二七日、本飛行場が大規模な空襲を受けたため、北飛行場の存在価値はいよいよ高まった。

養成所修了式の三日後、三月二七日午前一〇時に始まった大空襲は、それまでB-29に襲われたことのない大刀洗の人々にとってまさに恐怖の体験だった。私と四人の養成所同期生は、たまたま航空廠や養成所の建物とは離れた場所にいて、農家の人が田んぼの横に穴を掘って作った防空壕に逃げ込んで助かった。しかし、格納庫や整備工場にいた養成工、整備士、女子挺身隊員ら一〇〇名以上が犠牲となった。航空廠で生き残ったのは私たちを含めわずか十数名である。寮で私の隣室だった白土君は、発見時まだわずかに息があり、人工呼吸を施したが助からなかった。格納庫周辺には「人間の残骸」が無造作に積み上げられた。首や胴がちぎれた遺体。爆撃で吹き飛んだ誰かの手や足。これが人の姿かと思い、私は言葉を失った。

3月27日空襲時，激しく燃える大刀洗飛行場の機体工場周辺
（大刀洗平和記念館提供）

私たちは班長に命じられ、二時間かけてバケツと竹箸で散乱した肉片や骨片を拾い集めた。

空襲の翌日、被害状況が徐々に明らかとなった。飛行場および航空廠は徹底的にやられていた。工場や格納庫はもちろん、駐機場に停めてあった雷撃隊の飛龍四五機、戦闘機数十機などが、七四機のB‐29による三〇分足らずの空襲ですべて灰燼に帰したことがわかった。軍人・軍属と周辺に住む民間人を合わせた犠牲者数は一〇〇〇名にのぼるとも言われる。陸軍飛行第四戦隊や第五航空教育隊（通称「西部一〇〇部隊」）も被害を受けた。第五航空教育隊は、事前に危険を察知した部隊長の高村経人中佐の英断で、三〇〇〇～四〇〇〇名の隊員のうち多くを久留米方面に緊急避難させていたため、戦死は約一三〇名と比較的少なかった。しかし高村部隊長は、軍司令部の許可を得ずに部隊を移動させたため、後日責任を問われることになった。

この空襲を受けて、私たち航空廠の軍属は自由に移籍してよいことになり、私は迷わず佐々班長のいる北飛行場へ行くことにした。三月三〇日夕刻、私は四名の養成工仲間と連れだって、トランクや寝具一式を台車に積み、北飛行場佐々整備班の疎開先となっていた乙隅《おとくま》の天理教筑紫分教会へ引っ越した。

翌朝、天理教会に身を寄せた総員三〇名の佐々班は、班長から役割分担や作業方針の説明を受けた。この日は資材・工具の検分をしただけで解散となった。

翌三一日の朝、北飛行場の掩体壕《えんたいごう》を見に行った。入口は漁網や竹や木の枝でしっかりと偽装されており、これなら上空から発見されにくいだろうと思った。一〇時を過ぎたころ、空襲警報のサイレンが鳴りだした。本飛行場が再び標的となっていた。花立山《はなたてやま》の西にある航空機製作所が爆撃されるのが見えた。腹に響く不気味な震動を感じた。四日前にさんざん爆撃したというのに、とどめを刺しに来たのか。製作所は工作機械の搬出がまだ終わっていなかったはずで、もはや大刀洗での飛行機製造は絶望的ではないかと心配した。

北飛行場整備班の宿舎となった乙隅の天理教会（河野孝弘氏提供）

この日の第二回空襲でも七〇機ほどのB-29が来襲し、航空機製作所と第五航空教育隊が徹底的にやられたが、基地内の死傷者数は二〇名ほどだった。二七日の第一回空襲でB-29の恐ろしさを知った人々が、警戒警報と同時に迅速に退避したからだろう。だが各施設はほぼ全滅で、隊員たちは中隊ごとに立石、小郡《おごおり》、御《み》原《はら》など周辺の国民学校を臨時兵舎として分散した。

四月一日、佐々班にもやっと仕事らしい仕事が回ってきた。戦闘機「隼」が主脚を格納できなくなってしまったので修理せよとの命令だ。さっそく工具を揃えようとしたが、二七日の空襲ですべて破壊されてしまっている。電話で方々に問い合わせ、ジャッキなど必要な機材を借り受けるのに夕方までかかった。夕食をすませてから班員五名で隼の停めてある掩体壕に行った。

隼は主脚を出したまま飛ぶと、時速が四〇キロほども落ちるという。スピードの差は空中戦では命とりだ。翼の支点を地固めし、ジャッキで車輪を上げる。班長が操縦席で減圧操作をすると、シリンダーの先から油と泡が出る。泡が出なくなるまで数回くりかえす。オイルを補給し、ボルトを締め直すと、主脚はいとも簡単に納まった。私たち養成工にとって、これが初仕事である。「やったぞ！　訓練が実を結んだ！」と喜びあった。ちょっとした修理ではあるが、自分たちの力で隼を飛べるようにしたという充実感は大きかった。

数日後、佐々班は飛行第六五戦隊の基地となっていた佐賀県の目達原《めたばる》飛行場へ出張することになった。任務は三式戦闘機キ61「飛燕」の整備点検である。そこでたまたま特攻隊の出陣式を見た。九七式や隼などの戦闘機が滑走路上に整然と並び、白マフラーを風になびかせた十数名の特攻隊員が花束を胸に、満場の歓呼の声に送られて機上の人となった。夕刻には鹿児島県の知覧か万世の飛行場へ着き、翌日か二日後には出撃することだろう。長くてあと三日の人生をどう過ごすのか、その複雑な心境は私たちには計り知れなかった。

大刀洗に戻ってしばらく経った四月一八日朝、また空襲警報のサイレンが鳴り響いた。本飛行場は二度の空襲ですでに壊滅状態にある。こんどの狙いはこの北飛行場にちがいなかった。私は急いで田んぼの中に避難した。空を見上げると、敵のＢ‐29と日本軍の二式複座戦闘機「屠龍《とりゅう》」が空中戦をやっていた。しかしまもなく屠龍が墜落炎上、パラシュートが開くのが見えた。続いて機銃掃射の音がし、近くの農家のトタン屋根にガーンという大きな音を立てて当たった。跳ね返った弾が私のすぐ上の宙を横切った。まさに間一髪で被弾せずにすんで、幸運としか言いようがない。

この日の空襲は、日本の特攻に手を焼いた米軍が、大刀洗周辺の誘導路を破壊して特攻機の動きを封じようとしたものであった。米軍は通常の爆撃のほかに、誘導路付近に時限爆弾を投下していったのである。飛行場関係者および周辺住民は、しばらく付近一帯に立ち入らないよう厳重に警戒した。投下から一週間を過ぎて突如爆発することもあるのだから、私たちも近隣住民も恐怖にうち震えた。

＊一九四四年一月、陸軍省の井田正孝少佐が、政府中枢機能を安全な場所に移転する計画を立案。長野県松代の大本営、東京都浅川の東部軍司令部、愛知県小牧と大阪府高槻の中部軍司令部、そしてこの福岡県山家の西部軍司令部が計画されたが、実際に工事が行われたのは松代と山家だけで、どちらも大勢の朝鮮人を掘削工事に従事させた。本書13章、14章参照。松代大本営については、拙著『松代地下大本営』（明石書店、一九九二年）参照。

さくら弾機の燃料洩れ

一九四五年四月一二日、陸軍飛行第六二戦隊が茨城県西筑波飛行場から大刀洗へ進出してきた。第六航空軍指揮下で沖縄海域の米機動部隊に対し重爆特攻を敢行するためで、北飛行場がその前進基地となったのだ。

そのころ、私たち整備関係者全員が近所の集会所へ集められた。何ごとかと思っていると、佐々班長が話し始めた。飛龍を改造した爆撃機が近日中にこの北飛行場に届くことになったという。

「この改造機は、名前をさくら弾機という。重さおよそ三トンの、これまでにない新型の特殊爆弾を積んでおる。爆発すれば前方三キロ、後方三〇〇メートルが炎に包まれるという大変な破壊力だ。諸君もそのつもりで対処してくれ。陸軍の決戦兵器だから、絶対に口外してはならん。それから、同じく飛龍の改造機で、八〇〇キロ爆弾二個を搭載するト号機も届く。両機とも、この北飛行場の掩体壕で出撃を待つことになる」

私たちは、さくら弾機とト号機という新兵器の投入で、悪化を極めた戦況が好転するにちがいない、と大いに期待した。

翌一三日、さくら弾機とト号機が岐阜の各務原《かがみはら》航空廠から空輸されてきた。一六日、さくら弾機一機とト号機三機が、第一次沖縄特攻のため鹿児島県の鹿屋海軍基地へ向けて出発した。だが、さくら弾機は出撃後消息を絶ち、ト号機も戦果なく帰還したそうだ。

それからしばらくして、次回の沖縄特攻でさくら弾機で出撃する予定の特攻隊員たちと話す機会があった。その日、私は四名の養成工仲間と連れだって歩いていた。途中、夜須村の福島で、駐機場に一機のさくら弾機が停まっているのが目に入った。主翼の下で、四名の若者が車座になって談笑していた。明るい雰囲気に誘われ、つい座に加わった。若き特攻隊員たちは、同年代の私たちに心を開いてくれたようで、家族との惜別、思春期の若者らしい異性への関心など、それぞれ秘めた思いを打ち明けてくれた。余命いくばくもないのを自分でわかっている彼らの心境を思うと、涙が溢れて止めようがなかった。もし自分が望み通り少年飛行兵になっていたら、彼らと同じように特攻出撃することになったかもしれない。そのとき、自分は死を前にしてこのように恬淡としておれただろうかと思った。

その数日後、さくら弾機の燃料タンクが故障してガソリンが洩れているので、ただちに修理せよとの命令を受けた。さくら弾機は飛龍の爆弾倉を改造して燃料タンクを増設してある。開発したての最新兵器なのに、燃料タンクがいかれるなんておかしい、と私は不審に思った。佐々班長はたしかにガソリン漏れと言ったが、どういうことなのか。私たちはすぐ駐機場に向かった。

秘密兵器だから故障も機密ということで、佐々班長ら精鋭数人で修理にあたることになった。修理するには、いま入っているガソリンをすべて抜かなければならない。さくら弾機はかなりの燃料を食うので、片道分とはいえ大量のガソリンが入っている。タンクローリーを呼んで吸い上げ始めたが、すぐにタンクが満杯になり、ガソリンが溢れ出した。本飛行場からもう一台を呼ぶには遅すぎる。

「しかたがない、このまま溢れさせるしかないな」佐々班長が諦めたように言った。

機体の周囲にたちまちガソリンの池ができた。ゆうにドラム缶五、六個分くらいはあったと思う。

佐々班長たちが作業している間、暇をもてあました私たちは、操縦席、航法士席、通信士席、機関士席に順に座って、機械や計器類をいじり回した。操縦席の後方一メートルくらいのところに、お椀を伏せたような姿でさくら弾が設置されていた。私はいい機会だと思い、じっくり観察した。全体に赤のペンキを塗ったぶあつい鉄の塊は、見るからに重そうだ。中には特殊な炸薬が入っており、蓋は六本のボルトできっちり締め、さらにボルト同士を針金できつく縛ってある。先端の出っ張った部分からは導線が出ている。このときの観察が、後日の火災で役立つことになった。

結局、このときはガソリン洩れの原因はわからずじまいだった。もしかしたら佐々班長をはじめ修理にあたった数人は原因をつきとめたのかもしれないが、私たちには明かされなかった。錐か何か、先のとがったものでタンクに穴でも開けないかぎり、ガソリンが漏れるなど考えられない。私はどうにも合点がいかなかった。

さくら弾機が燃えている！

ガソリン漏れ事件から数日後の五月二三日、朝五時ごろ、宿舎となっていた天理教会の電話がけたたましく鳴った。大刀洗航空廠の専用回線だった。

起床は六時だったから、まだ多くが寝ていた。誰も起きようとしないので、しかたなく佐々班長が受話器をとった。

「何だと！　さくら弾機が燃えよる！」

班長の険しい声で、全員が毛布をはねのけて立ち上がった。

「お前たち、バケツと鳶《とび》を持って現場へ急げ！　はよう消火するんだ！　福島の駐機場だっ！」

佐々班長の怒鳴り声を聞きながら、私の足はすくんだ。数日前にさくら弾の威力を聞いたばかりである。ここから福島の駐機場までおよそ一キロ、もしあれが爆発したらここも吹っ飛ぶのか、と怖くなったのだ。

教会の正門を出て三〇〇メートルほど行くと、福島方面に渦巻く黒煙と赤い炎が見えた。バケツと鳶を持って行けと言われたのに、みな手ぶらで走っていた。どの道をどうやって行ったか記憶にないほど興奮していた。

駐機場の手前五〇〇メートルの地点まで来て、空に立ちのぼる黒煙を見ると、再び足がすくんだ。これほどの火災なら、いつさくら弾が爆発するか知れない。消火に行けば爆発に巻き込まれる。ほかの者も躊躇しているのがわかった。滑走路横の排水路に二、三名が飛び込んで身を伏せた。私も本心では行きたくなかったが、火を消さなければ大変なことになる。こんなときに自分だけ助かろうなんて利己的すぎると思い、意を決して現場に向かった。ちょうどそのとき、後から来た佐々班長が、「みんなぐずぐずするな！早く消火に行け！」と大声で叫んだ。私が先頭を切って走りだすと、迷っていた仲間もついてきた。

さくら弾機は猛烈な火勢で燃えていた。機体上部のベニヤ板は早くも燃え落ちて、ジュラルミンの部分も溶けている。周囲はものすごい熱で近づくこともできず、消火どころではない。みな遠巻きに茫然と立ちつくしていた。

私は数日前のガソリン漏れを思い出していた。この火災は、あのことと関わりがあるのだろうか——火の勢いが弱まるまで、ぼんやりと考え続けた。

ガソリンの量が半端ではないから、三〇分ほどボウボウと燃え続けた。ようやく火が収まってきたので、私は状態を確認するため思い切って少し近づいてみた。さくら弾の容器のボルトが外れて蓋が全開になり、そこから火が出ているのを見て、私はこれなら絶対に爆発しないと確信した。さくら弾の炸薬を包む鉄の容器は極めて厚く、ボルトで密閉されている。密閉状態で信管に点火するからこそ、逃げ場を失った火が大量の炸薬を一気に燃やし、非常な威力を発揮するのだ。外気に触れているかぎり、火は内にこもらず、炸薬が爆発することもない。機体の下を見ると、炸薬が白っぽいマグマ状になって流れ落ちていた。

「おいみんな、大丈夫だ、爆発しないぞ！」

私は自信をもって叫んだ。離れて見ていたほかの者たちも、これで安心したのか、恐る恐る寄ってきた。

「よし、機体を解体するぞ！」

佐々班長の号令で、全員で作業にとりかかった。まず余熱の残る主翼を二つとも根元から外した。「せむし」と呼ばれる上部の盛り上がった部分のベニヤも機体先端も完全に焼け落ちていた。むきだしの骨格だけを残した「決戦兵器」の哀れな姿がそこにあった。さくら弾だけが、昇ったばかりの陽の光を受けて朱色の外皮を輝かせていた。

解体作業が終わったのは午前七時ごろだったろうか。後片づけを飛行場大隊に任せ、私たちは宿舎の天理教会に戻った。極度の緊張と恐怖で、みなくたくたに疲れていた。佐々班長が全員に口止めした。

「今回のことは軍の機密だから、いっさい口外してはならん。わかったな！」

私はその後も事件の経緯をしつこく考え続けた。まず、朝五時に佐々班長がとった電話の相手は誰だったのか。放火犯が自ら電話してくるはずはないから、火災の第一発見者だろう。当時、夜須村で電話のある家はほとんどなかった。たとえあったとしても、民間人が航空廠の専用回線にかけてくるとは考えにくい。火災の一報を入れたとすれば、福島駐機場近くの東小田国民学校に疎開している航空機製作所の関係者か、第五航空教育隊の隊員であろう。その人物がまず第六二戦隊本部に報告し、そこから航空廠の佐々班に電話が入ったのではないかと推測した。だが、それならほかの整備班にも連絡が行ったはずなのに、なぜ消火に駆けつけたのがわが佐々班だけだったのか。

翌日になってようやく落ちついた私は、事件の少し前、福島駐機場で出会った四人の特攻隊員たちのことをふと思い出した。まさか、燃えたのは彼らの乗るはずのさくら弾機だったのだろうか。

技術者の目から見た火災原因

私は、さくら弾機炎上の原因は明らかに放火だと思うようになった。メインスイッチは切ってあったのだから、自然発火は考えられない。そして、私は爆弾の容器の蓋が開いているのをこの目で確認している。針金で止めた六本のボルトが勝手に外れるわけがない。高熱で針金が溶けたとしても、ボルトが外れていたのはおかしい。爆発したのならその衝撃で吹き飛ぶ可能性はあるが、さっき話したようにさくら弾も機体も爆発はしていない。

かりに放火だとして、約三トンの爆弾を積んだ飛行機が万一爆発すれば、火をつけた当人の命も危険にさらされる。たぶん、身の安全を確保するため、あらかじめ爆発しないように処置をしてから火をつけたにちがいない。つまりボルトと針金は人為的に外されたのだ。すると、これはさくら弾機の仕組みを知る者の犯行と考えていいのではないか。素人がボルトや針金で厳重に封じてあることを知るわけもないから、あるていど専門的な知識を持つ者の仕業だろう。

事件の数日前に起きた燃料タンクの故障の件もある。私はどうも、ガソリン漏れの原因がはっきりしないのが気になっていた。あれは、犯人がタンクに穴を開け、周囲に人がいなくなってから火をつけるつもりが、私たち佐々班が修理してしまったのでもくろみが外れたのではないか。そして数日後、同じ轍を踏まぬよう、こんどは一夜のうちに一気に片づけることにしたのだ。まず爆弾の効果を殺すため、ボルトと針金を外して容器の蓋を開けておき、それから上部のベニヤ部分に火をつけた——これが私の推理だ。

この火災（もしくは放火）事件は、徹底した箝口令が敷かれたこともあって、われわれの間でもほとんど話題にのぼらなかったし、上層部の動きもまったくわからなかった。

沖縄特攻作戦の極秘兵器が出撃の二日前に失われたのだから、当然ことは第六二戦隊だけの問題ではすまされない。第六航空軍司令官・菅原道大《みちおお》中将の責任問題にまで発展しかねなかっただろう。憲兵隊も血眼で犯人を捜したはずだ。だが、憲兵隊の動きも私たちにはいっさい伝わってこなかった。

火災発生の一報を受けて現場に駆けつけたわれわれ佐々班の三〇名は、事件の貴重な目撃者であるはずだった。それなのに、誰も憲兵隊の事情聴取を受けていない。現場はどういう状況だったのか、どこがどんなふうに燃えていたのか、火元は何だと推測されるか、事故か放火かなど、いわゆる初動捜査で必要なことを私たちが何一つ聞かれなかったのは不可解だ。責任者の佐々班長も、第六二戦隊本部からは何らかの聴取をされたかもしれないが、憲兵隊に呼ばれたとは言っていなかった。私たち班員にいたっては、第六二戦隊から聴取されることも、二日後の沖縄出撃がどうなったかも知らされなかった。

第六二戦隊の山本伍長という人が、放火犯として憲兵隊に逮捕され、軍法会議で死刑判決を受け、一九四五年八月九日に福岡市油山で銃殺刑になったということは、ごく最近になって知った。彼が朝鮮人だったと聞いて、私はなにか引っかかるものを感じた。機関士ならともかく、山本伍長は通信士だ。爆撃機や爆弾の構造についてそれほどの知識があったとは思えない。極秘兵器を焼かれ、早急な犯人逮捕を迫られた憲兵隊が、朝鮮人だという理由だけで山本伍長に罪を被せたのではないか。

八月八日の軍法会議で死刑判決が下り、その翌日に処刑が行われているのも、いかにも性急でおかしい。あと一週間もすれば戦争が終わるというときに、これほど急ぐ必要があったのか。

菅原中将の日記には、山本伍長が軍法会議で犯行を否認したと書いてあるそうじゃないか。これは軍の主張を根本から揺るがす証言だと思う。憲兵隊に拷問され、一度は犯行を認めたものの、後になって否認した。憲兵隊の拷問がいかに苛酷か、これは経験した者でないとわからない。だが彼は、無実の罪を着せられたままでは死んでも死にきれないと思って、決死の覚悟で自白を覆したのだろう。そうでなければ、無駄と知りながら憲兵隊と軍法会議に逆らうはずがない。彼はきっと、どうせ死刑は変わらないだろうが、潔白だけは証明したいと思ったのだ。人間、死を覚悟したときには真実を言うものだ。

朝鮮人だというだけで、やってもいない罪をなすりつけられ、殺されて、どんなに悔しかっただろう。いまさら「あの放火は山本伍長の犯行ではない」と言ったって、彼が生き返るわけではない。それに、私が話さなくてもいずれ佐々班なり第六二戦隊の誰かが話すはずだと思っていた。しかし、誰も口を開かなかった。私は、これほど重大な事件を目撃したのに黙っているのがずっと心残りだった。もう人任せにはできないと思い、話すことにしたんだ。

後輩が機銃掃射の犠牲に

たしか事件から数日経った五月末ごろ、私が掩体壕の中で三式戦闘機の整備をしていたときのことである。花立山《はなたてやま》の向こうから、敵のグラマン艦載機特有の波状音が聞こえてきた。当然ながら掩体壕も標的になる。私はあわてて壕の外に飛びだすと、梨畑を突っ切って逃げた。そばにいた農家の親父さんが、「兵隊さん、はよう、はよう!」と手招きした。彼について防空壕へ駆け込むと同時に、頭上でパン、パンという乾いた機銃掃射の音がした。

壕の中で、親父さんが自分の娘と私の頭に毛布を被せてくれた。私は恐怖にふるえながらも、年ごろの娘と一枚の毛布にくるまることにとまどった。グラマンが去ると、気もそぞろにお礼を言って外へ出た。

このころには、天気がよければ敵のP－51マスタング〔当時最新鋭のピストンエンジン単発単座戦闘機〕やグラマン艦載機F6Fヘルキャットが頻繁に飛来するようになっていた。大刀洗だけでなく九州全域の飛行場や軍需工場が、ロケット砲と機銃掃射で狙い撃ちされた。来れば一日中波状攻撃をしかけてくるから、一瞬も気を緩めることができない。

ある日、三月下旬の大空襲で壊滅的な被害を受けた第五航空教育隊の隊員約一〇〇名が、私たちの泊まる天理教会に越してきた。これで一挙ににぎやかになった。さらに、わが佐々班に、私たちの後輩となる新人養成工が加わった。人数はわずか五名。三月の大空襲以来、技能者養成所ではまともな教育を行えなくなっていたので、せっかく入所しても気の毒なことではあった。まだ飛行機のことを何も知らないわけだから、当面は炊事当番や雑用をさせることになった。

その数日後、激しい空襲があった。北飛行場で作業にあたっていた私は、滑走路に立ってグラマンとP-51の行方を目で追った。天理教会が狙われている！　私は新入生たちが心配で気を揉んだ。あいつら、ちゃんと防空壕に避難しただろうか……

空襲が収まり、急いで宿舎に帰ると、米蔵の中で二名が亡くなったという。行ってみると、すでに遺体は運び出されたあとだった。蔵の内壁に大量の血がべっとりとついていた。

二人は米蔵に逃げ込んだところを機銃掃射で撃たれ、米俵につっぷした状態で発見されたそうだ。あんなに若い身空で、かわいそうなことをした。炊事当番なんかさせなければ、死なずにすんだのじゃないかと思うと、いまでも胸が痛む。

炊事場にあった大きな飯炊き釜や、班員たちが枕元に置いていたトランクにも弾痕が開いていた。本堂横に干してあった布団はその軽さで弾を跳ね返したらしく、地面に数個が転がっていた。北飛行場では、掩体壕で荷役をさせていた牛が尻を撃たれて死んだ。持ち主の老人は悲しそうな顔で、牛の死体を荷車に乗せて帰っていった。

当時は飛行場内に車など配置されていないから、私たち整備関係者は歩いて移動するのが常だった。遮るもののない、見晴らしのよい飛行場をてくてく歩いているところを敵機に見つかれば、武器も持たない軍属は走って逃げるしかない。防衛隊でもいてくれれば心強いがそれもない。横たわってじっとしていれば、死んだと思って見逃してくれるのでは、などと冗談まじりに話し合ったこともあるが、グラマンやP-

51を死んだふりで騙せるとも思えない。結局、敵の機影を見つけたらひたすら走って逃げるということになる。

ある日、飛行場で敵機来襲に遭い、近くの農家の裏庭まで全速力で走った。P-51が電柱の高さすれすれの超低空からしつこく機銃掃射をしてくる。せいぜい高度一〇メートルだから、操縦士の飛行眼鏡まで見分けられる。掃射を終えて急上昇していく姿が憎らしくてしかたなかった。近くに停めてあった訓練用の模擬飛行装置がこっぱみじんになったのを見て、「この野郎!」と敵愾心が湧きおこった。この手に銃さえあれば、という思いが募った。

大本営は「米軍が上陸すれば、竹槍で戦え!」と言う。竹槍も機関銃も、相手に致命傷を与えるという意味では同じ武器のはず。憎い敵をのさばらせないために銃を手にして何が悪いのか。だが、丸腰で歯がみするわれわれを、班長はいつもこう言って諭すのだった。「お前たちは軍属だ」と。

八月一五日、天皇の重大放送があるというので、私たちは教会の二階に置いてあるラジオの前に集合した。天皇の重く決然とした声に、私は「無条件降伏」の受忍とともに、国民へのいたわりと励ましを聞きとった。

戦争は終わった。肩の力がいっぺんに抜けるような脱力感と、大きくて温かい安らぎがないまぜになって身を包んだ。これから日本はどうなるのだろう……

「おい、みんな、くよくよするな。庭の豚を料理して飲もうじゃないか!」

誰かが言った。「まずは戦争が終わったのを祝おう」と励まされた気がして、みな前向きな気分になった

北飛行場の副滑走路（誘導路）跡。画面右奥の雑木林の中に掩体壕があった

と思う。庭で飼っていた豚をさばいて焼き、ドラム缶のエチルアルコールを水で割って飲んだ。ひさしぶりにたらふく食べ、何もかも忘れて痛飲した。

翌日から重要書類の焼却が始まった。衣類やら靴、それに退職金の分配などの事務仕事もあり、戦隊本部はおおわらわだった。パラシュートや工具も処分させられた。当時のパラシュートは絹製だったから、かなりの値打ちものだが、米軍にとられるくらいなら燃やしてしまえということになった。白い厚手の絹布がぱーっと開くさまは、巨大な花が咲くようで実に美しかった。これを火に投じるとはなんとも惜しいと思ったが、しかたがない。どうしても故郷への土産に持ち帰りたいと言う者のために数本だけ残して、二晩かけて一〇〇本以上を燃やした。

さくら弾機放火事件のあった福島駐機場は、いまはあとかたもない。ただ、北飛行場の二本の長い滑走路はそのまま道路として使われており、見れば当時を思い出す。

8

憲兵隊の取り調べ

夜須村農会　倉地ミツ子……福岡県朝倉郡筑前町在住

安野の朝鮮人飯場

一九四四（昭和一九）年三月一日、私の実家のある夜須《やす》村〔現・筑前町〕の一角で大規模な工事が始まった。陸軍が東小田国民学校の近くに、新たに二本の滑走路を擁する「大刀洗北飛行場」を造ることになったのだ。

用地の大部分は雑木林と畑だった。地元では接収に反対の声もあったが、軍の命令には逆らえない。強制収用され、泣く泣く土地を手離した者もいたと聞く。

村内だけでなく、近隣の市町村からも隣組を通じて勤労報国隊員・奉仕隊員が動員され、工事は急ピッチで進められた。村内の四つの国民学校から四年生以上の児童までもかりだされた。村外から来た報国隊員たちは村内の民家に分宿することになり、私の家も工事が終わるまで常に二、三名を引き受けていた。

私の住む長者町から五、六〇〇メートルほどの安野《やすの》という集落には、工事にかりだされた大勢の朝鮮人が住み、飯場を形成していた。多くは半島から徴用されてきた若者で、しょっちゅう朝鮮語で声高に話し合っていた。日本人の耳にはまるで喧嘩しているように聞こえた。親方夫婦は集落内の農家の納屋を間借りしていたが、労働者たちは柱と草葺き屋根だけのひどく粗末な掘っ建て小屋で暮らしていた。小屋の数は五〇以上あったと思う。便所は穴を掘っただけの不衛生なものだったので、付近の住民から苦情が出た。

朝鮮人たちは一日二交代制で働いた。夜は密造酒を買ってきて飲み、朝方まで歌ったり騒いだりした。喧嘩が始まることもあった。やがて、軍の突貫工事なのでわりといい賃金が出るらしいとの噂が立ち、南九州や山口方面から家族連れで安野に来る朝鮮人が増えた。その子どもたちは東小田国民学校に通った。人数が増えるにつれ、飯場付近がどんどん物騒な感じになってきたので、日本人の近隣住民が怖がるようになった。私も福島とか四三島《しそじま》方面に出かけるときは、多少遠回りになっても安野を避けた。

倉地ミツ子さん

工事開始から一年近くかかって、一九四五年二月中旬ごろ、ようやく北飛行場の主滑走路が完成した。続いて誘導路を兼ねた副滑走路や掩体壕《えんたいごう》の工事が始まると、老人までかりだされるようになった。年寄りが老体にむち打って、モッコを担いで砂利とか土を運んだ。幅五〇メートル、長さ一八〇〇メートルの主滑走路には、さっそく本飛行場から重爆撃機、軽爆撃機、戦闘機が移ってきた。やがて幅三〇メートル、長さ一六〇〇メートルの副滑走路や駐機場もできあがった。戦後になって、この二本の滑走路は道路として使われることになる。

三月下旬には本飛行場が初めてB-29の大規模な空襲に遭い、大変な被害が出た。それからは毎日のように敵のP-51やグラマン艦載機が大刀洗飛行場を空襲した。わが家にはラジオがなかったので、警戒警報や空襲警報が出ていないか、隣の家に毎日聞きにいった。警報が出ると、一日じゅう防空壕から出られない日もあった。

特攻隊員を慰問

当時、私は夜須村農会の職員として働いていた。農会は村役場の中にあり、自転車で通勤した。同僚の伊藤幸子は、北飛行場の福島駐機場のすぐ近くに住んでいた。五月のある日、幸子が、近ごろ奇妙な形をした大きな爆撃機が数機やってきたと言った。「搭乗員が日の丸の腕章をしてるから、特攻隊員じゃないかしら」という。その搭乗員たちは甘木町のおたふく屋旅館に泊まっていて、朝早く来ては一日中そのおかしな形の爆撃機を整備しているそうだ。

おたふく屋旅館といえば、そこの長女の井上敏子さんと私は、甘木女子実業学校の同級生である。私は不思議な縁を感じ、幸子が見たという特攻隊員に親しみを抱いた。

「こんどの日曜に、その特攻隊員たちがうちに来るの。よければあなたたちも遊びに来ない？　うちの親も喜ぶと思うわ」

幸子がそう言って私たちを誘った。

特攻隊員を慰問した夜須農会の職員たち。後列中央が倉地さん（本人提供）

日の丸の腕章をしているというのだから、特攻隊員にまちがいない。彼らにも会ってみたいが、私は何より特攻機をこの目で見たいと思った。それで、「みんなで特攻隊の方たちを激励しましょうよ」と言ってほかの同僚を促した。

幸子の両親は、特攻隊員の親代わりのつもりで、日曜になるとお母さんが昼食を用意して彼らを招待するのだそうだ。それを聞いて私は強い衝撃を受けた。特攻を命じられた若者は気の毒とは思うが、食糧難のご時世に毎日曜に他人を招くなんて、なかなかできることではないと思ったからだ。

一九四五年五月二〇日の日曜の朝、農会の娘たち七名が役場に集合した。そこから幸子の家まで自転車で行った。福島地区はぽつぽつと農家が散在するていどで人口は少ない。爆撃機はふだんは近くの林の中に造られた掩体壕に隠してある、と幸子が説明した。新しくできた北飛行場の二本の滑走路が、森に向かってタコの足のように伸びているのが見えた。飛行場から林の中の掩体壕まで続いているのだとわかった。私は、あの林の奥に特攻機があるのか、早く見たいものだと思った。

伊藤家に着いてまもなく、一台のトラックが庭に入ってきて止まった。左腕に日の丸の腕章をつけた二人の若者が車外に降り立った。二人とも一七、八歳くらい、私たちと同年輩に見えた。この若さで、これから数日のうちにお国のために命を捧げるのかと思うと、胸が痛んだ。

このとき、二人の名前を聞いたのかどうか、よく覚えていない。彼らの名が「山本辰雄伍長」と「花道柳太郎伍長」だとはっきり認識したのは、戦後になってからである。

二人は、自分たちは五日後の二五日に、「さくら弾機」と呼ばれる重爆特攻機で出撃する予定だと話した。編成は全部で五機で、その中でも自分たちの乗るさくら弾機はほかのとはだいぶちがう。陸軍の極秘兵器で、背中が盛り上がった奇妙な姿をしている。搭載した特殊爆弾は爆発すれば前三キロ、後ろ三〇〇メートルまで炎に包まれる強烈なものだ。そんなふうに説明してくれた。私はそれを聞いて怖くなるとともに、本当にそれほどの効果があるのだろうか、と信じられない気もした。

二人の特攻隊員が先に「見せてやる」と言い出したのか、それとも私たちが「見せてくれ」とねだったのか、定かでないが、とにかく私たちはさくら弾機が格納してある掩体壕に案内してもらうことになった。

タコ足のような誘導路をたどって林の中の掩体壕に着いた。土や石でできた小山の正面だけが開いている。中が見えないように入口には枯草が積んである。

このあとの記憶がどうもはっきりしない。掩体壕の中へ入って、さくら弾機のタラップを登り、機内に案内してもらったような気もする。乗ってはおらず、下から見せてもらっただけのような気もする。戦後になって、同行した同僚たちにも尋ねてみたが、みなよく覚えていなかった。極秘の特攻機の見学なんて、めったにできることではないから、強烈な記憶が残っているはずなのに、なぜか思い出せない。私は、掩体壕の入口に枯草が山のように積まれた様子だけが妙に印象に残っている。

とにかく、そのあと私たちは興奮醒めやらぬまま役場に戻った。みんなで特攻隊員に激励の慰問文を書こうということになった。手紙だけでなく、何かひと工夫しようということで、近隣に住む画家の平山幸四郎氏宅を訪ねた。平山氏はしょっちゅう農会に来ては世間話をしていくので、私たちのこともよく知っている。手紙に添えたいから、一人ずつ似顔絵を描いてくれないかと頼んだ。

「若い美人さんたちのスケッチもよかろうが、和歌を添えるのもいいぞ。きっと喜ぶにちがいない」

平山氏はそう言って筆をとると、便箋に和歌を七首（私たちの人数分）書いてくれた。私たちはめいめい激励の手紙をしたため、この和歌を添えて幸子に託した。この慰問文が後日、大問題を引き起こすとは、想像だにしなかった。和歌がどんな内容だったか、もう覚えていないが、ひょっとして恋人を戦場に送る娘の心境といったようなものだったのだろうか。

憲兵の取り調べを受ける

さくら弾機の見学から三日後の五月二三日の早朝、犬の遠吠えで目が覚めた。家の周囲がなんとなく騒々しい。私は床を出ると、下駄をつっかけて表の道路まで出てみた。すると、西の空に黒煙がもうもうと上がっているのが見えた。あれは幸子の家の方角、つまり北飛行場のあたりだ。煙の下には赤い炎も見える。

農家の野焼きにしては時間が早すぎる。敵の空襲かとも思ったが、これまで北飛行場が狙われたことはない。それに警報のサイレンも鳴っていない。不審に思いながら炊事場に行くと、母はなにごともなかったように朝食の支度をしている。火事のことを知らないようだ。近所の人たちが騒ぎだす様子もない。

そのあとはいつもと変わらない朝で、私はふだん通り出勤した。あの煙と炎はいったい何だったのか、なにか事故でもあったのか、と考えながら自転車を走らせた。現場のすぐ近くに住んでいるはずの幸子は、変わった様子もなく、私の隣の席に着いて仕事を始めた。

何となく不自然だなと思っていると、毎朝役場に顔を出しては村内の噂や情報を知らせてくれる定期便のおじさんが来て、小声で話し始めた。

「今朝、北飛行場で大変なことがあったそうだよ。飛行機が一機、火事で焼けたんだ。敵のスパイの仕業か、なんて、いろんな噂が飛びかってるようだが、軍機密ということで憲兵隊が口止めして回ってる。いまのところ、放火かどうかもはっきりしないらしい」

詳しく聞いてみると、その飛行機は近々沖縄へ特攻出撃する予定の重爆撃機だそうだ。

これで私が見た火事の正体がわかった。ひょっとして、私たちが見たあのさくら弾機が燃えたのか。もしそうなら大変なことだ。私は冷や汗が吹き出るのを感じた。履いている下駄がカランと音を立てた。

もし燃えたのがあのさくら弾機だったとすれば、すぐ近くに住む幸子が火事のことをいっさい口にしないのは不自然だ。二人の特攻隊員によれば、さくら弾機はものすごい量のガソリンを積んでいるという。それに火がついたら相当な勢いで燃えるはずで、幸子が何も見なかったとは思えない。

「ねえ、さっちゃん。燃えたのはこないだ見せてもらったさくら弾機なの？　火事が起きたのは、あなたの家のすぐ近くでしょう」

　私は思い切って幸子に尋ねてみた。すると幸子は、「ぜんぜん知らないわ」と答えた。私ははっとして、聞いてはいけないことを聞いてしまったと思い後悔した。憲兵隊が口止めしているそうだから、幸子も口外を禁じられたのかもしれない。

　それからまもなくして、村長が顔色を変えて農会事務所に来た。

「おい、お前たち、大変だ。憲兵隊から呼び出しがかかったぞ。いったい何をしでかしたんだ。今朝の特攻機の火災のことで、お前たち七人に事情聴取をしたいそうだ。一〇時までに出頭せよとの命令だ。時間がないぞ、はよう行ってこい」

　憲兵隊の恐ろしさといったら、特高警察の比ではない。特に大刀洗は、飛行場や航空廠、航空機製作所などが集まる軍都である。国鉄太刀洗駅前に憲兵分遣隊舎が設置され、戦争の拡大につれて憲兵が住民を徹底的に監視し、ちょっとした行動にまで干渉するようになった。「憲兵」とか「憲兵隊」という言葉を聞いただけで、住民は震え上がったものだ。私は足ががくがくし始めた。

　私たち農会の娘七人は、脅えながら自転車で駅前の憲兵分遣隊舎へ向かった。ペダルを踏む足に力が入らず、石ころ道をなかなか進めなかった。

　分遣隊舎の赤レンガの門を入り、右脇の自転車置場に自転車を止めた。木造建ての隊舎の前に立つ二人の衛兵が私たちを見とがめ、いきなり怒鳴った。

「お前たち、そこで何をしているかっ！」

いまも残る大刀洗憲兵分遣隊の赤レンガの門前で

「農会の職員です。村長さんから出頭しろと言われて参りました」

私が代表して答え、通してもらった。玄関で下駄を脱ぎ、みな震えながら応接室で待った。呼び出された理由が皆目わからないので、不安が募るばかりだった。

「倉地ミツ子、入れ！」

憲兵下士官と思われる男が私を呼びにきた。私は取調室へ連れていかれた。中へ入ると、「憲兵」と書いた腕章をつけた男がふんぞり返ってこちらを睨みつけている。

「お前は、北飛行場で待機中の特攻隊員の誰かと交際しているな。それは誰だ。どういう関係か、正直に話せ。本当のことを言わないと、軍法会議に回すことになるぞ。娘だからといって決して容赦しないからな、そのつもりで答えろ！」

口にする一言一言が威圧的だった。私を取り調べる理由はいっさい説明せず、「正直に言わないと承知せんぞ！」と脅すばかりだった。

この憲兵によれば、山本という名の伍長が放火の容疑で逮捕されたという。それで、その山本伍長なる人と私がどういう関係か、正直に話せというのだ。質問されているうちにようやく、なぜ私たちが呼ばれたのかがわかってきた。私たちが数日前に会った二人の特攻隊員のうちの一人が山本伍長で、彼が放火犯と疑われていること。事件の数日前に農会の娘たち七人が彼らを慰問したことが憲兵隊の耳に入り、憲兵隊は山本伍長と七人のうちの誰かが親密だと疑っていること……。だが、私たちにすれば寝耳に水だ。三日前に幸子の家で初めて会ったばかりで、名前も知らなかったのだから、答えようがない。

とにかく、憲兵が一番知りたいのが、山本伍長の異性関係であることだけははっきりとわかった。私はこのとき、彼らにさくら弾機を見せてもらったことは絶対に言ってはいけないと思った。民間人が極秘兵器を見たなどと言えば、どんな処罰を受けるかわからない。

取り調べはずいぶん細かいことにまで及んだ。憲兵は、特攻隊員を慰問しようと言い出したのは誰か、画家の平山氏に似顔絵を頼んだのは誰か、和歌を作ったのは誰かなどとしつこく聞いた。そして、あの和歌の中には反戦歌があるではないかと責めた。

こうしておよそ一時間あまり、山本伍長のことや慰問の経緯を根掘り葉掘り聞かれた。私は再三、彼とは三日前に会ったばかりで、名前さえ知らなかったとくりかえした。すると憲兵は話題を変えてきた。別の方面から責めれば油断して口を割るとでも思ったのかもしれない。

しばらくすると、窓の外で人の足音がした。見ると、後ろ手に手錠をかけられた飛行服姿の兵隊が、どこかへ連れていかれるところのようだった。

「早く行くんだ！」

大声で怒鳴りつける声が聞こえた。

「あっ！」

私は思わず声を上げた。その兵隊は、日曜に幸子の家で会った特攻隊員のうちの一人だった。憲兵は私の驚きの表情を見逃さなかった。

「あれが通信士の山本伍長だ。お前、やっぱりよく知っているんだろう。その顔はただごとではない。奴との関係を正直に白状するんだ。さもないと帰さんからな。もし、ここへ一緒に来たほかの娘が山本と関係を持っているんなら、教えてくれ。お前が言ったということは絶対に秘密にしてやるから、どうだ?」

憲兵は笑いながら密告を促した。だが、ほかの六人も私と同じはずだった。私も含め、誰も山本伍長とつきあってなどいないと言い続けた。憲兵もようやく諦めたのか、解放してくれた。

翌日出勤すると、役場は放火騒ぎのこと、そして私たち七人が憲兵隊で取り調べを受けたという話題でもちきりだった。放火犯の山本伍長には恋人がいて、その娘と別れるのがつらくて自分の乗る爆撃機に火をつけたんだ、などという噂がまことしやかに流れた。

山本伍長の件で取り調べを受けたのは、私たち農会の職員だけではなかった。あとで聞いた話では、ほかにも何人かの娘が分遣隊舎に呼ばれ、山本伍長との関係を厳しく追及されたようだ。

出撃しなかった特攻隊員

第二二六振武隊　杉田登伍長……静岡県沼津市在住

9

少年飛行兵を志願

戦時中は、満二〇歳になると男は全員徴兵検査を受け、合格すれば兵役に就かなければならない。一九四二〜四三（昭和一七〜一八）年ごろには、戦局が拡大の一途をたどるなか、国内いたるところに海軍予科練習生や陸軍少年飛行兵の募集ポスターが張り出されるようになっていた。私は、どうせ徴兵されるなら同じこと、潔く志願しようと思い、両親に相談した。四人の兄はすでに応召して戦地へ行っていたので、父はこれ以上息子を失いたくないと思ったらしく、あまりいい顔をしなかった。だが最終的には「お前が望むなら仕方ない」と、しぶしぶ承知してくれた。母は「体に気をつけて、しっかりご奉公なさい」と優しく励ましてくれた。私はさっそく少年飛行兵学校の募集要項をとりよせ、受験の準備を始めた。

第一次試験は一九四三年七月上旬の暑い日だった。会場となった静岡県三島市の陸軍病院で身体検査と学科試験を受けた。終わると緊張感から解放され、どっと汗が流れ出た。学科は自信があったが、体のほうはいささか不安だった。だが、八月末、嬉しい合格通知が届いた。

一〇月二日に東京北多摩郡〔現・武蔵村山市〕の陸軍少年飛行兵学校へ仮入学、出発は九月三〇日と決まった。前日は朝から親戚や隣近所、親しい友人たちの家々に挨拶回りをし、夜は家族で最後の晩餐をした。明日は朝早いのだから早く寝ろと言われたが、床に入っても興奮でなかなか寝つけなかった。

九月末日の朝、親戚や隣組の人々、親友たちが家の前に駆けつけてくれた。私は級友たちが寄せ書きをしてくれた日章旗を肩にかけ、見送りの人たちに「お国のために、元気でしっかり頑張ってきます」と挨拶した。沼津駅までは徒歩で約三〇分、道行く人たちに励ましの声をもらいながら意気揚々と歩いた。

仮入学後は二日間にわたり身体検査と適性検査を受けた。一日目の身体検査では、特に内科が念入りだった。軍医が首の付け根にある動脈を親指で強く圧迫した。これですぐに貧血を起こしたりするようだと、飛行機乗りには向かないとのこと。私は何ともなかったが、なかにはふらふらして倒れる者もいた。

二日目の適性検査は、飛行機の模擬操縦テストである。操縦室に似せた小さな部屋の中に椅子が置いてあり、手元には操縦桿、足元には方向舵を模した踏み棒がついている。これらが機械につながっていて、被験者の手と足の動きに連動してインクの付いた針が紙の上を移動する。針先が規定の線にどれだけ接近したかで、操縦の正確さを測るというものだ。これが終わると、こんどは通信傍受のテストである。スピーカーから流れてくるモールス信号の「ト」や「ツ」の音を聞きとって、「・」と「―」の記号で紙に書きとる。私は「ト」と「ツ」の区別がつかなくて、完全にお手上げだった。

すべての検査が終了すると、全員集合の号令がかかった。ここで検査結果に基づき、分科ごとに分けられる。「〇〇、操縦」「〇〇、整備」、「〇〇、通信」と、名前のあとに分科が告げられる。私は聞き逃すまいと耳をそばだてた。胸をしめつけられる思いだった。

ついに「杉田、整備」という声がした。これで操縦士になる夢は消えた——悔しさがこみ上げた。不合格者は即日帰郷を命じられた。続いて各分科ごとに学校名が告げられた。操縦は福岡県大刀洗の陸軍飛行学校。通信は茨城県水戸の陸軍航空通信学校か、兵庫県の尾上教育隊もしくは加古川教育隊。整備は埼玉県所沢の陸軍航空整備学校か、青森県の八戸教育隊もしくは東京の立川教育隊。私は青森の八戸教育隊を指定された。整備と通信は即日出発だったので、とるものもとりあえず、慌ただしく上野駅へ向かった。

八戸教育隊での一年間

一〇月五日午後、八戸の教育隊正門前に立った私は、記念すべき入隊の瞬間に胸を躍らせていた。念願の操縦士にはなれそうもないが、とにかく飛行機について勉強できるのが嬉しかった。このときの入隊者はおよそ八〇〇名。すぐに中隊編成が発表され、生徒は四つの中隊に分けられた。私は同じ静岡の三島出身の加藤豊君、焼津出身の岡村広司君と一緒だった。各中隊はさらに七つの班に分けられ、私の所属する一班の班長は京都出身の中井という曹長だった。これまで満州の関東軍にいたそうだ。

翌日には軍服や軍帽が支給されたが、中古品ばかりで、サイズが合わないなどあちこちで苦情が続出した。「大は小を兼ねる」というが、それも程度問題だ。ふだん一〇文半〔二五～二五・五センチ〕を履いている者に一一文三分の靴では、いかにもぶかぶかで、足が靴の中であっちこっち散歩してしまう。だが文句を言ったからとて、とりかえてもらえるはずもない。仕方がないので、合わない者どうしで交換するなどしてしのいだ。

私たちは、普通は二年間で習得すべきことを、一年間に詰め込んでやらねばならなかった。最初の半年は、飛行機についてはほとんど学べなかった。学科は物理、化学、数学、国語などの「普通学」と、地形学や兵器学などの「軍事学」に分かれていた。前者の教官は軍人ではなく下士官待遇の文官、後者の教官は将校が兼ねた。週に一時間、中隊長の訓話もあった。普通学の中でも特に国語が重視されていたようで、典範令*〔軍紀や陸軍礼式令、各科ごとの操典、技術面の規則を記した教範などの総称〕の講読や軍事文書の作成などが課された。例文は陸軍幼年学校の教程本や中等学校の国文教科書、古典などからの抜粋が多く、ほとんどが文語体で、いずれも国粋主義と戦意高揚を旨とするものだった。

体操、剣術、教練などの術科ではこっぴどくしごかれた。特に一日四〇キロも歩く雪中行軍は、雪の降らない静岡生まれの私にはひどくつらかった。

入隊から半年経った一九四四年四月一日、上等兵に昇級し、星三つの階級章をもらった。これからの半年はいよいよ専門の勉強だと思うと嬉しかった。まず発動機の分解と組み立てなどの実技訓練である。整備兵としての基礎技術であり、徹底して厳しく指導された。本来なら一年かけて学ぶところを半年でやるのだから、教官のしごき方も半端ではない。

夏には二泊三日の水泳訓練合宿が岩手県の種井海岸で行われた。民宿に泊まり、ひさびさに民間の人たちと交流できて実に楽しかった。

九月末、八〇〇名の生徒が何とか一年間の厳しい課程を終え、偵察機専修、戦闘機専修、爆撃機専修に分けられた。これから陸軍航空隊の中核を担うべく、それぞれの専門の上級学校へ進むことになる。偵察機専修の二〇〇名は下志津（千葉県）、戦闘機専修の二〇〇名は宇都宮（栃木県）、重爆撃機専修の四〇〇名は重爆発祥の地・浜松の各陸軍飛行学校である。私は故郷の近く、重爆の拠点・浜松に配属された。

＊一九四三年四月（杉田氏が入隊する半年前）、東京陸軍航空学校が東京陸軍少年飛行兵学校に改称されるとともに、少年飛行兵の制度も変わった。採用資格年齢の下限を満一四歳、上限を満一九歳へと広げるとともに、一部の生徒については短期速成制度が試験的に適用された。それまでは一年間の基礎教育のあと、操縦、技術（整備等）、通信の各分科ごとの専門教育を一年間行っていたのを、基礎・専門合わせて一年間の詰め込み教育が行われたのである（少年飛行兵乙種制度）。この乙種制度はこの年の一二月、陸軍特別幹部候補生（通称「特幹」）制度へ移行することになる。言うまでもなく背景には戦況の悪化がある。

最新鋭爆撃機「飛龍」を担当

浜松陸軍飛行学校は、私が入ったときはすでに「浜松教導飛行師団」になっていた（三九頁注記参照）。入隊まもない一九四四年一〇月二六日、飛行場の格納庫前に全員集合せよとの命令が下った。行ってみると、フィリピン・ルソン島へ向けて旅立つ特攻隊の命名式と出陣式だった。隊の名は「富嶽隊」、西尾常三郎少佐（陸軍士官学校第五〇期生）を隊長に、若き隊員二六名で構成されていた。その中に八戸教育隊での先輩、広島県出身の宇田軍曹の顔を見つけ、私は衝撃を受けた。

出陣式では川上清志師団長の訓示に続いて、西尾隊長から隊員たちに向けて激励の言葉が述べられた。式が済むと隊員たちはいっせいに各自の搭乗機に向かった。特攻機は四式重爆撃機キ67「飛龍」。深緑色に塗装され、垂直尾翼には隊のシンボルである富士山と電光が描かれている。師団の者たちが見送るなか、各機は凄まじい爆音を轟かせ、中継基地となる福岡県大刀洗飛行場へ向けて飛び立っていった。あの光景は生涯忘れられない。富嶽隊はその後、冬にかけてルソン島リンガエン湾に停泊中の米機動部隊に続々と壮絶な体当たり攻撃を敢行、全員戦死した。

浜松師団の敷地は北基地と南基地の二つに分かれており、北には飛行第七戦隊、独立飛行第五中隊などの実戦部隊が配置されていた。私たち技術生徒は南基地を使用し、九七式、百式（呑龍）、四式（飛龍）などの重爆撃機を使って整備の訓練をした。各自一つの機種に特化して学ぶことになっていて、私は飛龍を専門とした。

一二月七日の昼一時過ぎ、格納庫内で飛龍の整備をしている最中に、突然格納庫の大きな扉がガタガタと揺れだした。誰かが「地震だ！」と叫ぶや、全員あわてて外へ飛び出し、難を逃れた。この地震は和歌山県の熊野灘を震源とする巨大なもので、後日「東南海地震」と名づけられた。静岡の被害も相当激しく、師団からも救援のために飛行機が出動した。ただし、軍が被害状況を敵国にも国民にも隠そうとして報道を規制したから、私がこの地震の全貌を知ったのは戦後になってからである。

浜松時代でほかに忘れられないのは、遠州灘での空中戦を目撃したときのことだ。敵機動部隊が飛ばしたグラマン艦載機を、大井川海軍基地から出撃した海軍機が迎え撃った。海軍機は被弾し、私たちがいつも実習で使う格納庫すれすれに緊急着陸した。あのときの海軍大尉の悔しそうな表情がいまも目に浮かぶ。

一九四五年三月下旬、ひととおりの課程を修了し、私たちは各部隊へ配属されることになった。飛行第七戦隊や独立飛行第五中隊に入って浜松に残った者もいれば、遠く朝鮮半島や中国大陸へ旅立った者もいる。理系の才能を買われてか、卒業を待たずに浜松師団の研究班に配属された者もいた。私を含む六名は、福岡の大刀洗飛行場へ行くことになった。三月末日、下士官に引率されて浜松駅から汽車に乗り、ほぼ一日がかりでようやく福岡県朝倉郡の甘木駅に着いた。

さくら弾機放火事件

大刀洗飛行場は、私たちが到着する直前の三月二七日と三一日の両日、B‐29による大規模な空襲を受け、軍事施設の大半が壊滅状態となり、多数の死傷者が出ていた。当然ながらわれわれの泊まれる兵舎などあるはずもない。航空廠の整備員たちは本飛行場から約四キロ離れた夜須《やす》村〔現・筑前町〕の東小田国民学校に避難していると聞き、合流した。

師団卒業と同時に兵長に昇進した私は、航空廠の軍属ではなく軍人として、飛龍の整備や機関士としての仕事にあたった。

大刀洗に来てから二カ月が経った五月下旬のある日、北飛行場の駐機場で重大な事件が起きた。特攻機「さくら弾機」が、何者かによって放火され、炎上したのだ。

さくら弾機は飛龍を特攻専用に改造したもので、直径一・六メートル、重さ二・九トンの超大型爆弾を搭載する重爆撃機だ。敵空母の甲板で爆発すればすさまじい威力を発揮するとされ、それまでの劣勢を挽回する決戦兵器として、陸軍が大きな期待をかけていた。

事件は早朝に起きたらしい。私はその近くの掩体壕《えんたいごう》で前夜から徹夜で整備作業をしており、明け方、疲れきって宿舎に帰るところだった。重い体を引きずるようにして北飛行場近くの道を歩いていた。福島の駐機場を通りかかったとき、大勢の兵たちが集まって作業しているのが見えた。何も知らない私は、気にもとめずに通りすぎた。煙も炎も見えなかったので、おそらくすでに火は鎮まり、片づけや解体作業をしていたところだったのだろう。

さくら弾機が放火されたという噂を聞いたのは、宿舎となっていた国民学校に帰りついたあとである。まもなく、当のさくら弾機に乗るはずだった通信士の山本伍長が、放火犯として憲兵隊に逮捕されたと聞いた。その人物は朝鮮人だという。放火の動機については、交際していた女性との別れがつらくなり、燃やしてしまえば出撃できなくなるというので火をつけた、というのがもっぱらの噂だった。

私は、自分が専門にやってきた飛龍の改造機ということで、この事件に特別の興味を抱いた。だが、さくら弾機の存在は陸軍の機密中の機密だったから、事件を話題にするのも憚られる雰囲気だった。軍事機密というのは実に人間を縛るもので、戦後になって催された戦友会の会合においてさえ、さくら弾機にもその放火事件にも、みな口を閉ざし続けた。

たしかこの事件の直後だったと思うが、めずらしく空襲もなくのどかなある日、私は週番下士官に呼び出され、こう告げられた。

「野田（私の旧姓）兵長、いまから飛行機を受領に行くので、部下を集めておくように」

何のことやらさっぱりわからぬまま、自分より年はだいぶ上だが階級は下の部下たちを集合させ、トラックに乗り込んだ。着いたところは大きな川〔おそらく筑後川〕の橋の下である。そこに何やら飛行機の部品らしきものがおいてある。解体された九五式一型練習機、通称「赤とんぼ」だった。

これを急いで組み立てて整備し、朝鮮の大邱《テグ》へ空輸しなければならない。燃料は後部座席に積んだ補助タンクがわりのドラム缶に入れるという。私は、練習機を実戦に使うことに驚き、あきれた。何が「飛行機の受領」だ、と思った。どうやって作業したのかもう覚えていないが、粗悪な仕上がりだったことはまちがいない。あんなオンボロの赤とんぼが果たして戦力になったのか、はなはだ疑問だ。そもそも朝鮮海峡を越えて無事に大邱に着いたかどうかすら怪しい。終戦間際はとにかく飛行機が不足していたから、最後はこの赤とんぼに五〇キロ爆弾を搭載して特攻出撃までさせている。日本軍がどれほど追いつめられていたか、よくわかるというものだ。

第二一六振武隊員として西筑波飛行場へ

さくら弾機放火事件のあと、B‐29と艦載機による連日の空襲にうんざりしていたころ、航空廠整備本部から呼び出しがかかった。私のほかに同期の中山兵長（長野県出身）と航空廠の軍属三名が呼ばれた。さっそく出向くと、茨城県の西筑波飛行場への転属を命じられた。私たちはすぐに荷物をまとめ、翌日、飛龍に乗って一路西筑波へ向かった。一九四五年五月末のことである。

筑波山のふもとにある西筑波飛行場には、本土防衛のための「決号作戦」に備え、国内各地から九七式、呑龍、飛龍などの重爆撃機が集まっていた。私たちが戦隊本部で着任の申告をすると、田中中尉が訓示を述べた。

「この西筑波飛行場は本土決戦に備えた重爆隊の特攻基地だ。諸君もその覚悟で服務されたい」

ここが特攻基地に指定されたということは、私たちも当然その要員ということだ。まもなく私は第二二六振武隊《しんぶたい》への配属が決まり、いよいよ身の引き締まる思いがした。振武隊とは、第六航空軍指揮下で沖縄特攻を行う部隊である。私はこの配属と同時に（一九四五年六月一日付）伍長に昇級した。

飛行場からほど近い松林の中に作られた、半地下式の三角兵舎が特攻隊員の生活場所だった。湿気が多く薄暗かった。私が乗ることになる飛龍の機付長〔整備兵は機付兵、そのリーダーは機付長と呼ばれた〕は、八戸教育隊で一緒に整備の教育を受けた諸田軍曹だ。八戸のあとは特別幹部候補生として岐阜の陸軍航空整備学校へ行き、私より階級が上になっていた。機付兵は私のほかに、少年飛行兵学校出身の上等兵、特幹の上等兵、さらには幸いなことに大刀洗航空廠でともに働いた軍曹もいた。彼は整備のベテランで、仕事でずいぶん助けられた。頼もしい同乗者に私は心強く思った。

飛龍の整備のほかに機関士としての仕事を抱え、私は毎日忙しく働いた。戦局はますます悪化し、P-51やグラマンの空襲が日ごとに激しくなっていたので、特攻に向けて薄暮と夜間の飛行訓練が増えた。日の落ちた空を行く飛龍の、冷却ファンが回るあの特有の金属音がいまも耳にこびりついている。

ある日、飛行場で、浜松で同じ区隊にいた佐々木君（青森県出身）とばったり会った。師団卒業後、そのまま浜松の飛行第七戦隊に配属されたが、私より早い五月一日、この西筑波の第二二六振武隊に転属になったという。胸の階級章を見て、おやっと思った。彼も伍長になっていた。私たち第一五期生は、甲種・乙種を問わず、特攻隊に編入されたと同時に昇級したようだった。

七月中旬の暑い日のこと、飛行場に着陸した九七式重爆撃機から、飛行服姿の見覚えのある隊員が降りてきた。これもやはり浜松で一緒だった森田光明君だった。彼は浜松のあと福井県の三国飛行場へ派遣され、その後ここ西筑波へ第二五八振武隊員として転属してきたとのことだった。こうして奇しくも、特攻隊員となった同期生どうしの再会が続いた。

第二二六振武隊に任命されたころ（杉田登氏提供）

七月、敗色いよいよ濃く、ガソリンをはじめ物資は底をつき始め、本土近海の制空権・制海権ともに失われつつあった。もはや打つ手は特攻のみ、という空気が充満していた。そんなある日、西筑波に特攻慰問団が来ると聞いた。どうせ型通りの歌や踊りが披露されるだけで、ろくな食い物も出ないのだろうと期待せずにいたところ、思いのほか豪華な宴が用意されていた。鹿島灘でとれた鮮魚をネタにした寿司、天ぷら、焼鳥など、さまざまな料理を出す屋台が出て、大いに英気を養った。

だが、いつまでたっても私たち第二二六振武隊への出撃命令は出ない。隊員たちはみな黙って待機していたが、腹の底では、「こんな戦局では、たとえ出撃しても確実に無駄死にだ。勘弁してほしい」と思っていたのではないだろうか。

八月に入ると、敵機動部隊が太平洋岸を北上して空襲がさらに激化。ついには広島・長崎に原爆が投下され、続いてソ連の参戦と、敗戦の二文字が現実味を増した。そして一五日、天皇陛下の重大放送があるので全員正午に集合せよとの命令である。ラジオから流れる放送は雑音が多く、よく聞きとれないが、どうやら日本が戦争に負けたらしいということだけは理解できた。

翌一六日には不穏な噂が流れはじめた。「特攻隊員は、米軍からとりわけ厳しく取り調べられることになる」というのだ。軍事機密が漏れるのを恐れた上層部は、兵の私物も含めて軍にかかわる一切合切を焼却処分せよとの命令を下した。飛行場のあちこちで、書類やら何やらを積み上げて燃やす煙が立ちのぼった。

そのあとはこれといった業務もなく、復員命令を待つのみだった。私の復員日は八月二五日と決まった。当日はトラックで最寄り駅〔おそらく関東鉄道常総線の宗道駅か下妻駅〕まで送られた。その車中、同期で操縦士の杉本伍長が、「俺はいったい、何のために少年飛行兵になったのかなあ……」とつぶやいた声が忘れられない。

私たち第二二六振武隊は、こうして一度も出撃せずに敗戦を迎えた。戦後、鹿児島県の知覧特攻平和会館を訪れ、大勢の先輩・同期生たちの遺書や遺品を見たとき、私の胸は締めつけられた。私は幸運にも生きて帰れたが、彼らの命は決して戻らない。戦争は二度と再び起こしてはならないと痛感した。

10

陸軍専用旅館の息子が見た特攻隊員

清泉閣　永村徹……福岡県朝倉市甘木町在住

軍都・甘木の鉱泉旅館

私の実家は、福岡県甘木町〔現・朝倉市〕で「清泉閣」という旅館を経営していた。国鉄・西鉄両甘木線終点（甘木駅）のすぐそばという好立地のため、ずいぶん繁盛した。仲居と女中のほかに接客の女を何人か置いていたのも、男性客に喜ばれたようだ。

旅館の経営者は父の繁、女将は母の初代が務めた。敷地内に地下水源があり、地元有数の鉱泉宿として有名だった。いまも地名として残り、この土地の豊かな水の存在を物語る「龍泉池《りゅうせんち》」は、うちの旅館の庭にあった池の名である。

私の父は、若いころは熊本で極道の世界にいた。だが一九一六年、大刀洗飛行場の建設が始まると、軍都として発展するのを見越して甘木町に移ってきた。実際、朝鮮支配、満州国建設、日中戦争と日本の大陸進出が本格化するにつれて、大刀洗は陸軍航空戦略の一大拠点となり、甘木もその恩恵を受けることになる。母と結婚して永村家に婿入りした父は、次に庭の龍泉池に目をつけた。まだひなびた田舎町だった甘木で、豊かな地下水を利用して鉱泉旅館をやれば儲かると考えたのだ。極道時代は度胸者で通っていたらしいが、もともと商才があったのだろう。

永村徹氏

旅館を開いたあと、父は甘木町旅館組合の理事という立場を活用し、大刀洗航空廠の賄い方を請け負った。何万人分もの食糧調達を通じてたちまち御用商人にのし上がった。飛行場に出入りすることが増え、やがて陸軍専用旅館に指定された。陸軍関係の宴会を一手に引き受けるほか、航空廠や航空機製作所の出入り業者、高射砲大隊や西部一〇〇部隊〔第五航空教育隊〕、飛行学校の幹部など、陸軍関係者たちの定宿となった。

甘木町内には、ほかにもいくつかの陸軍専用旅館があった。少年飛行兵学校の入校式の際は、東京から二〇〇〇名もの少年飛行兵たちが父兄につきそわれて押し寄せ、町内の旅館はどこもいっぱいになった。

航空廠や航空機製作所の慰労会が催される折など、東京の映画会社から俳優が、浅草や大阪の劇場から芸人が招かれ、大広間で賑やかに芸を披露した。中国や南方の前線から戻った慰問団が、門司港経由で大刀洗を訪れ、盛大な演芸会を開くこともあった。

あるとき、台湾で作戦に従事していた陸軍第八飛行師団の爆撃機が、東京へ行った帰りに大刀洗に寄った際、その操縦士が清泉閣に投宿した。彼は小さな猿を一匹連れていて、これはポケットモンキーという南国の猿だと教えてくれた。

「おい、坊主。台湾みやげにこの猿をやろうか?」

だが、どうもペットとして飼えるようなおとなしい動物ではなかった。しつけをしていないからやりたい放題で、あちこち暴れまわり、床の間だろうと畳の上だろうとおかまいなしに小便をする。お仕置きに頭をぶつと、怒って宴会場の襖をべりべりと破ったりした。操縦士にはずいぶん慣れていて、甘えたりもしていたが、私にはぜんぜんなつかず、逃げ回ってばかりだった。私の気乗りしない顔を見て、操縦士も強いてとは言わず、三日後に猿を連れて再び台湾へと旅立った。

戦後、その操縦士の恋人か奥さんかわからないが、四国から一人の婦人が清泉閣を訪ねてきた。操縦士がうちに泊まっていた間に彼女に手紙を出したらしく、差出人住所に「福岡県甘木町清泉閣」と記されていたという。彼は大刀洗を出発して以降、行方知れずになっていた。困った婦人は手紙の住所を頼りにうちへ来たのだった。台湾に無事に到着したのか、それとも途中で敵機に撃墜されたのか。遺族支援を担う厚生省援護局にも問い合わせたが、わからずじまいだという。

母とその婦人が手をとりあい、泣きながら話し合っていたのを思い出す。もし台湾への途上で敵に撃墜されたのだとしたら、あの小さな猿も道連れになったのだろうか。手のつけられないわがまま猿だったが、かわいそうなことをしたと思った。

特攻隊の宿泊所に

一九四五年四月、米軍の沖縄上陸が始まると、大刀洗飛行場が特攻の中継基地となり、うちの旅館は特攻隊員の宿泊所となった。飛行場には全国から特攻機が続々と集まってきた。到着するとまず航空廠で機体を点検し、必要なら修理を行う。飛行機の整備が終われば、沖縄への出撃基地となっていた鹿児島県の知覧や万世の飛行場へ移動した。

隊員たちは、大刀洗飛行場に到着するとまず隊ごとに決められた軍専用旅館に直行する。一隊一館とされ、隊員たちの滞在中は他の客を断るよう命じられていた。上層部が、外部の人間と接触することで出撃の決意が揺らぐなどの心理的影響を懸念したためである。

女将(私の母)はじめ従業員たちは、隊が到着するといちばん景色のよい二階の六畳間に案内し、お茶ひとつ出すのにも挙措に気を遣った。仲居や女中たちは、まるで腫れ物に触るような感じで隊員たちを遇した。母は毎朝帳場に全従業員を集めて念押しした。

「特攻隊員は神様だからね、言葉には特に注意するように」

「神様」は、みなせいぜい一七、八歳の若者だった。三三年生まれの私は当時、国民学校の六年生。玄関や帳場で彼らと顔を合わせても、挨拶をかわすていどであまり話すということもなかった。あと数日で死ぬさだめの彼らの表情は暗く、人を避けるようなところがあった。なかにはまだ顔に幼さの残る隊員もいて、仲居や女中たちが格別に気の毒がった。せめて生きている間の慰めにと卓上に花を活けたり、部屋を念入りに掃除してやっていた。

物資不足のさなか、特攻隊員にだけはいつも特別のご馳走が供された。酒（日本酒、ビール、ウイスキー、ワインなど）は、戦隊が持ち込んだものを出した。チョコレート、キャラメルなどの菓子類もたくさんあって（出所はわからない）、隊員たちがよく私たち子どもに配ってくれた。

知覧や万世に向けて出発する日の朝は、特攻隊のために特別の朝食を用意しなければならず、大仕事になった。前日までに食材をとりそろえておき、航空廠の調理場に持ち込んでうちの板前たちが料理した。前の日に作ったものを出しては特攻隊員さんたちに失礼だというので、朝早くから準備した。父は玄界灘の新鮮な魚を仕入れるため、まだ暗いうちに神湊《こうのみなと》や津屋崎《つやざき》の魚市場へ出かけた。特攻隊員には必ずお頭つきの真鯛を出すよう厳命されており、仕入れに苦労したようだ。統制品だった牛や豚、鶏などの肉は、県庁の経済課に頼んで、軍用ということで特別の食糧切符を切ってもらった。

だが、こうして精一杯の心づくしで用意しても、これから出撃するという日の朝っぱらから、大きなお頭つきの鯛の塩焼きだの刺身だのが喉を通るはずもない。板前たちがよく「だれも箸をつけなかった」と話していた。

出撃を待つ特攻隊員たちの心境は、どんなに苦しかったろう。酒をあおるように飲んで、物干し台に上がって大声で軍歌を歌っていたかと思えば、たちまち肩を震わせて嗚咽し始める……そんな姿を何度も見かけた。お国のためとはいえ、二〇歳にもならない若者が命をなげうつのだから、本人たちの苦悩は並大抵のものではなかっただろう。人間として生まれた以上、生きることへの執着があって当然で、内心では自分がなぜこれほど若くして死地へ赴かねばならないのか、割り切れない思いでいたにちがいない。

知覧から出撃後、沖縄海上で敵機動部隊を発見することができず引き返してきた隊員が泊まったこともある。来るなり、女将である私の母に、「参謀に『なぜ生きて帰ったか』と責められた」と泣きながら話した。再出撃に備えて新たな特攻機を受領するため、大刀洗飛行場で待機することになった。そのあとは福岡市内の振武寮《しんぶりょう》に行かなければならない――そう言って嘆いた。振武寮は、出撃して生還した隊員を収容し、再教育する場だそうだ。そこに入ることは不名誉の証であり、特攻隊員の間ではひそかに「陸軍の刑務所」と呼ばれていたそうだ。

同じく出撃して生還したが、次の出撃が確定している隊員もいた。その隊員は、自分の乗る戦闘機が大刀洗の航空廠でエンジン交換を済ませるのを待っていた。それが終われば再び知覧へ向けて出発しなければならないと言ってこぼした。母が食事をすすめてもほとんど食べない。同宿の隊員と話すこともなく、部屋にこもりがちだった。頭を抱えて泣いているのを見たこともある。いちど生きて帰ってくると、次の覚悟がなかなかしづらくなるのかもしれない。

母はよく、隊員の部屋を訪れては話し相手になろうとしていた。若い隊員たちの母親代わりのような気持ちがあったのだろう。だが、みな悩みを抱えていながら、なかなか人に打ち明けられずにいたようで、母はしょっちゅう気を揉んでいた。

「あと何日の命か……どんなにか悔しいだろうに」

するとと父が、「お前、そんなに心配していたら自分が病気になるぞ!」と言って、特攻隊員に入れ込みすぎる母をたしなめた。

特攻隊の出撃の日が決まると、父と母は郵便局に行って隊員たちの家族に電報を打った。多くの隊員は、会えば心が乱れるからと言って家族に知らせたがらなかった。それで私の両親が代わりに伝えたのだ。長いこと隊員たちと接してきた両親は、何とかして最後にひと目家族と会わせてやりたいと思ったのだろう。

「お前の故郷はどこだ！」

父が隊員一人ひとりから強引に実家の住所を聞き出し、「会いたし」と短い電報を打った。電話がある家には直接電話して出撃日を知らせた。たいていの家族は驚いてすぐに駆けつけてくる。最初に来るのは決まって母親だった。出撃日まで間がないから、遠方だとまにあわない。空襲や交通事情で遅れ、着いたときにはすでに出撃したあとだった、という悲しいこともあった。

さくら弾機の搭乗員たち

極秘の特攻機「さくら弾機」で出撃予定の隊（五月二五日の第二次沖縄特攻で出撃し戦死した福島豊少尉、大川実伍長、山下正辰伍長、永野和男兵長の隊）が泊まったときのことは、滞在が長かっただけに特によく覚えている。所属は飛行第六二戦隊で、ほかの隊とは異なり、出発日が確定していなかった。第六航空軍の作戦次第でいつ出撃命令が出るかわからないまま、長いこと待機していたのだ。隊員たちが日に日に苛立ちを募らせ、行動が荒れていくのが子ども心にもよくわかった。朝から酒を飲む隊員もいた。

そんなふうに暗澹とした宿の空気も、若い娘たちが来るとぱっと華やいだ。朝倉高等女学校の生徒たちが、隊員を慰問しようと毎日のように旅館を訪ねてきた。恋仲になることもままあったのではないか。同

清泉閣の客間にて，福島機の搭乗員たち。左端は 16 章の山下正辰伍長（山下昭氏提供）

世代の女学生や女子挺身隊員が、明日なき身の特攻隊員に同情し、それが恋愛感情に発展しても不思議はない。

将校は宿舎を選ぶ自由が与えられていたので、機長の福島という人だけは近くの大地主の離れを借りていた。料理は清泉閣から運ぶが、たまの宴会以外は席を同じくすることもなく、隊員たちの私生活にはいっさい干渉しなかった。ただときおり、飲んだくれている隊員をたしなめることがあった。

「敵機動部隊の位置が判明すれば、ただちに出撃することもあるんだぞ。飲まずにおれない心境はわかるが、任務だけは忘れるなよ」

この福島機長は当時二二歳。教師を志望して師範学校に通った経験のある人で、よく私の話し相手になってくれた。

「徹君のいまの実力じゃあ、朝倉中学合格はちょっとむずかしいぞ」

忠告されるまでもなく、私は翌春の受験に自信を持てずにいた。

機長だけでなく搭乗員たちも、私と妹の二人きょうだいをとても可愛がってくれた。ある日、私が「海軍の予科練〔飛行予科練習生」になって特攻隊に志願する」と言ったら、一人の隊員が激昂して私を殴りつけ、怒鳴った。

「特攻隊になるってのは、死ぬことだぞ！　両親からさずかった命を粗末にするんじゃない！」

以後、私はこの隊員を敵視して、廊下で会っても顔をそむけた。まだ幼かった私には、彼の心情も私や両親への思いやりも、なかなか理解できなかったのだ。

そうこうするうち、ついにさくら弾機の出撃が五月二五日の午前六時と決まり、隊員たちの表情が一気に険しくなった。廊下で会ってもこちらに気づかなかったり、話しかけても上の空だったりした。酒の量が増え、気持ちがすさんでいくのがわかった。

床柱の刀傷

たしか出撃が決まって数日後、第六二戦隊の幹部連が宿を訪れ、機長たちと作戦会議を開いた。激しく口論する声が帳場まで聞こえた。当時の私には、会議がもめた理由はわからなかった。しかし、ふだん隊員たちの鬱屈した表情を見ていたから、子ども心にそれまでの不満が一気に爆発したのではないかと思った。戦後になって父に聞いたところでは、さくら弾機の件で隊員たちが幹部に反抗したらしい。さくら弾機は大事な兵器だから、出撃前の訓練を禁じられていた。これに全隊員が抗議し、会議が紛糾したというのだ。

それからまもなくして、幹部列席のもとで出撃に向けての説明会が開かれた。最初は和やかだったようだが、急に会場となった宴会場のある二階が騒がしくなった。様子を見に階段を上りかけた父は、途中で立ち止まって聞き耳を立てた。きっと異様な雰囲気だったのだろう。

あとで聞いたら、一人の隊員が突如立ち上がると、手元にあった軍刀で床柱に斬りつけたのだという。先日の会議での憤懣をぶつけたものらしい。相手が床柱だったからよかったが、もし戦隊幹部に怪我でもさせていたたら大問題になっていたはずだ。

「ちょっと来い、俺が話を聞こうじゃないか」

父は度胸者らしくそう言うと、斬りつけた当人の腕をつかみ、別の部屋に連れていった。

「どうだ、少しは気が晴れたか？　だが、よく考えてみろ。ほかの隊員も、お前さんと同じ思いでいるんじゃないのか。その人らの気持ちはどうなる？　ほかの者の気持ちを、本気で考えたことがあるか？」

「僕がまちがっていました」隊員はそう言って頭を下げた。

「わかっとるよ。お前さんは仲間を助けたくて、自分が先頭切って不満をぶつけたんだろう。しかし、刀を振りまわすようなまねをしたって何にもならん。まず機長に話して、なんとか改善策を探すのが筋だろう。人間、筋を通さんとなあ」

隊員を諭す父の大きな声が、階下の帳場まで響いてきた。

床柱の刀傷は、うちが旅館をやめて建物が取り壊されるまで、ずっと残っていた。

出撃の日の朝、旅館の前に迎えのトラックが着くと、隊員たちが玄関前に整列した。私の両親をはじめ従業員が全員見送りに出た。隊を代表して福島機長が別れの挨拶をした。

「清泉閣の父さん、母さん。いまから征《い》ってまいります。みなさん、大変お世話になりました。さようなら」

この言葉に、仲居や女中が感極まって泣きだした。女たちは、トラックの荷台に乗り込んだ隊員たちの姿が見えなくなるまで手を振りつづけた。

出撃していった特攻隊員たちのうち、何人かは生還した。戦後うちを訪ねてきた者もいる。何日も泊まり込み、私の両親と語り合って帰った。親代わりのつもりで世話した両親は、一人でも二人でも生きて帰ったことを喜んだ。だが、「清泉閣の父さん、母さん」と慕ってくれたさくら弾機の隊員たちは、残念ながらみな亡くなってしまったと聞く。

出撃説明会中に抜刀騒ぎが起きた清泉閣の二階の間。画面中央の床柱にはずっと刀傷が残っていた（草場弘次氏提供）

11

自白強要の疑念

第六航空軍作戦・編成参謀　倉澤清忠少佐……東京都西東京市在住

「緊急事態発生、すぐ帰れ」

一九四五年五月二二日、熊本の空は快晴だった。翌二三日に予定されていた海軍の菊水七号作戦は雨のため二五日に延期されたが、陸軍の第八次航空総攻撃は予定通り二三日夕刻に出撃することになっていた。熊本県の健軍飛行場では、沖縄北・中飛行場攻撃に向かう義烈空挺隊が待機中だった。重爆撃機キ49「呑龍」一二機が整備され、奥山道郎隊長以下一二〇名からなる斬り込み隊が、点検を終えた兵器類を続々と機内に積み込んでいた。

熊本市内の司《つかさ》旅館に宿泊していた第六航空軍司令官・菅原道大《みちおお》中将以下幕僚たちは、海軍の作戦延期に驚き、対応に追われていた。前日深夜まで、鹿屋海軍基地にいる参謀副長・青木喬少将と電話で打ち合わせを重ねていたため、誰もが寝不足だった。

戦後の第6航空軍東京OB会にて。中央で中腰になっているのが倉澤氏，その右に立っているのが元軍司令官の菅原道大中将（倉澤清忠氏提供）

四月一七日の第一次沖縄重爆特攻で、さくら弾機とト号機は戦果を上げることができなかった。第八次航空総攻撃の切り札は、第一に義烈空挺隊による沖縄の北・中飛行場攻撃、そして第二に飛行第六二戦隊によるさくら弾機とト号機の重爆特攻である。だが、肝心の特攻作戦に関しては不安材料だらけで、前日の幕僚会議でもだいぶ問題視された。

沖縄における決号作戦は海上が舞台となるので、陸軍は海軍連合艦隊の指揮下に入った。しかし明治以来、海軍と陸軍はいわば水と油で、共同作戦をとるにしても考え方が異なるからいちいち対立してきた。それが根深いしこりとなって、フィリピン戦線でもうまく連携することができず、それが結果的に特攻隊による体当たり戦法への依存を生んだ。

初期段階では特攻も効果があったが、敵の圧倒的な戦力と物量を前に、飛行機を消耗しただけに終わることが増えた。飛行機も搭乗員も足りなくなり、もはや新規の特攻隊編成は不可能に近かった。私は正直なところ、義烈空挺隊と重爆特攻でこれまでの不利を挽回することができるかどうか、まったく自信が

大刀洗飛行場のさくら弾機（武末土之助氏提供）

なかった。特に、さくら弾機が岐阜県の各務原《かがみはら》航空廠から中継基地である福岡の大刀洗北飛行場に初めて空輸されて以降、一度も飛行訓練を行っていないことが気になっていた。

翌二三日の朝、まだ暗いうちに目覚めた私がそのまままうとうとしていると、廊下で慌ただしい足音がして、副官が部屋に入ってきた。

「倉澤参謀殿、参謀長から緊急電話です！」

「何ごとだ。こんな早い時間に……」

廊下に出て電話をとってみると、藤塚止戈夫参謀長からだった。彼は前夜、幕僚会議が終わるとすぐに福岡の第六航空軍司令部に戻っていた。

「倉澤君、大変な事件が起きた！　ついいましがた、大刀洗の北飛行場の駐機場で、さくら弾機が燃えているとの報告が入った。二五日の航空総攻撃も中止になりかねないぞ。原因はようわからんが、昨夜は大刀洗に空襲はなかったし、自然発火とも考えられない。ともかく、すぐ飛行機で帰ってきてくれ！　席田《むしろだ》飛行場には車を回しておくから」

参謀長はそうまくしたてると電話を切った。私は茫然となった。何ということだ、さくら弾機が燃えたとは……二五日に出撃予定の三機のうち、何機を失ったのか。いずれにしても参謀長の言う通り、二五日の出撃は無理だろう——そのあとは、頭の中が真っ白になって、何も考えられなくなった。

私は急いで支度をすませ、副官の運転する車で市郊外の健軍飛行場へと向かった。

「参謀殿、操縦に誰かつけましょうか」

「そんな余裕があるかっ！　俺が自分でやる！」

私は自ら軽爆撃機を操縦して、全速力で福岡に向かった。両翼ががたがたと激しく揺れた。道々、火災の原因について思いをめぐらせた。

メインスイッチを切った飛行機から自然に火が出るとは考えにくい。敵側のスパイが放火したのではないか。さくら弾機が極秘の特攻機と知ったうえで、計画的な犯行に及んだのかもしれない。内部の犯行とは思いたくなかった。

参謀時代の倉澤氏（本人提供）

席田飛行場〔現・福岡空港。敗戦後、米軍に接収されて板付基地となり、一九七〇年代に返還された〕では、参謀長の車が私の到着を待っていた。

第六航空軍は当時、福岡市内の福岡高等女学校の校舎三棟を接収して司令部としていた。門を入って一棟目の二階に軍司令官室、応接室、参謀長室が並び、いちばん左が幕僚室。一階が総務部と管理部だった。

二階に駆けあがり、幕僚室に入ると、参謀が二、三人集まって出火原因について議論していた。だが彼らは歩兵隊や砲兵隊からの転科組で、操縦士出身の参謀は私だけだ。爆撃機を操縦したことのない者に、火災の原因は判断できまいと思った。

参謀長室に行くと、藤塚参謀長が苦悩に満ちた顔で立っていた。陸軍の命運を賭けた決戦兵器を失って、管理責任を問われる可能性が高いのだから無理もない。苦い顔で現状を説明した。

「閣下〔菅原軍司令官〕はことのほかご立腹だ。二五日の重爆特攻の出撃をどうするか、大変なご心痛を抱えておられる。憲兵隊と連絡をとって、放火犯を早急に逮捕せよとのご命令だ。一機たりとも無駄にできないこんな時期にさくら弾機を失えば、作戦に重大な支障をきたすことになる。不幸中の幸いというべきか、さしあたり被害は一機だけのようだから、すでに各務原からト号機を空輸するよう手配した。いずれにしても、現場の様子がまったくわからないのだ。君が大刀洗に行って、小野〔祐三郎〕戦隊長から直接話を聞いてくれ。西部軍司令部の法務部長たちはもう現場にいる」

法務部が出張ってきているということは、出撃予定の特攻隊員が疑われているのだとピンときた。また、代替機（ト号機）の空輸を頼んだとなると、航空本部と第六航空軍、そして海軍第五航空艦隊との間で、二五日の第八次航空総攻撃決行は変更なしとの合意に達したのだと私は判断した。

私は藤塚参謀長とは長いつきあいで、ずいぶん世話にもなった。私は陸軍航空士官学校を卒業すると、すぐ浜松陸軍飛行学校に赴任し、重爆撃機隊員となった。そのあと北朝鮮の会寧《フエリヨン》に駐屯中の飛行第六五戦隊に転属、そのときの戦隊長が藤塚だった。以来、格別親しい間柄となった。ノモンハン事件〔一九三九年〕の直前には、関東軍の幹部候補生を指導する操縦教官として彼が私を推薦してくれた。第六航空軍が東京の三宅坂から福岡に移転するに伴い、一緒に本部（福岡高女）近くの薬院の旧家に下宿した。

「倉澤君、小野戦隊長とは航士〔航空士官学校〕の同期だったな。戦隊内がそうとう動揺しているだろうから、早く現場に行って相談に乗ってやってくれ。原因究明は憲兵隊がやっているからすべて任せるとして、問題は特攻隊員の士気低下だ。頼んだぞ」

旧知の藤塚参謀長に頼まれ、私は気を引き締めて部屋を出た。

大刀洗の第六二戦隊本部に電話を入れると、小野戦隊長と伊藤戦隊長代理は法務部長らを連れて火災現場に行っているとのことだった。もし特攻隊員が放火犯だった場合、当然軍法会議となる。この先に起こることを予測して、私は憂鬱になってきた。実戦部隊における軍法会議の裁判官は参謀が務めることが多い。なかでも特に指名される確率が高いのは、作戦・編成参謀である私だ。さくら弾機の放火となると、求められるものはまちがいなく極刑。任務とはいえ、部下に死刑判決を下すのは気が進まない。

三〇分後に再び戦隊本部に電話すると、こんどは小野戦隊長が出た。すでに憲兵隊が来て、さくら弾機の搭乗員を名簿で調べているという。やはりそうなったか。憲兵隊が来る前に打ち合せをしておきたかったが、もう遅い。小野戦隊長は、通信士の山本伍長が疑われているようだと告げた。その声音があまりにも弱々しいので、私は思わず叫んだ。

「なんたることだ！　いったい、第六二戦隊の軍紀はどうなっているんだ！」

私は再び参謀長のもとへ行き、しばらく善後策を話し合った。憲兵隊が容疑をかけているのがこともあろうに燃えたさくら弾機の搭乗員だというので、参謀長は顔面蒼白である。彼は容疑者の山本伍長が朝鮮人であることをすでに知っていた。そして、民族意識に目覚めて出撃妨害の行動に出たのではないかと言い出した。会寧時代に目の当たりにした民族独立運動、第六五戦隊の飛行機が朝鮮人に破壊された事件などを引き合いに出しながら、朝鮮人は表向きは日本への忠誠を誓っていても、心の中は怪しい、などと話した。

「参謀長殿、私はとにかくこれから第六二戦隊本部へ行って、小野戦隊長に事件の経緯を聞いてみます。憲兵隊が許可するかどうかわかりませんが、拘束されている山本伍長とも面会できるよう頼んでみます。戻ったらすぐご報告に参ります」

私は参謀長の専用車を借りて、大刀洗北飛行場の現場（夜須《やす》村〔現・筑前町〕福島の駐機場）へ向かった。

さくら弾機はすっかり焼けただれ、原型をとどめていなかった。決戦兵器に警備を一人もつけていなかったことが、いまさらながら悔やまれた。駐機場はまったくの無防備状態で、誰でも自由に出入りできる。夜陰に紛れて侵入し、機体の下で枯草でも燃やせば、あっというまに機体上部のベニヤに燃え移り、二〇分もあれば全焼したであろう。私はその後、誘導路をたどって雑木林の中の掩体壕《えんたいごう》に行ってみた。すぐ脇に数軒の農家があるが、人目は少ない。入口は枝や葉で隠してあるが、誰でも近づける点では駐機場と大差ない。

大刀洗北飛行場は極秘の飛行場で、特に本飛行場が空襲で破壊されて以来、陸軍航空作戦の最重要拠点とされてきた。だが、あまりにも無防備だった。これでは第六航空軍の管理責任を問われても仕方がない。

死に場所を与える

第六二戦隊本部は北飛行場の南、花立山《はなたてやま》の麓の農家にあった。私が着いたとき、小野戦隊長と西部軍司令部（第一六方面軍）の井上法務部長、高見法務少佐が話し合っていた。井上法務部長は私の顔を見るなり、だしぬけに言った。

「やあどうも、倉澤参謀。例の朝鮮人の山本伍長だがね。宿のある甘木の町中で、好きな女でもできたのじゃないですか。それで死ぬのがいやになって、自分の搭乗するさくら弾機さえ燃えてしまえば出撃せずにすむと思って、火をつけた。そういう筋書きは考えられませんか」

これに対して高見法務少佐は、「いやあ、動機としてはちょっと弱いんじゃないでしょうか」と言って頭を抱えた。

「いずれにしても、ここで詮議してても埒があかないでしょう。これから憲兵分遣隊へ行って、山本伍長と面会してみませんか」

高見法務少佐の提案で、二輪村〔現・筑前町〕にある大刀洗憲兵分遣隊を訪ねることにした。井上法務部長は、西部軍司令部の会議があると言ってあとをわれわれに託し、福岡市へ帰った。

太刀洗駅前を右に曲がると、赤レンガの高い塀に囲まれた木造平屋の建物がある。それが憲兵分遣隊だ。建物の裏には堅牢な留置所があり、着剣した歩哨が二人、入口に立っていた。分遣隊長は、やや緊張した面持ちで私と高見法務少佐を迎えた。

私はまず、二五日の第八次航空総攻撃は計画通り決行すること、焼失したさくら弾機の代替機としてト号機を一機、各務原航空廠から空輸する手はずになっていることを説明した。分遣隊長は、午前中から容疑者の取り調べを続けていると言った。

「容疑が固まれば、軍法会議にかけることが正式に決まるだろう。その前に面会しておきたいのだが」

高見法務少佐がそうもちかけると、分遣隊長は私たちを隊長室に案内した。二人でソファに腰かけて待った。しばらくすると、憲兵下士官に連れられて、背の高い男が手錠をかけられた状態で入ってきた。私はその顔を見たとたん、思わずうめき声を漏らし、高見法務少佐と顔を見合わせた。山本伍長の顔は腫れ上がっていた。瞼は完全にふさがり、鼻血が流れ、唇は切れている。飛行服の前を血だらけにして、ぐったりとうなだれている。一見して激しい拷問を受けたことがわかった。

憲兵隊が自白を引きだすため、かなり手荒いことをするのは知っていた。だが、生々しい傷跡を目の当たりにして、私は改めて憲兵隊の拷問の実態を如実に悟った。

私があれこれ質問しても、山本伍長は何も答えなかった。憲兵から口止めされているのだと思った。結局、ほとんど何もわからないまま面会は終わった。

そのあと、再び分遣隊長と面談した。私たちは、憲兵隊がどれだけの証拠をつかんでいるのか聞きだそうとした。しかし隊長は肝心の放火事件については、取り調べ中の案件だから話せないと言い、話題を変えたがった。「さくら弾の効果はかなりのものなんでしょうね」などと聞いてきた。

私は、ふとあることを思いついた。山本伍長が容疑を認めれば、軍法会議で裁かれることになる。する

大刀洗北飛行場にて，出撃前に記念撮影する飛行第62戦隊
（山下昭氏提供）

と陸軍上層部は第六航空軍に責任を負わせようとするだろう。それは絶対に避けなければならない。放火の罪を問わずに、山本を二五日の沖縄特攻に出撃させたらどうだろう。それで一挙にことは解決するのではないか。

「隊長、これは提案なんだが……一つの解決策として、山本伍長に死に場所を与えてやるというのはどうでしょう。それが武士の情けというもんじゃないでしょうか」

「死に場所といいますと……？」

分遣隊長は怪訝な顔をしている。

「何も言わずに二五日の総攻撃で出撃させるのです。そうすれば、奴の名誉も保てるし、第六航空軍の面目も立つ。いわば、お国のために出撃することで、罪を帳消しにしてやるわけですよ」

「それなら、おたがい面目が保てるかもしれないなあ。だけど、軍司令官閣下がお認めになるかどうか。そこにかかってくるんじゃないか。口で言うのは簡単だが、倉澤参謀、これはちょっと難儀だよ」

高見法務少佐が意見を述べた。ともかく本人の意思を聞こうというので、分遣隊長が山本にこの提案を伝えに行った。はたして、山本の返事は諾であった。

「こうなった以上、出撃させてくれと申しております。どうせ軍法会議の判決は死刑でしょうから、このさい、最善策かもしれませんねえ」

分遣隊長の話を聞きながら、私は山本が本心からそう言っているのか、それとも捨て鉢になっているだけなのか、判断がつかなかった。

私は急いで福岡の第六航空軍司令部へ戻り、藤塚参謀長に報告した。

「第六航空軍としては、出撃と引き換えに事件を帳消しにしたいのはやまやまなんだが、何かすっきりしないものが残るなあ。とにかく、いまから閣下にご相談してくる。この件はいっさい口外するなよ。第六二戦隊に伝えるのは、閣下のご決断が出てからだ。やれやれ、厄介なことになったなあ」

藤塚参謀長はそうこぼしながら、軍司令官に電話をかけに行った。ほどなくして戻ってきた彼が言った。

「ことがことだけに、閣下も心配しておられる。もし出撃させて死ねば、世間は軍が口封じをしたと非難するだろう。くれぐれも拙速にならぬよう、軍紀に則り、正規の軍法会議の手順を踏むようにとのことだ。さすが閣下のお考えは正しい」

こうして、私の言い出した、「死に場所を与えて罪を帳消しにする」案は却下された。第六二戦隊は、裏でこんな工作が進んでいたことを知らない。第六航空軍は、正式な軍法会議で事件の真相を究明し、放火犯を裁かなくてはならなくなった。

裁判官の指名を固持

放火事件からしばらくして、藤塚参謀長は管理責任を問われて更迭され、川嶋虎之輔少将が新参謀長として赴任してきた。山本伍長の身柄は、大刀洗憲兵分遣隊から福岡憲兵隊司令部に移された。

米軍は四月に沖縄に上陸して以来、まっ先に飛行場を整備し、そこから出撃する戦闘機の激しい攻撃に沖縄、徳之島、奄美大島一帯がさらされていた。敵機動部隊が北上し、特攻基地と軍施設を徹底的に破壊していった。米軍の本土上陸に備えて四国・九州の太平洋岸に部隊を集中させていたから、かえって敵の効率的な攻撃を許すことになったのだ。全軍、軍紀が乱れて、隊内でさまざまな事件が続発した。第六航空軍は沖縄戦で兵力を消耗し、浮き足立っていた。作戦参謀としては、正直なところ軍法会議どころではなかった。

参謀の誰を裁判官に据えるかが取り沙汰され始めた。決戦兵器のさくら弾機を焼失した罪は重く、まず死刑は免れまい。誰もそんな役回りは嫌だから、みな軍司令官や参謀長と顔を合わせないようにしていた。川嶋参謀長は「倉澤、参謀の中ではお前が若手なのだから、お前がやれ」と言ったが、私もお茶を濁して逃げた。

ついにある日、幕僚室にいる私のところに菅原軍司令官が来た。「倉澤君、頼む。さくら弾機事件の軍法会議の責任者（裁判官）になってくれ」と言われた。

「あとでお部屋のほうにお伺いいたします」

部屋には一五、六人の幕僚がいたので、私は即答を避けた。このとき、私はほかに軍紀違反の裁判を二つほど抱えていた。そのうえ厄介な裁判を引き受けては、沖縄特攻の作戦・編成という本来の職務が遂行できなくなる。ほかの幕僚の前で安請け合いして、あとで困るのは私だ。かといって軍司令官じきじきの命令を拒むわけにもいかない。とりあえずその場をしのいで考えたかった。

振武隊《しんぶたい》のことも悩みの種だった。頭数は揃ったが、飛行機が足りない。次は本土決戦というので、どこの戦隊も特攻機を出し渋った。それで私が特攻機を集めるために各地を飛び回っていた。これではいよいよ仕事が手につかない。私は軍司令官のところへ行き、事情を縷々説明して、どうかさくら弾機事件については別の参謀を指名してほしいと頼み込んだ。

実は、私がこの裁判に関わりたくなかったのには、もう一つ別の重大な理由があった。私は大刀洗憲兵分遣隊で山本伍長のひどい傷を見て以来、激しい拷問によって無理に自白させたのではないか、これは冤罪なのではないかという疑念を拭えずにいた。

事情はどうあれ、憲兵隊で一度でも自白した以上、決定的な根拠となる。後日の軍法会議で自白を翻しても、絶対に認められない。そもそも軍法会議は、軍の言い分に偏った一方的な判決になりがちだ。手順として、まず憲兵隊司令部で徹底的な取り調べをしたあと「軍事調書」を作る。その際、法律面のことは法務官に助言してもらう。裁判は一審制で、被告に弁護士はつかない。たとえ判決に不服でも再審請求はできない。もし山本が冤罪だとして、真犯人が名乗り出ないかぎり死刑は免れない。取り調べの過程が不透明で、しかも極刑が決まっている裁判になど、とてもじゃないが積極的に関わる気になれなかった。

軍司令官にお役御免を願い出た直後の七月一〇日、私は古巣である茨城県の鉾田教導航空師団研究部への転属を命じられた。主な任務は特攻隊「神鷲隊」の作戦・編成参謀だった。

私が鉾田に移ったあと、住《すみ》造《つくる》少佐が後任の参謀に就き、さくら弾機裁判を担当した。住は士官学校では私の一期先輩（第四九期）だが、途中で転科したため陸軍大学校の卒業は私の一年あとだ。彼は裁判の途中で、鹿児島連隊区司令部に参謀として転出した。その後任には私の一期後輩の高山義雄少佐が就き、裁判を引き継いだ。この高山が八月八日、死刑判決を下し、翌九日午前九時、山本伍長は福岡市郊外の油山で銃殺刑に処された。

実際に判決を下したのは一人の参謀だが、死刑判決を下すと決めたのは第六航空軍司令官だ。菅原中将の責任は重い。

判決を言いわたした高山は、戦後になっても、陸軍士官学校や陸軍大学校の同窓会はもちろん、第六航空軍の東京ＯＢ会にも顔を見せたことはない。あのことが彼の人生に暗い影を落としているのだ。軍では上層部の命令は絶対であり、彼に限らず、命じられれば断ることなどできない。その意味で、裁判の結果は高山の責任ではない。私は、作戦・編成参謀の仕事を盾に、かろうじて裁判官の役目を免れた（結果的に転属にはなったが）。だがもし任命されていれば、高山と同じ判決を下すしかなかっただろう。彼は実に気の毒だった。

12

旅館の娘が見た特攻隊員

おたふく屋旅館　萩尾（旧姓井上）敏子……福岡県筑紫野市在住

高級軍人専用の割烹から旅館へ

一九四五年四月の上旬、大刀洗本飛行場に到着した陸軍飛行第六二戦隊の人々は、飛行場のそこかしこに残るB－29の深い爪痕を見て、肝を潰したようだった。

この戦隊は重爆特攻隊だった。そのうちの何人かが、甘木町〔現・朝倉市〕で私の家が経営するおたふく屋旅館に宿泊した。花道柳太郎伍長、桜井栄伍長、そして山本辰雄伍長の三人だ。

「東京は空襲で焼野原になっちまったらしいが、大刀洗もひどいなあ。この旅館は大丈夫なのか」

部屋に案内された三人は、二階の窓から外を眺めながら話し合った。大刀洗は前月の二七日と三一日にB－29の大空襲を受け、飛行場はほとんど壊滅状態になったが、甘木の旅館街は被害を免れた。それにうちの場合、私の父が、「この町は木造建築ばかりだから、空襲に遭えばあっというまに灰になってしまう」と言って、庭に大型の防空壕を掘ってあった。

甘木は筑後川流域の歴史ある町で、もとは農村だったけれど、大刀洗に飛行場ができてからは軍都として栄えた。人口も爆発的に増えた。戦争が拡大するにつれ、軍需景気で町は一変した。

うちはもともと高級軍人専用の割烹だった。だから配給制度下であっても、酒でも女でも、航空廠の主計科に連絡すればたいていのものを調達できた。芸者を兼ねた仲居も五、六人置いていた。建物は二階建ての総檜造り。高さ十数メートルの滝を設けたみごとな庭園もあった。池には色とりどりの錦鯉が泳いでいた。

大刀洗飛行場の佐官クラス〔大佐、中佐、少佐〕の宴会は、甘木町の割烹か一流料亭と決まっていた。なかでもうちは「閣下」クラス〔准将以上の将官〕や参謀にも常連がいて、正面に庭を臨む七番の特等室は「閣下」専用だった。これが西部軍司令部や久留米第一二師団などの「閣下」や参謀になると、博多の料亭とか二日市温泉の高級旅館を使った。

太平洋戦争が始まり、大刀洗飛行場が西日本随一の航空基地となって以来、甘い汁を吸おうと御用商人が群がり、軍関係者に接待攻勢をかけるようになった。うちも含めて甘木の一流の割烹や料亭では、朝まで宴会が続くことも珍しくなかった。

ところが、一九四三年に県の命令で、同じ甘木町内の「月の家」ともども、航空機製作所の寮として接収された。これで建物も敷地も、大勢の工員や全国から集まってきた勤労報国隊員に占領されてしまった。

萩尾敏子さん（左）と倉地ミツ子さんは女学校の同級生同士

接収金四万円はすべて国債だからほとんど役に立たない。収入の道を絶たれた父は、有り金をはたいて隣接した土地を買い、新たに旅館を建てた。三階建てで客間は二〇室、慰問の芸能大会用に舞台のある大広間もしつらえた。こうして「おたふく屋旅館」として再出発した。

当時、私は甘木実業高等女学校に通う女学生だった。同級生の倉地ミツ子さん〔本書8章証言者〕とは、卒業後もずっと友だちづきあいが続いた。その縁で今回、当時のことをお話しすることにもなったわけだ。

「神の子」を残すな

四月上旬に第六二戦隊が大刀洗に着いてしばらく経った日のことだ。ほかの旅館に泊まっている特攻隊員がうちに集まってきて、客室の一つを使って会議が開かれた。集まったのは幹部と機長だけのようだった。母に言われて私がお茶を持っていくと、伊藤という人（あとで聞いたら戦隊長代理だった）が話しはじめたところだった。

「まず、出撃までの特攻隊員の生活指導についてだ」

私は給仕を終えると控えの間に下がり、襖の陰から何とはなしに話に耳を傾けた。

「絶対に神の子を残してはならない。出撃までのあいだ、隊員の女性関係には特に注意してほしい。素人娘に手を出して、神の子を宿させて、出撃後に『父親は特攻隊員だった』などと言いふらされないようにしなければならん。性的な要請に関しては、甘木にも淫売屋は何軒もあるし、久留米まで行けば軍の慰安所がいくらでもある。後日の憂いを残さぬよう、くれぐれも気をつけてくれ」

私は、聞いてはならないことを聞いてしまった、と思った。息を殺して立ち上がり、帳場に戻った。

はじめは「神の子」という言葉の意味がよくわからなかった。だが、戦隊長代理の話を思い出すうち、次第にわかってきた。当時、特攻隊員は民間人の間で「神様」と呼ばれた。「神の子」とは、そのわすれがたみ、つまり子どものことだった。

うちに泊まっていた隊員たちは、毎日、朝起きてしばらくすると北飛行場に出かけ、飛行機の整備などをして、夕方五時には旅館に帰ってきた。それからひと風呂浴びて食事をすませたあとは、ほとんどの隊員が夜の町に繰り出していった。帰りは夜半か、遅ければ翌朝だった。部屋でじっとしているのに耐えられず、仲間を誘って酒を飲む日々。夜の町に出れば当然誘惑も多く、女子挺身隊員や師範学校の女学生と親しくなったという話はざらだった。町で知り合った娘と、戦後になって結婚した特攻隊員や雷撃隊員を、私は何人も知っている。

隊員たちのそうした生活状況を見て、幹部は「素人の女が妊娠でもしたら、特攻隊の秘密が外部に漏れるから注意しろ」と釘を刺したのだった。

朝鮮人伍長の思い出

四月一五日、沖縄重爆特攻の第一陣が、鹿児島県の鹿屋海軍基地に向けて出発した。うちに泊まっている三人はその第二陣で、出撃は五月末ごろだと聞いた。当初は「ト号機」で訓練していたが、そのうち新型の「さくら弾機」というのが岐阜の各務原《かがみはら》航空廠から大刀洗に運ばれてきた。三人はその新型機に乗ることになったという。航法士の花道伍長は、搭乗機での訓練を上層部に禁じられた、と言って嘆いた。

「ぶっつけ本番なんて、とんでもない話だ。陸と海では、航法がまったくちがうんだ。それに、さくら弾機はガソリンを大量に食うのだから、訓練もせずに飛ぶなんて恐ろしくてできるものか。納得できない!」

私には飛行機のことはまったくわからなかったが、通信士の山本伍長、機関士の桜井伍長も同じことを言っていた。ト号機で訓練していたころは、三人とも早朝からはりきって出かけたが、さくら弾機に乗ることが決まって以来、宿でごろごろする日が増えた。

ある日、山本伍長が、めずらしく北飛行場へ出かけて昼すぎに戻ってきた。彼はやや興奮した様子で帳場に顔を出し、女将(私の母)に聞きたいことがあると言った。

「女将さん、北飛行場の近くに、どうしてあんなに大勢の朝鮮人が住んでいるのですか。あの飯場はいつできたんです?」

調理場にいた父が出てきて、母のかわりに答えた。

「あの朝鮮飯場はな、北飛行場の二本の滑走路を作ったときにできたものだよ。半島から徴用されてきた連中で、飛行場が完成したあともあそこに住みつづけている。所帯持ちもけっこういる。いまは、空襲でできた飛行場の弾痕を埋める作業なんかをやっているが、敵の機銃掃射や時限爆弾で何人も犠牲になったらしい」

「大将、それは本当ですか？　知らなかった……実は、僕も朝鮮人です。創氏改名で山本辰雄という日本名にしました。操縦士になりたかったが、通信士としてお国に尽くすことになりました」

山本伍長は背が高く、きりっとした顔立ちだった。言葉には何の訛りもなく、言われなければ日本人としか見えない。これまでうちに投宿した特攻隊員の中で、朝鮮人だと自ら名乗ったのは彼が初めてだった。

「お前さん、立派じゃないか。朝鮮人なのに、日本国のために特攻隊に志願するとはなあ。大変な決断だったろう。どうだ、今夜は町に出ないで、わしと一杯やらないか」

父は山本伍長の告白に感動したようで、その夜は二人で遅くまで酒を酌みかわした。

陸軍御用達の旅館を経営する立場上、父はふだんは「この戦争は日本が必ず勝つ」と強気なことを言っていた。しかし山本伍長は臆することなく、フィリピン戦線の現状を語り、富永恭次中将の「敵前逃亡」〔七頁参照〕を批判した。これには、軍隊びいきの父も一言もなかった。一緒に聞いていた私も、山本伍長の毅然とした態度に感心した。

甘木の町では、特攻隊員は特別待遇で、たとえ酒を飲んで喧嘩をしても大目に見られた。旅館の玄関前をうろつく憲兵も、隊員には決して干渉しなかった。だが、その夜の山本伍長は酔って放言したのでなく、理屈で父を言い負かしたのだから、特攻隊員の特権というのとはわけがちがう。それに、私たち家族も三月下旬のB‐29の空襲をすぐ近くで見ていたから、米軍の圧倒的な力は身に染みて知っている。フィリピンが厳しい状況にあるという山本伍長の話も、きっと本当なのだろうと思った。

その数カ月前、西部軍司令部を、筑紫郡山家《やまえ》〔現・筑紫野市〕の山腹に地下壕を掘って移転するという話がもちあがり、工事が行われた〔二六七頁注記参照〕。そのあいだ、視察に訪れた西部軍司令部の参謀たちは、帰りには必ずうちの旅館に寄って宴会を開いた。父の話では、山家からは二日市温泉のほうが近いのだが、博多に近く人目につきやすいので甘木を使うとのことだった。私はその話を思い出し、軍幹部がこれだけ堕落しているのだから、日本は負けるのではないかと思った。

かたや、うちに滞在している特攻隊員は、まだ一七、八歳の若者ばかりだ。ときどき見かける機長〔二人だけ地主の離れに泊まっていた工藤仁少尉（5章証言者）〕にしても、せいぜい二一、二二歳。学徒出陣で特別操縦見習士官になってまだ何年もしないような若者である。こんな若い人たちが、数日後には死を覚悟して出撃するのかと思うと、気の毒でしかたなかった。

出撃の日が近づくにつれ、隊員たちは苛立ちを隠しきれなくなっていった。そんなある日、桜田伍長が私のところへ来た。

「敏子さん。武運長久を祈りたいので、そこの須賀神社で一緒にお参りしてくれないか」

武運長久といっても、爆撃機もろとも敵機動隊に突入すれば、待つのは死だけだ。生きて帰るとはまず考えられない。私は言葉に詰まった。

桜井さんからは、それまでにも何度も誘われていた。そのたびにあれこれ理由をつけて断ってきたが、今日という今日はむげにできない。しかし、もしも愛を告白されでもしたら、何と答えていいかわからない。当惑したまま、私は彼についていった。

旅館を出て、二人とも無言で歩いた。神社の参道に入る。楠や椎の大木が空を覆い、落ち葉が音を立てて散った。

桜井伍長は拝殿の前に立つと、縄をつかんで鈴を力強く振った。それから柏手を打ち、手を合わせて動かなくなった。何を祈っているのだろう……私は彼の後ろ姿をじっと見守った。

「さくら弾機の放火事件で、出撃は中止になると思ったのに……」

祈りを終えて彼はそうつぶやいた。それから振り返ると、悲しそうな目で私を見た。

そのときの私は、放火事件というのが何を意味するのか知らなかった。ただ、「気の毒に、この人は死ぬ覚悟ができていないんだ」と感じて黙っていた。それから二人して旅館に戻った。彼は何度も何度も立ち止まり、「わからんかな、わからんかな」とつぶやいた。私が何も言わずにいると、やがて口をつぐんで玄関に入った。

特攻隊員に恋した娘

「飛行場の町」甘木の住民は、みな日の丸の腕章と白い絹のマフラーをつけた特攻隊員を神様のように崇めた。道で会えば呼び止め、家に招いて心づくしの食事やお茶でもてなした。女学生や女子挺身隊員たちは、丹精込めて縫った特攻人形を差し出した。隊員たちはもらったマスコットを腰に下げたり、搭乗する飛行機の中に飾ったりした。これが小学生の間でも流行り、幼い子どもたちが手製の人形を隊員に手渡す姿があちこちで見られた。

花道伍長の周りは、いつも笑い声が絶えなかった。近所の人に請われて記念写真を撮りに行けば、その

右が井上フチコさん。中央は萩尾さんの母でおたふく屋旅館女将の井上三好さん（花道柳太郎氏提供）

家の子どもと親しくなって帰ってきた。酒は飲まず、もっぱら甘いお菓子を好んだ。町でこっそり餅などを買ってきては、仲居や女中たちにふるまってくれた。

父の親戚筋の井上フチコという娘が、家事見習いの一環ということで、女中の仕事を手伝っていた。一七歳になったばかりのかわいい娘で、花道伍長をとても慕っていた。花道さんは休日になると、フチコを連れて買い物に出かけ、いろんなものを買ってやったりしていた。

沖縄出撃が五月二五日と決まると、フチコは自分のアルバムから写真を数枚はがし、「私も一緒に連れていってください」と言って花道さんにあげたそうだ。出撃を控えて隊員たちが立石国民学校に移ることになったのを知ったときは、なぜ最後までここを宿舎にしないのかと、泣きながら文句を言っていた。

二五日の早朝、まだ暗い中を、大刀洗飛行場から特攻機のエンジンの音が響いてきた。甘木川にかかる馬田《まだ》橋で彼らを見送ろうというので、私たちは五時半に旅館を出た。五月の末だからすでに空は明るい。特攻機は飛行場の上空を旋回したあと、耳納《みのう》山の彼方に消えた。

戻ったあと、フチコは休みを申し出ると、何時間も仏壇の前に座って祈りつづけた。「花道さんの霊が成仏しますように」と、何度も何度もつぶやいていた。私たちもその真剣な様子に心を打たれ、ともに彼らの冥福を祈った。

その日の午後、フチコは八女郡黒木村〔現・八女市〕の実家に帰らせてくれと言い出した。両親も私も思いとどまるよう説得したが、決心は固いようだった。

「あの人はもう死んでしまって、帰ってはこない。生涯、花道さんの霊を弔いたいんです」

フチコはそう言うと、荷物をまとめて夕方には旅館を出た。それっきり音信が絶えた。

ところが、なんということか、その数日後、花道伍長と桜井伍長が旅館を訪ねてきた。戦死したと思っていた二人が突然現れたので、旅館中大騒ぎになった。私もにわかには信じられず、言葉がなかった。

花道伍長はフチコに会いたくて来たのだった。父が「あの子は事情があって実家に帰った」と説明すると、住所を教えてくれと言う。だが、父は断わった。もし再会しても、相手は特攻隊員だ。戦争が続くかぎり再び出撃しなければならない。花道さんにしてみれば無情に思えたかもしれないが、父としては身内の娘にまた同じ悲しみを味わわせたくなかったのだろう。

2005年8月9日，萩尾さんは花道氏，倉地さんとともに北飛行場を訪れ，山本伍長を偲んで花を手向けた

それからしばらくして、第六二戦隊は西筑波の原隊に帰っていった。

おたふく屋旅館は、戦後の不景気で立ちゆかなくなり、廃業した。終戦から数年経ったころだろうか、花道さんたちがフチコを訪ねて再び甘木町に来たと人づてに聞いたが、そのときは私は会えずじまいだった。

二〇〇五年八月九日、実に六〇年ぶりで花道さんと再会した。この日は、山本伍長が福岡市郊外の油山で処刑された命日である。一緒に北飛行場の滑走路跡へ行き、花を手向けた。

花道さんはそれから毎年のように、山本伍長の命日になると福岡を訪れている。倉地ミツ子さんの案内で油山周辺のお寺を訪ね、山本伍長の遺骨を探すためだ。花道さんの旅はまだ終わっていない。

13

山家《やまえ》の地下司令部

戦史研究家　石川栄次郎……福岡県筑紫野市在住

西部軍司令部の移転工事

福岡平野と筑後平野のちょうど中間、宮地岳《みやじだけ》の南麓に発破の音が響きはじめたのは、太平洋戦争末期の一九四五（昭和二〇）年二月上旬だった。付近の山家《やまえ》村、御笠村、天山村〔現・筑紫野市〕、夜須《やす》村〔現・筑前町〕の人々はその轟音に驚いた。

当時、陸軍の西部軍司令部は福岡市内にあった。二月一日、横山勇中将が軍司令官に任命され、西部軍は米軍の上陸をにらみ九州南部の戦備強化を始めた。それと並行して、司令部の移転計画が実行されることになった。移転先として、福岡市の南東二〇キロという好立地で、しかも山岳地帯で要衝の地である山家に白羽の矢が立ったのである。

山家への移転計画は、すでに前年に立案されたものだった。山の麓の堅固な花崗岩を掘開し、地下総延

地下壕の「山家二号入口」を指し示す石川栄次郎氏

長約四キロ〔総面積約一二〇万平方メートル〕の巨大地下壕陣地を造る大工事である。

私の実家はこの山家にあった。山家は筑紫平野を一望できる位置にあって、宮地岳を背に立つと、真っ正面には花立山《はなたてやま》がお椀を伏せたような姿でたたずんでいる。その手前が大刀洗北飛行場、花立山の向こうに本飛行場が広がっていた。

私はまだ幼かったが、私の家族（両親と四つ上の姉）は三月二七日と三一日の大刀洗大空襲を目撃している。姉の話では、B‐29の編隊が大分県日田方面から侵入し、山家の上空を旋回して大刀洗の本飛行場へと向かうのが見えた。爆音が聞こえてまもなく、あたり一面が暗くなり、空から米粒のようなものが落ちてきた。とたんに花立山の裏で爆発音がして、黒煙がもくもくと空高く上がったそうだ。

話を戻して、二月の初旬、まず日ごろ見かけない人々が赤と白の棒を担いでやってきて、宮地岳の麓の森に入り、測量にとりかかった。まもなく役場の職員が来て、土地接収の交渉を始めた。すでに北九州にB‐29が襲来した。早晩、この福岡・久留米方面も爆撃にさらされるだろう。それで軍が筑紫に兵器や物資を退避させるための倉庫を新たに建設することになり、山家がその場所に選ばれた——役場職員はそう嘘の説明をした。結局、なかば強制的に土地が接収され、地下壕の建設が始まった。

その後はまさに突貫工事だった。斜面を削って幅広の軍用道路が造られ、縄文時代の古墳群を破壊して平らにしたところへ、あれよというまに無数の三角兵舎が建った。倉庫だと言っていたのに、なぜ兵舎がこんなにたくさんあるのか。住民の不審をよそに、続々と兵たちが押し寄せてきた。

「ここに大きな陣地が造られるのじゃないか？」

人々が囁き合っていると、憲兵が来て「軍機密だから、いっさい口外してはならん」と口止めした。それでもますます、秘密の陣地だという噂が広がった。

鶴嘴《つるはし》とスコップを担ぎ、頭にランプをつけた男たちが、次々と筑豊線の山家駅を出て山道を登っていった。やがて彼らは現場周辺に掘っ立て小屋を建ててそこに住みはじめ、飯場が形成されていった。

朝鮮人労働者の悲劇

地下司令部は北壕と南壕の二つに分かれ、両者は一本の坑道でつながっていた。出入口は北壕に「山家一号入口」と「山家二号入口」の二つ、南壕に「山家三号入口」「二入口《ふたいりぐち》」「天山入口」の三つが設けられていた。北壕は現在の筑紫野市、南壕の約七割と「二入口」は現在の筑前町の域内にあった。

大きな飯場は山家一、二、三号入口に集中していた。坑夫たちは夜になると酒を飲み、歌い踊った。私の両親は、よくアリランやトラジなどの民謡が聞こえたと言っていた。集められた坑夫の多くは、朝鮮人の勤労報国隊員だったのだ。もともと朝鮮半島から強制的に連れてこられ、筑豊の炭鉱で採炭や掘進の仕事をさせられていた人々だ。それでこの一帯は朝鮮飯場と呼ばれるようになった。

私の姉は、彼ら朝鮮人が筑豊線の山家駅を降りて、大勢の警官と憲兵に連行されていくのを見たという。まるで囚人のように、頭から白い袋を被せられ、両手を細い紐でつながれていたそうだ。戦後になって両親にその理由を尋ねると、彼らの逃走を防止し、軍機密を隠すため、場所がわからないようにしたのだと言っていた。

こうして連れてこられた朝鮮人たちは、翌日からさっそく、二交代制で日に一二時間も掘削作業をさせられた。熊谷組のトンネル専門技術者が現場の監督にあたった。軍の工事だから賃金は比較的高く、食糧も支給される。その噂を聞きつけて筑豊の炭鉱から逃げてくる朝鮮人もかなりいたと聞く。

工員たちは、天井から滴る地下水で体はずぶ濡れ、水浸しの洞窟の中を地下足袋で歩き回った。穴の中に舞う粉塵で目も開けられない。花崗岩は風化した表面が柔らかくなっているので、初めはわりと楽に掘れるが、まもなく花崗岩本来の堅い岩盤に突き当たり、掘り進めることができなくなる。そこで、ドリルで開けた穴に発破をしかけ、現場監督の合図で安全な場所へ退避する。

ところが、多くの朝鮮人は日本語がわからない。監督が「発破だ、逃げろ！」と叫んでも気づかず、逃げ遅れることがあった。飛び散った大きな石に当たって即死した者もいる。落盤事故も起きたらしいが、軍機密だから外部には漏れない。朝鮮飯場から、同胞の死を悼んで「アイゴー、アイゴー」と泣き叫ぶ声が聞こえてきて、村人たちは初めて壕内で事故があったことを知る。飯場に遺骨が戻ってきたのを見た者はいないというから、どこに埋めたのかもわからない。

この工事に投入された労働者の数はおよそ一五〇〇人、その大部分が朝鮮人だったという。敗戦と同時に軍が機密書類をすべて処分したから、確かな資料は何も残っていないだろう。隣組を介して勤労報国隊員として働いた日本人も、すでにその多くが亡くなり、当時のことを知るすべがないのは残念だ。

こうして大勢の朝鮮人をかりだした五カ月間の工事のあと、六月二五日に幹部の部屋と戦闘指揮所が完成し、西部軍司令部が福岡市内から引っ越してきた。この時点ではまだ工事は完了していなくて、軍司令官室、幕僚室、副官室、通信室だけが板張りを終え、あとはすべてただの洞窟の状態。天井からはまだ大量の地下水がしたたり落ちていたという。

壕内の幽霊

私の家は、三号入口とほんの二〇〇メートルほどしか離れていなかった。工事がほぼ終わって人気がなくなると、秘密の地下壕が子どもたちの格好の遊び場になった。幼い私は友人たちと一緒に地下探検隊と称して壕に入り、一日中遊んだ。真っ暗な壕の中は、恐ろしい反面、興味をそそった。

西部軍司令部跡を示す道標

一号入口の付近には、いまでは旭化成の特種火薬工場が誘致され、一般住民の立ち入りが禁止されている。かつてその工場の裏に、五人塚と呼ばれる石碑が建っていた。工場を建てる際、会社が気味悪がって撤去してしまった。近くに住む老人たちは、あれは地下壕工事で犠牲になった朝鮮の人々の慰霊碑だと言っていた。

いつだったか、旭化成の社内報に、「六人の幽霊を見た」という記事が載ったことがある。実は、私も子どものころ、一人で壕に入ったときに何度か「幽霊」らしきものを見た。一号入口から地下壕に入って、懐中電灯を手にそろそろと歩く。風もないのに、なぜか身の回りの空気が揺れるのを感じてぞっとする。ふと気づくと、人間の姿をした何かが、暗がりに立ってじっとこちらを見ている。私も立ち止まってその何かを凝視するうちに、いつのまにかふっと消えてしまった。

その次に壕に入ったときは、前回とは別の人物と思われる姿が見えた。気持ちの良い体験ではなかったが、人間、同じことが二、三度続くと、どうもこだわってしまうものだ。家に帰っても、いつまでも暗闇の中に見たもののことを考えつづけた。あれはただごとではない。私に何か訴えているのではないか——あっ、そうか。あれはきっと、朝鮮半島から連れてこられて、あの地下壕で亡くなった労働者の霊だ。戦後になっても祖国に帰らず、壕の中をさまよっているのではないか。私はそんなふうに考えた。

このときの体験がもとで、私は異国の地で無念の死を遂げた朝鮮人労働者の霊を慰めるため、一号入口の近くに自費で慰霊碑を建てることを決意した。碑銘にはこう書いた。

「故郷を離れて異国の地で戦時中、敵（米軍）の空襲に遭いながら地下壕の突貫工事中に尊い命をなくされた韓国・朝鮮の方のご苦労を察し、ここに謹んで慰霊させていただきます」。

碑銘の下には、友人の韓国人詩人、李惇喜さんの「望郷の詩」を朝鮮語で書いてある。

さくら弾機放火事件の聞き込み捜査

山家と大刀洗飛行場は一〇キロと離れていないから、私の家族も含め住民の多くが、一九四五年三月末の大刀洗大空襲を目撃している。だが、重爆撃機「飛龍」を改造した特殊な特攻機が、沖縄に出撃する直前に大刀洗北飛行場で炎上した事件は、地元でも意外と知られていない。

私も、もと夜須村〔現・筑前町〕の福島に住む親類の木村進から聞いて初めて知った。彼は当時甘木町の朝倉中学校に通っていた。福島といえば、北飛行場の滑走路がすぐ近くにあり、陸軍の戦闘機や爆撃機を停める駐機場があった場所だ。四五年五月下旬のある日の早朝、「飛龍」を改造したさくら弾機という爆撃機が、この福島駐機場で炎上した。しかも放火だという。朝のうちに憲兵隊が来て、周辺住民に聞き込みを始めた。進の家にも憲兵が訪れ、第一発見者は誰か、怪しい者を見なかったか、敵のスパイの仕業ではないかなど、根掘り葉掘り聞いていったそうだ。憲兵の躍起な様子から、付近の住民もそれが事故ではなく放火であるとすぐに気づき、あれこれ噂が流れた。

憲兵隊はその後もしつこく何度も訪ねてきては、同じことを聞いていく。それでなかなか有力な証言が得られないとなると、北飛行場近くの安野《やすの》の朝鮮人飯場に行って、一人ひとり呼び出して、前夜の行動を厳しく確認したそうだ。事件現場に朝鮮人労働者がいたという証言があったわけではなく、単に朝鮮人だからというのでスパイ扱いしたようだ。

しばらくして、燃えたさくら弾機に乗るはずだった山本という伍長が憲兵隊に逮捕されたという話が広まった。だが、進の話では、福島の住民で山本伍長の姿を目撃したと証言した者はいなかったようだ。確たる証拠がなかったのだから、私は山本伍長は単に憲兵隊の偏見で逮捕されたのではないかと思う。

私の父は戦時中、九州飛行機の工場で働いていたので、飛行機の構造に詳しかった。その父が言うには、戦争末期には資材が不足して、満足な部品もなく、完全な飛行機はできなかったということだ。だからさくら弾機も、一種の欠陥機だったのではないか。それが燃えたからといって、ただちに放火とみなせるのか疑問だ。

それに、山本伍長は朝鮮人で、志願して陸軍に入ったそうだ。並大抵の決意ではなかったはずで、そんな人が出撃を控えた特攻機に放火などするだろうか。

さくら弾機は極秘兵器だったそうだから、陸軍としてはそれが放火で燃えたことを外部には絶対に知られたくなかった。憲兵も聞き込みの際に、絶対にしゃべるなと厳に口止めしていったという。いまだに福島の住民は、ことこの事件については口をつぐんで語ろうとしない。憲兵の箝口令の拘束力は恐ろしいものだ。

この時点ではすでにかなり敗色が濃くなっていたから、責任を回避しようとする風潮が強かった。そのとき狙われるのが、責任を負わせやすい人、立場の弱い人だ。山本伍長はその犠牲になったのではないか。軍の暗部、憲兵隊の暗部、戦争の暗部だ。山家を含め、北飛行場近辺の土地は、明らかにそうした暗いものをいまだに引きずっている。

14

極秘工事に動員された朝鮮人坑夫たち

麻生赤坂炭鉱　朝鮮人大隊長　黄学成（日本名：共田《ともだ》学成《がくせい》）……福岡県飯塚市在住

家出して福岡の炭鉱へ

一九一二（大正元）年、わしは朝鮮の慶尚北道《キョンサンブクト》　永川郡《ヨンチヨンクン》　古鏡面《コギヨンミヨン》〔現在は大韓民国に属する。「面」は日本の村にあたる行政区分〕で生まれた。親父が妾に生ませた子も含めると一一人もきょうだいがいた。親父は大地主だったがケチで、わしを学校にも行かせてくれなかった。あるとき、釜山《プサン》に行ってみたいと言うと、「あんな都会に行ってもろくなことはない、家の仕事を手伝っておればいい」と、にべもなかった。

一度こうと決めたら退かないところのあったわしは、一九二六年、まだ一四か一五歳で家出した。日本に行って働いて、金持ちになろうと思ったんだ。釜山から密航船で山口の仙崎に渡ったが、つかまってたちまち強制送還された。それからしばらく釜山で働いているうちに、金という男と知り合って、わしが日本に行きたいと話すと、一カ月もしないうちに渡航証明書をとってくれた。それでこんどは正式に金剛丸という関釜連絡船で下関に渡った。この男の妹とのちに結婚することになるとは、そのときは思いもしなかった。

下関で迎えてくれた親戚の者に連れられて、福岡県田川郡〔現・田川市〕まで行き、炭鉱で雇ってもらおうとしたが、不景気だからと断られた。それで下関に戻って、彦島のセメント原石山〔石灰石が採れる〕で働くことになった。発破で砕いた石をトロッコに積んで、海岸まで運ぶ短期の仕事だ。だが、三カ月も働いたのに、出るのは飯だけで金をくれない。抗議すると親方が言った。

黄学成氏

「おめえたち半島もんは、金なんぞ要るめえが」

わしは、故郷の両親に金を送らなきゃならないと言って食いさがった。全部で一一〇円の給金のうち、やっと一〇〇円だけ払ってもらった。

やっぱり炭鉱がいいと思って、筑豊の麻生赤坂炭鉱*〔のち麻生鉱業に改称〕で労務係をしていた親戚の黄次郎に相談したが、資格年齢に満たないからだめだという。しかたなく九州産業鉄道〔のち産業セメント鉄道に改称〕の赤坂駅〔現・下鴨生駅〕で運搬夫の仕事についた。一日一円二〇銭、まじめに働けば五〇銭追加してやると言われたが、口ばっかりやったね。三井の山野炭鉱の荷物が多くて、一日中リヤカーを押しっぱなしで働いたけど、賃金は上がらない。朝鮮人は、かろうじて働く場所があっても、どれも重労働で低賃金だった。

そのあと、誘われて山口県の小野田炭鉱へ行ったり、下関港で荷役なんかもやった。故郷を出て二年が経ったころ、親戚の黄次郎が迎えにきて、もう資格年齢に届いたから雇ってやると言う。これで赤坂炭鉱で働けることになった。一九二八年八月一七日、また筑豊に舞い戻った。

わしは鄭という名の頭領が仕切る納屋に入った。坑夫は全部で八〇名ほどいて、七・三の割合で朝鮮人の方が多かったから、まあ働きやすかった。普通は三交代制だが、場所によっては二交代できつくなる。坑口から六〇〇メートルほどのところまで人車《じんしゃ》〔ケーブルカー〕で降りて、そこから切羽《きりは》〔採炭場所〕まで歩く。最初のうちは要領がわからず、同胞の先山《さきやま》について働いた。熟練坑夫は先山、わしのような見習い坑夫は後向《あとむき》とか後山《あとやま》と呼ばれた。

坑内はすごい高温で、メタンガスが充満しているし、ものすごく息苦しい。初めはつらかったが、半年もすると採炭のコツを覚えて、だんだんやりやすくなってきた。モグラ生活に慣れたんだね。

賃金は、炭鉱切符とも呼ばれる金券で支払われた。会社が出す私製紙幣で、麻生の家紋が印刷してある。一枚一枚は五〇斤とか一〇〇斤とかの少額だ。この金券、炭鉱の配給所〔売店〕か、納屋の売勘場《うりかんば》〔納屋直営の日用品売店〕でしか通用しないんだ。飯塚や直方《のおがた》の町中の店では買い物ができない。しかも、売勘場でものを買うと、普通の店より二、三割は値段が高い。鉄道の切符もこの金券じゃ買えない。どうしても現金が必要なときは、納屋の勘場〔会計〕で金券を両替するが、手数料で二、三割引かれてやっぱり損をする。

一九三〇年前後は不景気のまっただ中。わしら朝鮮人がいちばん先に首切りの対象にされた。筑豊全体に失業者が溢れていた。とにかく仕事の口がないから、賃金はこれしか出せませんと言われれば、ハイそうですかとおとなしく引き下がるしかなかった。

＊周知のように、「炭鉱王」と呼ばれた麻生炭鉱（現在は株式会社麻生）の創業者・麻生太吉は、現副総理・財務大臣の麻生太郎の曾祖父である。後段で黄氏が運搬夫の仕事にありついた「九州産業鉄道」も太吉が手がけた事業だ。太吉のあと、一九三〇〜四〇年代に会社をとりしきった孫の太賀吉（麻生鉱業・麻生セメント社長、現副総理の父）は、黄氏が体験した「納屋制度」と呼ばれる劣悪な環境下で朝鮮人労働者を酷使し、莫大な利益を得た。太賀吉は戦後は九州電力の社長に就き、引き続き九州政財界を牛耳った。こうして炭鉱で大儲けしたにもかかわらず、麻生グループは石炭の時代が終わったとみるや、一九六六年には炭鉱労働者を大量解雇しセメントに比重を移した。現副総理も政界入りする前はこの麻生セメントの社長だった。

麻生全坑争議団

麻生の炭鉱は低賃金で有名だった。特にわしら朝鮮人は、日本人よりも危険な現場で働かされるのに、賃金は日本人より低い。そのうえ遅配が続いて、生活ができんようになってきた。朝鮮人坑夫たちの不満が募ってきたのを見て、麻生は納屋頭を組織化して労働者に対抗させようとした。三菱炭鉱で納屋頭を束ねていた鄭宰鳳を招いて、相愛会という納屋頭団体を結成させたんだ。

一方、朝鮮人坑夫たちは、赤坂のアリラン部落に住んでいた社会民衆党員の朴東雲を頼った。朴の紹介で直方市会議員の岡本先生と知りあい、岡本先生のつてで日本石炭坑夫組合の宮崎太郎や立石利男の協力を求めた。

こうして一九三二年八月一五日、朝鮮人坑夫と支援者たちが「麻生全坑争議団」を結成し、一六項目の要求書を会社側に突きつけた。麻生系のすべての炭鉱がストライキに突入した。わしらの鄭納屋も、全員がストに賛成して争議団加入を決めた。

この動きが筑豊全体に広がって、三菱とか貝島炭鉱の朝鮮人坑夫も争議団に加わった。最終的に争議団はおよそ七〇〇名にのぼり、三週間に及ぶ争議を闘いぬいた。会社と、官権と、同胞の坑夫を力ずくで押さえつけてきた相愛会の暴力をはね返した。これは日本の朝鮮人労働運動史上、初めての快挙だったんじゃないか。結果的に坑夫が大量に首切りされてしまったから、結局は会社に負けたじゃないかと言われるかもしれん。しかしわしは、朝鮮人労働者が人間としての尊厳を守ったことを高く評価している。

一九三三年、先山になってばりばり働いていたわしのところに、故郷から「チチキトクスグカエレ」という電報が届いた。兄貴が亡くなってわしが長男になってたから、親父にもしものことがあればわしが葬式を出さなきゃならん。すぐ帰国してみたら、なんと、親父はぴんぴんしとった。そのうえ勝手に段取りしてあって、翌日に結婚させられてしまった。相手は例の、わしに渡航証明書をとってくれた金の妹の粉善だ。まだ一七歳やった。親父はわしに所帯を持たせるために、危篤だなどと嘘を言ってよこしたんだ。

新婚の女房を連れて福岡に戻り、赤坂駅のすぐ近くのアリラン部落に、石炭箱を柱に打ちつけただけの掘っ立て小屋を借りて所帯を持った。家賃は一カ月一円だった。その後、会社が炭鉱住宅の一部屋をくれたのでそこへ移った。

翌年の一九三四年一〇月二九日、坑内でガス爆発事故が起こり、死傷者二十数名を出した。犠牲者のほとんどは朝鮮人だ。会社側は石炭層への延焼を恐れて、中にまだ生存者がいるのに坑の入口を閉じてしまった。あまりに非道だというので、わしら朝鮮人坑夫は翌日から三日間、入坑を拒んだ。とにかく会社のやることはいつもいつもひどかった。それで犠牲になるのはいつだって朝鮮人なんだ。

戦争拡大につれ、増産体制へ

一九三七年に日中戦争が始まると、たちまち景気がよくなった。石炭の増産が奨励されて炭鉱はフル回転、わしらも目が回るほど忙しくなった。その反面、中国戦線が広大するにつれて兵士が不足し、炭鉱で働いている熟練坑夫にも召集令状が届くようになった。だが、こんどはそれで炭鉱が人手不足になってしまった。なんといっても当時は「石炭の一塊は銃の弾」と言われたくらいで、石炭は軍需産業に欠かせないんだから、採炭が滞れば困るのは政府だ。それで召集が解除されて、坑夫たちがまた戻ってきた。

毎日毎日、日に一五時間も坑内で働いた。それでも人手が足りない。開戦から二年後の一九三九年九月には、朝鮮半島で新たに徴用された同胞が加わった。みんな強制連行だ。毎月五〇名ずつ来て、赤坂炭鉱の坑夫の数はたちまち一三〇〇名に膨れあがった。

一九四一年、大東亜戦争〔太平洋戦争〕が始まると、炭鉱は軍需産業に指定され、鉱士制度が導入された。もうベテランになっていたわしはすぐ特級鉱士に認定され、同時に朝鮮人坑夫をまとめる大隊長に任命された。採炭の仕事はいよいよ忙しく、つらくて逃げ出す者もいたが、逃げ切れずに捕まると事務所の奥にある「リンチ室」に連れていかれて、労務係からひどい目に遭わされた。その部屋だけ、どんなに叫んでも声が外に洩れない仕組みになっていた。

政府と会社は朝鮮半島で徴用する際、「雇用期間は二年」と説明した。二年なら耐えられそうだというので、最初は大勢集まったが、次第に日本での苛酷な労働条件と食糧不足が半島にも伝わり、募集が困難になった。そこで新規募集は諦めて、二年満期で帰国しようとする者を引き留めることにした。そもそも炭鉱の仕事は熟練が必要だから、経験者を残した方が得策と考えたのだろう。

国内の労働力不足が深刻化して、炭鉱は朝鮮人坑夫なしでは立ちゆかない状態になっていた。朝鮮人の逃亡は絶対に阻止しなければならんというので、わしの親戚の労務係の黄次郎と、納屋頭のボスである鄭宰奉が大きな権力をふるうようになった。大隊長のわしもふだんは協力せざるをえなかったが、食糧不足とか長時間労働への坑夫の不満が高まれば、以前と同じように団結して入坑拒否をした。

一九四四年六月、北九州が初の空襲を受けてからは、筑豊にもB-29がたびたび来るようになった。このころには、増産による乱掘のせいで坑内の壁が薄くなっていたから、落盤事故やガスの異常発生、出水事故などが多発した。未熟な朝鮮人坑夫が多いから、怪我人が絶えなかった。

度重なる空襲で各地の軍需工場がやられ、休止状態に陥ったため、石炭の需要も激減した。いくら増産しても使い道がない。貯炭場には石炭がピラミッド状に積まれて放置された。やがて、入坑しただけで採炭しないという日が続くようになった。

ある日、渡辺坑長が、福岡鉱山監督局長と県の職員五、六人にわしを引き合わせた。坑長が言った。

「共田大隊長、ご苦労だが、県のみなさんとご一緒して、二日市の山家《やまえ》まで行ってくれないか。採炭のベテランの君の知恵を借りたいんだ。大本営の極秘命令で、二日市の地下に倉庫を建設することになった。

黄氏が山家の地下壕工事に派遣されたころの麻生赤坂炭鉱労務事務所の人々（黄学成氏提供）

それも大至急だ」

坑長の話では、建設予定場所は全体が花崗岩からなり、すこぶる固いので難儀しそうだという。わしが現場へ行って、採掘が可能かどうかを見てこいというのだ。

わしは、これは厄介だなと思った。花崗岩は石炭とはまったく性質がちがう。石炭を掘るように簡単にはいかないんじゃないか。だが、坑長の頼みを断るわけにもいかない。しかたなく、県の面々と一緒に筑豊線で山家まで行った。

現場は山の中腹だった。花崗岩は、空気に触れている表面は風化して柔らかいが、中はピッケルで叩いてもなかなか割れないほど固い。それを掘って延長一〇キロの地下壕を造るという。

「二、三年はかかるかもしらんなあ……山の中腹だし、地下水が落ちてくるし、難工事になりますね。これはよほど熟練工が集まらんと、とても無理ですよ」

わしはかなり否定的な意見を述べた。すると、県の土木課長だという男が言った。

「共田君、実はここに、米軍上陸に備えて西部軍司令部を移そうという計画なんだ。ここならB-29の空襲にも博多湾からの艦砲射撃にも耐えられる。強固な岩盤だからこそ、地下要塞の目的を果たすんだよ。君たち炭鉱のベテラン掘進夫ほど優れた技術者はいない。共田君、お国のためだ。よろしく頼むぞ」

なんと、坑長は倉庫だと言っていたが、実は西部軍の地下要塞だったのだ。それでわしは、もう地盤が固いの柔らかいのという話をする段階ではないのだと悟った。

極秘の地下壕工事

当時、トンネル掘りは熊谷組の専門で、全国的に請け負っていた。筑豊の掘進夫に協力を求めることを決めたのも熊谷組だ。

まもなく協和会〔特高警察を中核に作られた在日朝鮮人統制組織〕副会長の徐詠鎬（日本名：橋川又市）が動いた。筑豊石炭鉱業会などに働きかけて、各炭鉱から朝鮮人坑夫（特に掘進夫）を勤労報国隊員として徴用した。わしも自分のとこの炭鉱から五〇名ばかりを選んで、山家の現場に行くことになった。

二度目に山家に行ってみると、山の麓に半地下建ての三角兵舎がいっぱい建っていた。わしら赤坂炭鉱からの勤労報国隊は、坑口に近い兵舎で生活することになった。半地下でじめじめするせいか、ヤブ蚊やらノミ・シラミの大群に襲われて睡眠不足になった。

その後、朝鮮半島から続々と労働者たちが徴用されてきた。彼らは兵舎でなく、地下壕の一号入口付近の飯場に入れられた。ほとんどが農民で、土方などの経験はあっても穴掘りはやったことがない。あまりにキツイので、たった一日で音を上げる者が続出した。こういう未経験者にできるのは、発破で砕いた石を運びだすなどの単純作業がせいぜいだった。

熊谷組の技術者が、三つの坑口から掘り進めるよう指示した。しかし、炭鉱で使うような普通の削岩機では役に立たない。そこでまずドリフターという強力な削岩機にコンプレッサーで圧縮空気を送り、直径一・五メートルの穴を五〇か六〇箇所開けた。その一つに発破をしかけて爆破した。この作業中、発破の仕組みを知らない朝鮮人が逃げ遅れて、飛んできた石に当たって死んでしまった。後日、落盤事故も起きて、そのときも何人もの同胞が死んだ。事故で死者が出るたびに、「アイゴー、アイゴー」という哀しい声が地下壕一杯に響いて、わしはたまらなくなった。

ある日、西部軍司令部の戦闘指揮所から将校がやってきて、工事の遅れに苛立ち、わしの部下の朝鮮人坑夫を殴りつけた。食糧もじゅうぶん支給されず、みんな腹ぺこでつらい作業にあたっているのに、なんという仕打ちか。もう辛抱ならんと思ったわしは、削岩機のスイッチを切って言った。

「飯を腹一杯食わせんと、仕事はできん。このままじゃ、炭鉱に帰るしかない!」

そばにいた坑夫たちも全員座り込んで、ボイコットの構えを見せた。

「作業拒否するなら憲兵を呼ぶぞ!」

将校がそう言って脅した。

「呼んだらいい。作業が遅れるだけだ。わしらの責任じゃないからな」

わしは捨て鉢になってそう言った。すると将校は、非国民とか国賊とか、吐き捨てるように言って立ち去った。

わしら筑豊の坑夫は、掘る技術について誇りを持っている。そのうえ勤労報国隊として徴用されてきているんだから、国賊だの非国民呼ばわりされる筋合いはない。

その夜だった。朝鮮人の軍属の金城という男が、一〇俵の米をトラックに積んで飯場を訪れた。司令部に騒ぎの話が伝わって、このままじゃ不満が高じて作業が滞るというので、米が支給されたらしい。

数日後、金城がまた飯場に来て、こんどは夜須《やす》村〔現・筑前町〕にある大刀洗北飛行場の安野《やすの》飯場に移れと言う。

「なんで移らにゃいかんのだ？　あの将校の命令か？」

「いや、そういうんじゃない。地下壕が計画の三分の一まで完成したので、近日中に西部軍司令部が福岡市内から移転してくる。今後の作業のために、新たに全国の飯場に徴用をかけるそうだ。追加の坑夫が来るんだから、あんたのとこはすぐ移動して、場所を空けてくれとのことだ」

金城はそれ以上詳しいことは教えてくれなかった。徴用の内容を変更する場合、福岡県から正式な命令が出るはずだがそれもない。責任者のわしに相談もなく、勝手に移動させるのもおかしい。どういうことなのか。わしらの役目はもう終わったというのか。

翌日、熊谷組の事務所に行って事情を聞くと、宿舎が代わるだけだ、そこから山家の地下壕にトラックで通えとのことだった。

北飛行場の朝鮮人飯場

こうしてわしら赤坂炭鉱の勤労報国隊は、夜須村安野地区の飯場へ引っ越した。すぐ近くにある北飛行場は、南の本飛行場に対して「隠れ飛行場」と言われていた。周囲はこんもりとした松の森と竹籔に覆われ、たしかに飛行機なんかを隠すのによさそうだった。

安野飯場は、この北飛行場の建設工事にかりだされた朝鮮人労働者たちの生活場所だった。一〇〇戸ほどの掘っ立て小屋が建っていた。屋根はトタン葺き、壁は粗末な板張りで、入口にはムシロが垂れていた。五戸ごとに設けられた共同便所は、二本の丸太を並べただけのすこぶる不衛生なものだった。大ときどき付近の農家が汲み取りに来た。山家の三角兵舎とは雲泥の差だ。赤坂隊長のわしだけは、近くの農家の納屋を借りて住まいと事務所にした。毎日赤の炭鉱住宅に置いてきた女房が、わしの身の回りの世話をするため、飯場は子を背負って通ってきた。そのうち、筑豊の炭鉱などから逃げてきた八〇名ほどの坑夫が加わり、飯場はいよいよすし詰め状態になった。

黄氏夫人の金粉善さん。安野の朝鮮飯場時代は苦労が多かったと語る

一九四五年二月、北飛行場が完成すると、安野飯場の朝鮮人労働者たちの一部は南九州や筑後の飛行場建設現場へと出ていった。それでも四、五〇〇名が残った。

三月二七日と三一日には大刀洗の本飛行場が大空襲を受けて、離着陸できないほど滑走路が破壊された。月のあばたのように大きな弾痕があちこちに空いた。

わしらは、初めのうちは安野から山家へトラックで通っていたが、そのうちに迎えのトラックが来なくなって暇をもてあましていた。ある日、大刀洗飛行場大隊の将校が飯場に来た。山家の地下壕から出る花崗岩を運んできて、空襲でできた本飛行場滑走路の弾痕をそれで埋めろと言う。大刀洗は沖縄特攻の中継基地になっていたから、作戦に支障が出たらまずい。一刻も早くその弾痕を埋めなくてはならないというので、わしらが穴埋め作業にかりだされたのだ。

わしらは急いでトラックで山家まで行き、重たい花崗岩を荷台に積み込んだ。それを大刀洗まで持ち帰り、飛行場のあちこちに空いた弾痕に投げ込む。その上から土と砂利を被せて穴をふさぐ。そこら中に弾痕があるのだからきりがない。やっているうちにまたB‐29が来て、わしらは飛行場の防空壕に飛び込んだ。続いて艦載機が来て、何時間もロケット弾の波状攻撃にさらされて、生きた心地がしなかった。

やっと爆撃が収まって、やれやれと思って作業を再開したとたん、将校が来て怒鳴りちらした。

「貴様ら、早くせんか！　特攻機を一日も早く知覧に送らねばならんのだ、ぐずぐずするな！」

まるで穴が空いたのがわしら朝鮮人のせいみたいに言うんだから、癪に障る。空襲に脅えながら、結局その日は徹夜で穴埋め作業をした。その後は毎日、山家へ行って花崗岩を受けとって、安野へ戻って穴埋め。疲労困憊して、炭鉱の採炭のほうがまだましだと思うことさえあった。

朝鮮人特攻隊員

四月上旬、連日の弾痕処理で疲れ果てていたころ、北飛行場の滑走路周辺が何やら物々しい雰囲気になってきた。憲兵の腕章をつけた男が通行人を呼び止めて、いちいち行き先を確かめるようになったのだ。東小田国民学校の前の道路にも飛行場大隊の整備兵が立つようになり、何だか知らないが警備が厳重になったのがわかった。

まもなく、日本人の勤労報国隊員や学徒動員の中学生たちが来て、北飛行場の滑走路とその先の森で作業を始めた。滑走路から誘導路を引いて、その先の雑木林の中に掩体壕《えんたいごう》を造るという。わしらもかりだされて、甘木川の河原で砂利を集め、駐機場と誘導路にびっしり敷き詰めた。

それから数日後、見かけない大型の爆撃機が数機、北飛行場の駐機場に停めてあるのを見た。異様な姿の飛行機だった。機体の周囲を整備兵らしき男がうろうろしている。そのほかに飛行服を着た数人の男がいた。腕に日の丸の腕章、首には絹の白いマフラーをなびかせている。特攻隊員だ。なら、あの妙な恰好の飛行機は特攻機か、とわしは思った。

ある日、わしは女房と飯場の賄い婦三人（みな朝鮮人のオモニ）を連れて、福島の伊藤という大地主の家に馬鈴薯をわけてもらいに行った。女房のいとこの金時鎬という男が、この伊藤家で作男をしている縁で、ときどき野菜を仕入れさせてもらっていたのだ。

そこへ一七、八歳くらいの若い特攻隊員が二人、水筒を手にやってきた。庭先の井戸の前で上半身裸になって、頭と顔をざぶざぶと洗っている。その背中に賄い婦のオモニが声をかけた。

「兵隊さん、冷たい麦茶でもどうぞ。第一陣はもう出発しましたか？」

「今朝、四機だけ海軍の鹿屋基地に向かったよ。二、三日うちにはそこから出撃するだろう」

一人が答えた。わしはその言葉の中に、日本人としてはちょっと不自然な訛りがあるのに気づいた。まさか朝鮮人だろうか。特攻隊員の中に同胞がいるとは、考えたこともなかった。背が高く、顔立ちもきりっとした好男子。見た目だけでは、日本人と名乗っても誰も疑わないだろう。

二人は水筒をぶらさげて、楽しげに話しながら駐機場の方へ戻っていった。

「おい、金山君、いまの特攻隊員は同胞じゃないのか?」

わしは女房のいとこ、金時鎬（金山は日本名）に尋ねた。

「はい、陸軍航空通信学校一四期卒業の通信士で、伍長です。日本名は山本辰雄というそうです。僕は彼とはわりと親しくて、会えば話をする仲なんですが、朝鮮名を聞いても、どうしても教えてくれないんですよ」

わしは、特攻隊員として日本のために死ぬ覚悟を決めた同胞がいることに強いショックを受けた。女房も三人のオモニも絶句していた。

その晩は夜明けまでマッコリを飲み続けた。飯場の朝鮮人は、マッコリで酔うと決まって故郷の民謡を歌い、チャンギ〔将棋に似た朝鮮の盤上遊戯、またその盤〕を叩いて踊る。だがこの夜だけは、歌とチャンギの音が耳に障った。納屋を出て飯場に行き、「今日だけはやめろ!」と怒鳴りつけた。

わしは、昼間会った山本伍長のことを考えつづけていた。もしわしだったら、祖国のためならともかく、日本という国のために死ねるだろうか。鋭い刃で心臓を突き刺されたような気がした。

その後、彼とは伊藤家で何度も顔を合わせたが、話す機会を逸した。金山から聞いた話では、山本伍長ら四人の隊員は、さくら弾機という三トンの特殊爆弾を搭載した特攻機に乗って、沖縄の敵艦に体当たりするそうだ。機体が重たいから、燃料は片道分しかない。出撃した以上、生きては帰れない。

「ちくしょう、それは無駄死につちいうもんたい。そんなひどい戦争っちあるか。何回も出撃して、爆弾を落として帰ってきて、また出撃すればいいじゃろうがのう。さくら弾機なんか、焼けてしまえばよか。人間の命はたった一回しかないとじゃ」

わしは酒の勢いで、激高して言いたい放題だった。金山が、「そんな過激なことを言って憲兵に捕まりでもしたら、軍法会議ものですよ」とたしなめた。

そのあと、赤坂炭鉱で暴動が起きて、わしは収拾をつけるためにいったん筑豊へ戻ることになった。きっかけは同胞の労務係の朝鮮人坑夫に対する暴力だった。日ごろ同胞支配に不満を抱く朝鮮人坑夫の怒りが爆発して、投石騒ぎにまで発展していた。最初に暴力をふるった二人の朝鮮人労務係に謝罪させて、ようやく事態を収めた。米軍の空襲が激しくなっていたから、わしは飯場の者たちが心配になり、急いでまた安野飯場にとって返した。

安野に戻ってきた日の夜、金山が息せき切って訪ねてきた。

「黄さん、大変なことになりました。駐機場のさくら弾機が放火されたんです。あの山本伍長が、大刀洗憲兵分遣隊に犯人として逮捕されました。どうも軍法会議に回されたようです。しかし、志願して特攻隊員になった朝鮮人が、自分の乗る飛行機に火をつけたりしますかねえ……どうもすっきりしません」

金山の話では、憲兵隊は山本伍長に好きな女ができて、出撃がいやになったのでさくら弾機を燃やしたと見ていた。金山のところへも憲兵が来て、山本伍長の交友関係や日ごろの行動などを詳しく尋ねていったという。期待したような証言を得られなかった憲兵は、あろうことかこんどは金山を疑いだした。事件の起きた駐機場にいちばん近い民家が、金山の寄宿する伊藤家だからという、ただそれだけの理由でだ。

「お前も協力したにちがいないと言って、殴られました。やつら最初から、朝鮮人なら誰でもいいと思っていたんだ。もし山本伍長が逮捕されなかったら、僕が逮捕されたにちがいない。まず逮捕、それから勝手に理由をつけるという、憲兵のいつもの手口ですよ」

金山は憤懣やるかたないという口調で言った。わしも、燃えたのが早朝の五時ごろだと聞いて、どうもおかしいと感じた。五月の五時といえば、だいぶ明るい。人目につく時間帯に放火などするだろうか。この逮捕には不自然な点が多いぞと思った。

後日、安野飯場にも四、五人の憲兵が来た。大勢いる朝鮮人坑夫を片っ端からつかまえては、山本伍長とどういう関係かとか、山本が飯場に出入りしているのを見たかとか、根掘り葉掘り聞いた。さくら弾機の残骸が片づけられたあとも、憲兵が何度もやってきて、事件のことはいっさい口外してはならないとしつこく口止めしていった。

数カ月も経つと、安野の朝鮮人飯場では、事件はいつのまにか忘れられていた。八月一三日、上空に敵のグラマン艦載機が現れた。思えばあれが大刀洗に空襲に来た最後の敵機だったようだ。

翌一四日の朝、軍属の金城が三台のトラックを引き連れて安野に来た。何だかわけがわからないが、西部軍司令部から重要書類の処分を命じられた。全員スコップと鶴嘴を持って山家へ来いという。

行ってみると、書類の焼却場所として、深さ二〇メートル、直径三〇メートルの大穴を掘れとの命令。掘り進むにつれて、土器やら石斧が続々と出てきた。将校に報告すると怒鳴られた。

「縄文時代の古墳の跡らしいが、出たものは全部捨ててかまわん。とにかく急げ！」

思ったより地盤が柔らかかったので、夕方までに大きな穴が掘りあがった。兵隊たちが石炭箱をかついで続々と来て、箱の中身を穴の中に投げ入れた。それから石油をかけて火をつけた。猛烈な火の手が上がり、あたりが黒煙に包まれた。強風にあおられた燃えかすが空高く舞い上がった。安野の飯場に戻ってから山家の方角を見たら、夜空が真っ赤に染まっていた。

翌一五日午後、また金城が来た。どうも戦争が終わったらしい、という。

「工事中に大勢の同胞が犠牲になったから、軍が心配しているんだ。いずれ帰国が始まるだろうが、参謀たちは朝鮮人が暴徒化するのを恐れている。共田大隊長に相談に乗ってもらえと言われて来た。すでに坑夫たちが、地下壕に貯めてある食糧を分けろと言って騒ぎだしている。何とか収めてくれんか」

「敗戦処理までわしの知ったことかよ。西部軍で責任を持ってやればいいじゃないか。だいたい、お前がそのパイプ役じゃなかったのか。米を朝鮮人全員に分けるように、お前が軍と交渉しろ！」

わしは金城に詰めよった。戦争中は、徴用されてきた同胞たちをまとめるのがわしの役目だった。戦争が終わったのなら、こんどは同胞たちを無事に赤坂炭鉱に連れて帰るのがわしの仕事だ。

金城は、将校とどう話をつけたのか知らないが、とにかく第一陣として、米一俵をトラックに積んできた。わしは金城を促してそのまま久留米まで行き、闇市で米を現金に換えた。その金で福島の農家で牛を一頭仕入れて飯場に戻った。

「みんな、朝鮮は解放されたぞ。今日は牛を食ってお祝いだ！」

その夜は牛肉とマッコリで大宴会となった。「万歳《マンセイ》、万歳！」の声が響きわたり、夜が明けるまで酒を飲み、踊り狂った。

翌朝、わしは金城を脅して、さらに全員に一斗ずつ米を持ってくるように言った。金城はまた山家の地下司令部に戻って、米俵と、こんどは一〇個の柳行李も持ってきた。

「黄さん、あんたこの行李を、博多港の長浜の倉庫まで運んでくれないか？　お礼はするから」

金城は懐から財布をとりだすと、一〇円札を何枚か引き抜いてわしに渡した。どうも怪しい。わしは中身を確かめようと思い、行李の紐を解こうとした。すると金城がわしの手をつかんで、こんどは一〇円札の束を出して押しつけた。

「ここに一万円あるからな……」

当時の一万円といえば大金だ。わしは、行李の中身はそうとう危ないものとにらんだ。「金城、お前、これを朝鮮まで持って帰る気か？」

「そうだ、あとで私も長浜まで行って、漁船を頼むつもりだ」

わしは黙ってトラックに乗り、博多港まで行李を運んだ。へたに詮索してとばっちりを食ったらたまらないから、結局中身は見なかった。

いまから思うと、あれは現金だったと思う。金城がどさくさにまぎれて、西部軍の金を盗んだにちがいない。自分で運んでばれたらまずいから、わしに行かせたのだ。

わしはトラックを港で乗り捨て、博多駅から汽車で赤坂へ戻った。炭鉱住宅に帰って女房に札束を見せると、こんな大金をどこから手に入れたのかと言って心配した。

15

特攻隊員と女学生

朝倉高等女学校三年生　尾畑（旧姓手柴）たきゑ……福岡県朝倉市在住

防空壕に閉じ込められる日々

一九四五（昭和二〇）年三月三一日、私たち朝倉高等女学校二年生は、上級生の卒業式のため登校していた。この日、B - 29の大群が二度目に大刀洗飛行場を襲い、私たちが学徒動員で働いていた航空機製作所は全滅した。もし出勤していたら確実に死んでいたことだろう。私たちは学校にいて、空が暗くなるほどのB - 29の大編隊が通過するのを恐怖とともに見送った。まもなくドスンドスンという地響きがして、航空機製作所が赤い炎と黒煙に包まれるのが見えた。この空襲の犠牲者は五〇〇名と言われ、ばらばらになった遺体は花立山《はなたてやま》の麓で火葬された。

大刀洗飛行場は四日前にも大規模な空襲を受けたばかりだった。この三月二七日の最初の空襲で、飛行場の滑走路には大きな弾痕があちこちにできた。これでは使えないというので、朝鮮人の勤労報国隊員たちが徹夜して石と土砂で穴を埋めた。ところがＢ－29は、こんどは誘導路と掩体壕《えんたいごう》にたくさんの時限爆弾を投下した。私の家がある馬田《まだ》地区にも落としていった。いつ爆発するかわからず、住民は脅えながら暮らした。昼夜を問わずいきなり爆発するので、通りがかった多くの住民が犠牲になった。

大空襲で飛行機の生産が完全にストップしてしまったので、しばらくは工場の後片づけに追われた。私たちは焼け跡を歩き回り、ジュラルミンのかけらを拾い集め、リヤカーに積んで太刀洗駅に運んだ。そのあと貨物列車でどこかの工場へ運搬されたのだろう。ペンチやスパナなどの工具類は、ほとんどが溶けてしまって使いものにならなかった。

花立山周辺や安川村などの地下の疎開工場は稼働していて、そこで生産した部品はトラックなどで熊本県の九州航空機製作所へ送られた。片づけが終わると、私たちも班単位でこれらの疎開工場に通勤することになった。

工場には私たちのような学徒動員組のほかに大勢の女子挺身隊員がいた。その半数は筑豊、博多、久留米方面から、あとの半数は沖縄、奄美、徳之島から動員された人たちだったようだ。

二度の大空襲以来、敵艦載機が頻繁にやってくるようになった。毎朝八時ごろに第一陣が来て、ひとしきり爆弾を落としたあと機動部隊の空母へと帰っていく。一息つく間もなく、次の編隊が来る。それが去ると、最初の編隊が弾を補充してまた戻ってくる。この波状攻撃を一日中くりかえすから、暗くなるまで防空壕から出られない日もあった。

グラマン艦載機の発射するロケット弾の威力たるや強烈なもので、掩体壕や誘導路を破壊し尽くし、駐機場に停めた爆撃機や戦闘機も一発で炎に包まれた。

疎開工場では、前もって移動させておいた旋盤などの機械類はあるものの、次第に材料が不足して部品を作れなくなった。大阪や名古屋の部品工場や山陽本線が敵機の攻撃でやられ、材料が届かなくなったからだ。毎朝出勤しても、一日じゅう防空壕で過ごすような日もざらにあった。

特攻隊員との出会い

大空襲の直後から、大刀洗飛行場や甘木町〔現・朝倉市〕で、一目で特攻隊員とわかる若者を見かけることが増えた。飛行服の左腕に日の丸の腕章をして、白いマフラーをつけている。

彼らの所属する陸軍飛行第六二戦隊は、甘木町内のいろは旅館、金城館、おたふく屋旅館、清泉閣などの陸軍専用旅館に分宿していた。一カ所に固まって泊まると、空襲で全滅する危険があるからだった。

甘木の町では、特攻隊員が通りかかると「神様が通る」と言って手を合わせて拝む者もいた。娘や子どもたちはお手製の特攻人形を手渡した。腰に十数個も人形をぶら下げて歩く隊員もいた。

空襲で甘木線が不通になったため、私たちは航空機製作所まで歩いて通った。行き帰りは五人一列で隊列を組み、「愛国行進曲」とか「女子挺身隊の歌」を全員で合唱しながら歩いた。通りすがりの住民が「頑張ってね」と激励してくれた。女学生たちはみな、お国のために四式重爆撃機「飛龍」の生産に従事しているという誇りを胸に、頭に白い鉢巻きを締め、軍歌を歌いながら元気よく行進した。

ある朝、いつものように軍歌を歌いながら歩いていると、あと少しで飛行場というところで警戒警報のサイレンが鳴った。上空にグラマンが姿を現し、飛行場にロケット弾を撃ち込みはじめた。耳をつんざく炸裂音が響きわたった。戦闘機に命中したらしく、ガソリンが炎上して大爆発を起こした。私たち女学生は近くの菜の花畑の側溝に身を伏せ、指で耳や目、鼻を塞いでじっと耐えた。

ようやくグラマンが去って立ち上がると、すぐ近くで若い男の朗らか笑い声が聞こえた。振り向くと、日の丸の腕章をつけた四、五人の特攻隊員が立っていた。私たち女学生が、みんな同じ格好で溝に伏せているのがおかしいといって笑っているのだった。

そのうちの一人が山下伍長、背の低いもう一人が一ノ矢伍長と名乗った。飛行場に向かう途中で警報が鳴ったので、トラックを降りて避難していたそうだ。

「次の空襲でまた会いましょう」

「宿舎はどちらですか？」

同級生の具島（田中）恵子が尋ねると、山下伍長が答えた。

「龍泉池《りゅうせんち》のある清泉閣です。いつも夕方には帰っているからどうぞ」

短いやりとりだったが、特攻隊員との出会いは私たちの心に強い印象を残した。

その日、仕事が終わると、私たちはさっそく清泉閣を訪れた。玄関で取次を乞うと女将さんが出てきて、家族以外には会わせられないと言った。私たちは食いさがった。

「私たちをご存じのはずです。今朝の空襲のときにお会いして、訪ねてこいと言われたんです」

押し問答が聞こえたのか、あの二人が出てきてくれた。旅館を出て、隣の田神《でん》社の拝殿の階段にみんなで腰かけた。うちとけるのに時間はかからなかった。

台湾の基隆港で米潜水艦の魚雷攻撃を受けたとき。船団がバシー海峡で攻撃されたとき。マニラ港で空襲に遭ったとき……二人の特攻隊員は、前線での体験をいろいろ語ってくれた。その臨場感に、私たちは手に汗を握って聞いた。

新聞やラジオは大戦果ばかりを報じ、国民は日本が必ず勝利すると思い込まされていた。しかし、二人の話では明らかに負け戦である。私は愕然とした。これから毎日彼らを訪ねて、もっと話が聞きたいと思った。

最後は家族の話になった。山下伍長には孝子さんという妹がいるそうだ。四国の宇和島高等女学校の三年生だが、学徒動員で軍需工場で働いているとのこと。私はますます親しみを覚えた。

「僕が出撃していなくなったら、孝子がさびしがるにちがいない。君たちが友達になって、あいつを慰めてくれないか」

山下伍長はそう言った。私たちのほんの二、三歳上の若者が、お国のために命を投げ出す覚悟で出撃を待っている。しかも、自分が死んだあと、妹のことを頼むと言っている。私は胸が締めつけられ、彼の顔をまともに見ることができなかった。淡々と話しているけれど、この人は本当は死への恐怖を誰にも打ち明けられずに苦しんでいるのではないか。そう思うとそれ以上話をするのがつらくなり、その日はこれで帰った。

父と子の最後の面会

それ以来、私たちは毎日のように清泉閣を訪問した。山下伍長の妹の孝子さんとの文通も始まった。

一九四五年五月二五日午前六時、三機の「さくら弾機」と二機の「ト号機」、合わせて五機の特攻機が沖縄へ向けて出発することが決まった。ところが二〇日ごろ、さくら弾機の搭乗員の間で何かトラブルがあったとかで、第六二戦隊の全員が立石国民学校と三井高等女学校に移ることになった〔八五頁参照〕。上層部の監視も厳しくなり、これで私たちの慰問は終わってしまった。

その少し前のことである。宇和島にいる山下伍長のお父様の山下政治さんが、清泉閣を訪ねてこられた。息子から届いたはがきを読んで、どうも様子がおかしいと心配していたところへ、私たちからの手紙が着いて、急いで息子に会いにきたのだった。

右端が尾畑さん，左端が級友の内堀春子さん（尾畑たきゑさん提供）

私たちは山下伍長に頼まれて、よくご家族への手紙を預かってポストに投函していた。加えて妹の孝子さんと文通もしていたから、自然お父様とも手紙をやりとりするようになった。それでこのときも、たしか私たちがお父様宛に、出撃を知らせるお手紙を差し上げたのだ*。お父様は、すぐ大刀洗へ行くから、その折はぜひ会ってお礼を言いたいとの返事をくれた。

特攻隊の宿舎に家族を泊めるのは禁じられていたので、山下伍長のお父様は清泉閣の女将の世話で、西鉄甘木駅前の旭屋旅館に案内された。私と級友の内堀春子さんが、旭屋旅館の二階で先にお父様とお会いした。山下伍長との出会いなどをあれこれお話ししていると、当人が遅れてやってきた。

「さくら弾機の整備で遅くなりました。敵機動部隊が発見されしだい、すぐ出撃しなければなりません」

山下伍長は飛行帽を被り、絹の白いマフラーを首に巻いて、いつでも出撃できる服装だった。

二人とも、これが親子の最後の対面であることをわかっているはずだ。それなのに山下伍長は平気を装って、「一機一艦、必ず敵艦を撃沈する」などと勇ましいことを一方的にしゃべっている。どう見てもふだんの冷静な彼ではない。動揺を隠すために強がっているのだと思った。お父様もそれを見抜いたのか、うなずくだけで一言も話そうとしない。

大和魂とか、大日本帝国とか、天皇陛下のおためなどと言ってばかりいる山下伍長を見て、親子水入らずにすべきと思った私たち二人は外へ出た。その夜、親子の間でどんな会話があったか知る由もないが、おそらくあのまま、お互い本音を語らずに朝を迎えたのではないだろうか。

大阪出身の一ノ矢伍長は、とても人なつこい人だった。山下伍長とは親友だったようだ。さくら弾機が北飛行場の駐機場で炎上した事件のせいで、急きょ代替機で通信士として出撃することになったようだが、寸前でとりやめになり、大刀洗通信基地に残った。出撃した山下伍長からの「さくら弾機、沖縄上空に到着」という通信を受けたそうだ。それきり通信は途絶え、山下伍長の乗るさくら弾機は敵艦に体当たりしたらしい。

その後、一ノ矢伍長はよく、「もし俺が代替機で出撃していたら、どうなっただろう。生き残ったのが恥ずかしい」と言っていた。私は一ノ矢伍長とは、戦後もしばらく文通を続けた。

山下伍長の戦死を知り、私は宇和島のご遺族に手紙と香典を送った。

＊特攻隊員の中には、上官の検閲を嫌って女学生などに手紙の仲介を頼む者がいた。その縁で、尾畑さんたちのように隊員の家族と親しくなるケースが珍しくなかった。特攻作戦は軍機密だから、隊員は家族に出撃日などの詳細を知らせることができない。だから尾畑さんたちが本人に代わって実家に出撃を知らせた。その際もやはり、出撃の日時や場所を明記して万一軍に見つかれば処罰されるから、あまりはっきりとは書けなかったようだ。

16

破られた遺書

飛行第六二戦隊通信士　山下正辰伍長

遺書

我大東亜戦ニ斃《たお》ル。

大君ノ御為ナラバ何時デモ一身ヲ捧ゲヨトハ、幼時ヨリ何回トナク聞カサレタル所、今ゾ其ノ機来タレリ。帝国軍人トシテ本懐之ニ過グルハナシ。サレド大切ナル兵器ヲ失ヒタル罪、我冥福セル後マデモ唯々相済マヌ心デ一パイナリ。

憧レノ南海ノ空ニテ恰モ朝露ノ如ク儚ク消ユルトモ、魂ノミハ飽ク迄モ止ツテ朝敵ヲ撃ツ事ナラン。

而シテ永久ニ栄エ行ク皇国ノ威徳ヲ八紘ニ宣揚セン。

我長男ナレドモ、多数ノ弟妹アリテ少シモ家ノ事心配ナシ。我亡キ後ハ弟昭当然我ガ家ヲ継ギテ、充分孝行ヲ尽スベシ。大イニ家名ヲ挙ゲンコトヲ確信シ、喜ンデ死地ニ赴クモノナリ。

御両親様、既ニ新聞ラジオニテ御承知ノ如ク、太平洋ノ風雲頗《すこぶ》ル悪シ。ヨツテ我々空中勤務者モ極度ニ緊張、一回一回ノ出動ハ固《もと》ヨリ生還ヲ期セズ。

決シテ家名ヲ辱シメザル行動ヲシテヰマスカラ御安心下サイ。

立派ナル行動ヲシテ欣然死地ニ就ク、之ガ最大ノ孝行ニシテ、且ツ君ニ忠ナル所以ト信ジマス。

今迄筆舌ニハ到底尽シ難キ御両親ノ御恩ニ何等酬イルコトナク、御先ニ戦死シマスガ何卒御許シ下サイ。

其ノ代リ四人ノ弟妹ガシテ呉レルコトヲ信ジ、安心シテ死ンデ行ケマス。

尚岩松ノ万〇〔判読不能〕様其ノ他親類皆々様ニ呉々モ呉々モ宜敷ク御伝へ下サイ。

大日本帝国万歳

大日本空軍万歳

大元帥陛下万歳

【筆者注】右は、陸軍飛行第六二戦隊所属の通信士、山下正辰伍長の「遺書」である。彼は第二次沖縄特攻に参加し、一九四五年五月二五日、福島豊少尉が機長を務めるさくら弾機に搭乗して出撃、戦死した。文中にある「大切ナル兵器ヲ失ヒタル罪」が何を指すのかは不明である。

山下伍長はこれを書いたものの、おそらく家族を悲しませたくないと思ったのだろう、切手を貼ったまま投函せずにいた。そして一九四四年七月、入隊以来初めて故郷の愛媛県宇和島へ帰郷した折、封筒ごと破って実家のくずかごに捨てた。

彼が隊に戻ったあとで母の松江さんがこれを発見、つなぎ合わせて復元した（写真参照）。封筒の宛名は父の政治氏、中には遺書のほかにもう一枚紙が入っており、そこには「我戦死ノ報アリタル時開封セラレタシ」と記されていた。投函せずじまいだから当然消印がない。差出人住所は熊本県菊池の「陸軍航空通信学校菊池教育隊」となっている。

山下伍長の出撃に、家族はもちろん、彼ら特攻隊員を慰問した学徒動員の女学生や、宿泊所となった旅館の従業員も心を痛めた。以下に彼と町の人々の交流を示す手紙の一部を紹介しておく。なお、彼の弟の昭氏（浜松医科大学名誉教授）は私の年来の友人で、取材にもたびたびご協力下さっていたが、近年ご自身で『特攻・さくら弾機で逝った男たち』（彩流社、二〇一四年）を上梓された。

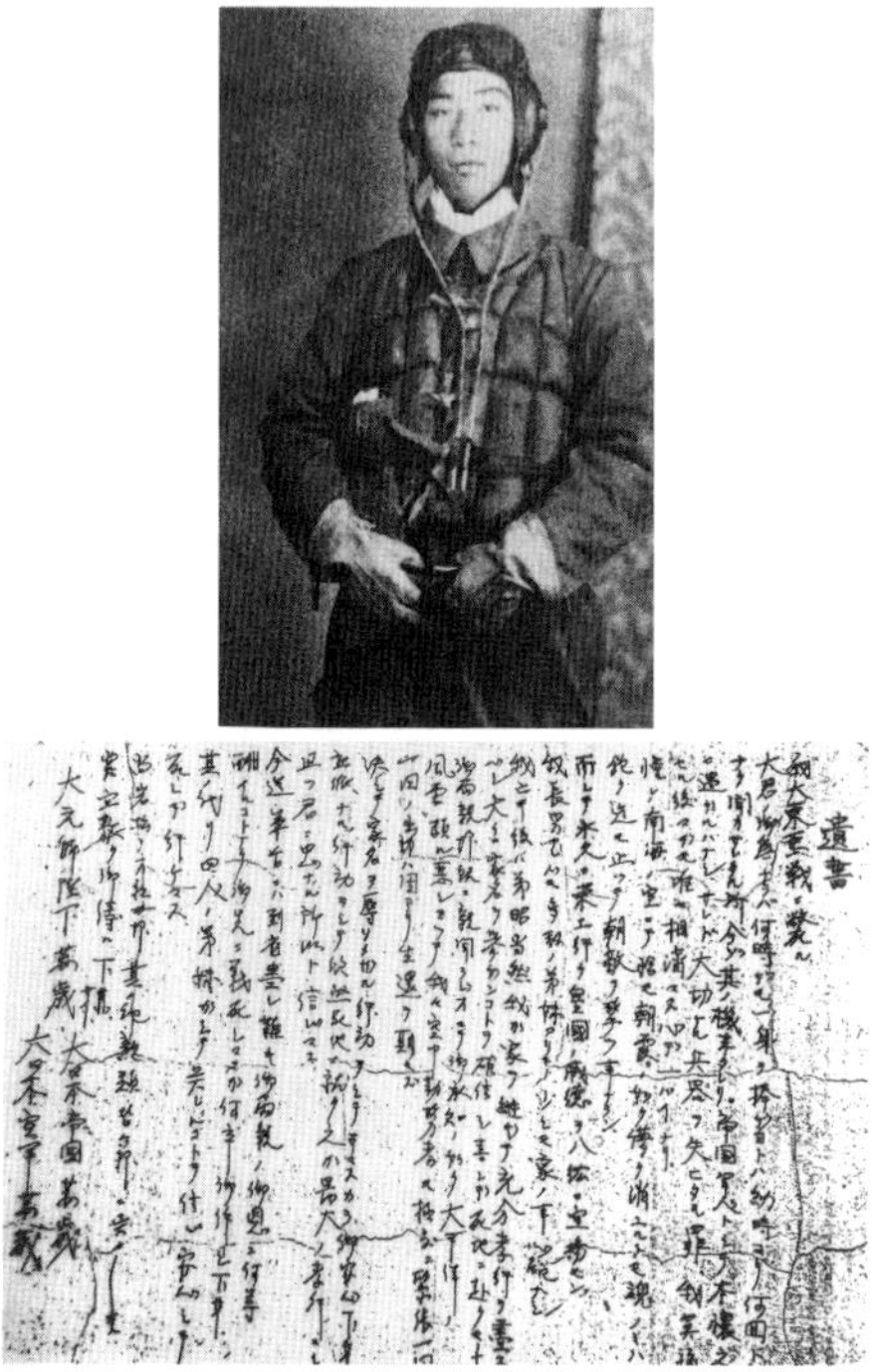
遺書

山下正辰伍長とその遺書。遺書は本人が破り捨てたのを，母が拾ってつなぎ合わせた（山下昭氏提供）

母から正辰への手紙

おなつかしき正辰様

一昨日は名残りつきないお別れいたしましてより、も早や三日もすぎ去ろうとしております。あの日お父様は、午後五時に御帰宅なさいましたよ。お話を聞きますれば、貴男には別に変つた様子もなく帰途に付き、八幡浜のお友達も一緒にお帰りになつたと聞きましたので、何より安心いたしました。其の後、海陸共に何事もなく、御機嫌良く時間までに御帰隊遊ばしましたでせうか、御伺い申し上げます。

も早や、今日より軍務に御励みの事と御推察致します。

此の度の面会は、思ひ掛けなき事でしたので、母さんはうれしくてうれしくて、ゆめではないかとばかり思はれましたのよ。あの頼もしい立派な姿と成つて帰省の出来た事、お目にかかれたうれしさに、只うろうろとするばかり、体は思う様にうごかないので、思うにまかせず、只あれも是もと思ふばかりで、おいしい物も出来なかつたのが残念に思はれます。どうかお許し下さいませ。しかし、一度でも帰れまして、お目にかかれましたので、母さんも少しは気持がおちつきましたよ。貴男も此の上は、十分に御身の上に御注意遊ばしまして、御無事にて十分なる御任務をはたされます様、御祈願致します次第で御座います。

赤ちゃんも、大変元気ですくすく太つて居りますよ。名前は孝子ちゃん〔正辰の妹〕が言つておりました様に、美江と付けました。カクスー〔画数〕もよさそうでしたからね。母さんも機嫌良く肥立つておりますから、何事も御安心下さいませ。

きびしき暑さの折の事故《ことゆえ》、御身御自愛致されます事を切に御願い申し上げます。

今日は是にてお別れいたします。

母より

山下正辰　様

〔一九四四年〕七月二十七日

〔追伸〕産婆さんが、貴男の帰つた後にこられて大変残念に申されましたよ。お餞別まで頂きましたのよ。おひまがありましたら皆様にお礼書を出して〔以下判読不能〕

正辰から弟・昭への手紙

昭君元気ですか。昨日はお手紙有難う。

兄さんはとても元気でお国の為にはたらいてゐるよ。昭君は皆んな仲良く学校で勉強してゐるでしようね。早く大きくなつてアメリカをやつつけることの出来る強い人になるのだね。陸軍でも海軍でも昭君の良い所に行つて早くお国のお役に立つ人になりなさい。それには今から一生懸命勉強して行かねばならないよ。では今日はさようなら。

お父様お母様孝子姉さんによろしく　健次ちやん美枝ちやんにも

〔一九四五年二月二三日付消印〕

女学生から正辰の妹への手紙

大和魂をあらはす桜ももはや散り、野も山も、生き生きした新緑に燃え、雲雀もさへづり、ほんとに春らしくなつて参りました。

山下さんのお妹様、お元気ですか。身も名も存じられない貴女には、大変不思議に思はれる事と思ひますので、此の所でちよつとお話し致します。私は朝倉高女〔高等女学校〕の三年生で、〇〇工場に学徒動員で通勤してゐる者ですが、或日情報注意報〔警戒警報〕が発令されたので、菜の花畠に待避して居たら、四、五人の飛行士の方が来られ、お話ししてゐたら、特攻隊の兵隊さんである事がわかり、その内の貴女のお兄様と仲よしになり、「僕の妹も三年生で挺身隊で行つてゐるよ、友だちになつてくれ」と云はれたので、いろいろと貴女の事も聞きました。それからは、毎晩遊びに行き、実戦談等聞きました。

「僕も近いうちに出るよ」と云はれました。その時は悲しい気が致しました。でも、御国の為に、特攻隊として華々しく散つて行かれるのだから、慰めなければと思ひ、いろいろと友達で話し合ひ、いろんな事をして慰めました。

山下伍長の妹・孝子さん。宇和島高女３年時（尾畑たきゑさん提供）

其の明けの日も、警報が発令されたので、其の時もお話等、おききしました。

貴女は、こんな良いお兄様を持ち、大変幸福でせう。何時もお母様の事ばかり云つてをられました。

日増しに敵の来襲も激しくなつて参りました。此の時、お互に頑張りませう。日本少女ですもの、憎い憎い米英を撃滅する迄、強く、明るく生抜きませう。

では、お身体を大切に、乱筆で御免下さいませ。

〔一九四五年〕四月十九日

手柴たきゑ〔現・尾畑たきゑ（15章証言者）〕

旅館の女中頭から正辰の家族への手紙

貴家御一同様には御変りなく御過しの事とは存じておりますが、御伺い致します。

毎日連続の様な空襲、愛媛県の御様子は如何で御座居ませうか。

大刀洗は別に変つた事もなく無事です。

山下さんも御元気にて、毎日御活躍なさつていらつしやいます。何卒御心配なく、お暮し下さいませ。

私は旅館の者で御座居ますけど。

此の前、遠い所より御面会においでになりました節には、何のおかまいも致しませんで、ほんとうにお気の毒に存じております。

途中御無事にて、お帰りなさいました事かしら……お尋ね致します。

山下さん達はみんな若い者ですから、とても御元気で、朗らかに、何もかも忘れて、この決戦の日々を過していらつしやいます。私達は毎朝早く、七時のトラックに遅れない様にと、気をつけて、気持ちよく御送り致しております。みな様が飛行場に出て行かれた後の淋しさは、又何とも云えません。其の日の御帰りが待遠しくて、玄関先まで迎えに行きますの。少しでも御帰りの時間が遅いと又心配しなくてはなりません。もしかしたらしけん飛行中なにかこしようでも起たのではなからうかと、色々と、無事で御帰りなさる御姿を見ないと安心出来ません。一日の疲れ、油まみれになつて、お腹へとへとになつて御帰りになります。みな様方の御苦労、唯々有難さで胸一杯です。私達は心よりいたわり慰めております。

又山下さんが御金を二百円御送りしてくれと私にたのんで有りましたので、このお便りと一緒にお送り致します。御受け取り下さいませ。

四、五日前より、山下さん達は、みんな旅館泊りは出来ません。隊長殿より、ある学校にお泊りしなければならない様になり、みんな淋しがつておられるそうです。一回何かの公用でおいでになりました。どんなにか淋しいでせう。飛行場より帰つても、誰一人慰めてくれる人もなく、仕事するにも元気が出ないなどとこぼしておられました。

山下さん方は、ほんとうに可哀想で、見る毎に涙が湧出て参ります。

一緒に山下さんのお写真もお便り致しませうと思つており、写真館に行きお尋ねしましたけどまだ出来ておりませんでした。出来次第お送り致します。いたらぬ事ばかり書並べてお許し下さいませ。

貴家ご一同様のご健康をお祈り致しております。

乱筆乱文お許し下さいませ。

〔旅館「清泉閣」の女中頭・川田康子から山下伍長の父・政治宛の手紙。内容からして一九四五年五月ごろと思われる〕

女学生から正辰の父への手紙

前略　御免下さいませ。

あの日、山下さんに面会に来られてより後、明日か明日かと思はれつゝ、出撃が延びて、五月二十四日、飛行場に行きました。

愛機も両翼を広く張つて、待ち構へてゐるかの如く思はせてゐました。

山下さんは大へん忙しさうで御座居ましたので、十分程の対面でお別れを致しました。

お話によれば、五月二十五日、早朝出発といふ事で御座居ます。そして今日征《い》くやうにして、「家にも孝子にも元気で征つたと伝へてくれ。新聞に出てゐたら切り抜いて送つてくれな」と言はれました。

親思ひの、また妹思ひの山下さんには全く感心させられました。いつもいつも会つた時には、永く孝子のよいお友達になつてやつてくれと頼むやうにして言つて居られました。

話は後にかへりまして、明日（二十五日）に攻撃に征くから送りに来られたら来てくれと言つてお別れ致しました。時間は午前五時に征かれるのですが、私は残念に見送りする事は出来ませんでしたけれども、馬田の内堀さんと手柴さん〔朝倉高等女学校の同級生。15章参照〕に行つてもらひました。

出撃後、山下さんと同期生の一番仲良しの、一ノ矢さんにお伺ひ致しますと、あの雄々しい愛機より乗出して名残おしさうに小旗を振りつつ、しづかに離陸致しました。地上では外の航空兵が手に手に大旗小旗を強く振りつつ送つてゐる。一ノ矢さんは、家の前に立てる大旗を振られたさうです。

5月25日早朝，大刀洗飛行場から沖縄に向けて第62戦隊特攻隊が出発した。左端に見送る人々の姿が見える（武末土之助氏提供）

征く者送る者の風景は、新聞で見るあの絵そつくりであるさうです。基地の上空では、戦友に飛行場に永久の別れを告げ、白きマフラーをなびかせながら、思ひはるかな南方へ爆音は次第次第に、遠ざかつて行つた事で御座居ませう。

その日は、夜を日につぎて整備員達は、一生懸命に愛機に手を振られてゐました。

五時頃になると、私は一人出撃場へ向つて、途中の武運と、みごとに轟沈するやうにと、成功を祈りつつ頭を下げ黙禱を捧げました。私は心ゆく迄泣きました。君国の為、又私たち国民の為に、若き命を南海の空に華と散られるのに、出撃直前迄、元気で笑顔たつぷりで、雄々しく敬礼されたあの姿、思ひ出せば思ひ出す程、目は涙にくれるばかりです。

最後に一ノ矢さんが言つておりましたが、山下さんは非常に落ち附いて、もう死は目前に迫つてゐる中に、午前九時二十二分「敵艦発見ス」の悲壮な無電が送られたさうです。

最後迄落ち附いて何のさわりもなくりつぱに通信を一ノ矢さんに送られた時は、通信機に私達の真心から捧げた花を思はずさしてやつたと、そしてそばにゐた将兵も、通信機に向つて直立不動の姿勢にて敬礼してゐたと、涙にくれてお話し下さいました。お喜び下さいませ。

山下さんは、一家の誇りにかけても、最後迄元気で落ち附いた、力強い無電を基地に送られながら、沖縄の華と散られたのです。

大切な長男をなくされた貴女様方には、お気の毒で御座居ますけれども、戦いに勝つ為ですから仕方が御座居ません。

その蔭には、大なる戦果が展開されてゐるさうです。山下さんの愛機が、にくき敵米の空母に突入したと共に、きつときつと轟沈した事で御座居ませう。

新聞に出ましたならば、山下さんの御希望通りにお送り致します。

山下さんの愛機は、福島少尉機です。遠く離れてゐては、詳しい事は軍事上も御座居ますのですが、突入される最後は今申し上げた通りであります。後は、貴女様のご想像にお任せ致します。

一ノ矢さん外の飛行兵の方も、山下はほんとに幸福だ、両親はあるし、攻撃の時は天佑といひますか、敵戦闘機は一機も上らなかつたさうです。

負けぎらひの、自分の思ふ事はどこまでもやり通されるやうな気持、又、最後迄元気に力強く「突入ス」の無電を打たれて、散られたその姿が目に浮ぶと言つておりました。実にりつぱな態度であつたと喜んでゐられました。

最後のお別れの日でありましたか、山下さんは又、孝子のよいお友達になつて、いつまでもいつまでも交際してくれと言はれて、紙には大きく、

皇国にあだなす艦もとめ
水漬く屍を翼のせて
父や母よもや死しとは思ふまじ
故山に待てり母の心は

と書いてありました。
ほんとに山下さんは元気で征かれましたから御安心下さいませ。
五月二十五日午前九時二十七分にみごと体当りされたのです。
では乱筆、乱文にて御免下さいませ。

五月二十八日

山下政治様へ

朝倉高女
具島恵子　拝

おわりに

戦後いち早く福岡へ進駐した米軍は、最初の仕事として、東南アジアなどで捕虜となって日本に連行された連合軍兵士の解放に着手した。日本国内の捕虜たちは、各地の炭鉱や銅山、工場などで強制的に働かされていた。九州では主に筑豊や三池の炭鉱、長崎の炭鉱や造船所、八幡製鉄所などである。B－29やP－51の搭乗員たちが、墜落・不時着後に行方不明となったケースも多く、米軍はその行方についても日本政府を追及した。炭鉱などで捕虜の処遇を監督していた労務係は、報復を恐れて身を隠した。行政も事業所も責任逃れに躍起になったが、連合軍の追及は厳しかった。捕虜の虐待に関わった者を逮捕するため、最終的には各県の警察が動員された。

当然、福岡の西部軍司令部にもＧＨＱ（連合国軍最高司令官総司令部）の調査の手は伸びた。司令部構内にあった福岡俘虜収容所本所をはじめ、九州各地の捕虜収容施設の軍人たちが捕虜虐待容疑等で逮捕された。西部軍司令部は、戦争終結と同時に生じたこの大きな問題に頭を抱え、連日会議を開いて対策を練った。

そもそも戦時中、日本はジュネーヴ条約を批准しておらず、捕虜の人権に対する意識は極めて低かった。そして敗色が濃くなるにつれ、強制労働につかせるだけでは飽きたらず、暴行・処刑などの残虐行為に及ぶことが増えていった。たびかさなる空襲で命を脅かされた日本人は、米軍の戦闘機・爆撃機を心の底から憎んだ。

それが墜落して、搭乗員が生きのびたのを見て、多くの参謀や兵士が報復感情に駆られたのであろう。
西部軍の管轄では、国際的に非難を浴びた残忍な捕虜虐殺事件がいくつか起きている。まず一九四五年五月、熊本と大分の県境で海軍の戦闘機「紫電改」に体当たりされて墜落したB‐29の搭乗員のうち、生き残った八名が九州帝国大学で生体解剖された。六月二〇日には、福岡市立高等女学校の校庭で一二名の捕虜が斬殺された。そして、本書の「序」で触れた油山事件である。四五年八月九日、八名のB‐29搭乗員が、油山の雑木林の中で日本刀で処刑された。この捕虜処刑の直前、同じ場所で山本辰雄伍長が銃殺刑に処されている。さらに、八月一五日の玉音放送終了後、西部軍司令部が証拠隠滅のため一四名の捕虜を同じく油山で処刑した。その際、それ以前に処刑した捕虜たちの遺体まで掘り起こして焼却し、博多湾に捨てたとされる。ひょっとして山本伍長の遺体も、同じように燃やされ、博多湾に遺棄されてしまったのだろうか。

こうした捕虜処刑・虐待事件の関係者はGHQの手で次々とBC級戦犯として逮捕され、東京のスガモプリズン（巣鴨拘置所）に収監された。そして一九四五年一二月一八日に始まる横浜裁判で、各事件の全貌があぶり出されていく。最終的に約五七〇〇名の被告のうち、約一〇〇〇名に死刑判決が下った。

さくら弾機放火事件で山本伍長が処刑された件は、当然ながら公式には「戦争犯罪」とはみなされていない。しかし、もしこれが冤罪だったとすればどうか。日本のために戦うことを決意した一九歳の青年が、朝鮮人であるというだけで無実の罪を着せられ、終戦間際のどさくさに紛れて処刑されたとするなら、これもりっぱな戦争犯罪ではないだろうか。

＊　＊　＊

福岡市営葬祭場のそばに建つ慰霊碑。「福岡市長 阿部源蔵書」とある

その死から七一年が過ぎたいまも、山本伍長の遺体（もしくは遺骨）がどこに埋められたのかは不明のままだ。処刑が行われたのは終戦の六日前だから、遺骨の処分に手間暇をかけたとは考えにくい。山本伍長と同じさくら弾機に乗る予定だった花道柳太郎氏（4章証言者）は、埋められたとすれば処刑場所である油山の近くにちがいないと言っている。福岡在住の私も、折に触れ油山を訪れ、聞き込みを続けている。しかし、戦後七〇年を過ぎて、事件を知る人の多くが鬼籍に入られ、存命の人も記憶が薄れてきている。花道氏も私も、山本伍長の無念を晴らしたい一心で調べ続けているが、まだ確たる手がかりを見つけられずにいる。

今年二〇一六（平成二八）年の山本伍長の命日も、遺骨を見つけられずに迎えてしまい、私は焦りを覚えていた。それから一カ月過ぎた九月一六日、福岡市内で、私の取材・執筆活動を記録したドキュメンタリー映画『抗《あらが》い』（西嶋真司監督作品。さくら弾機放火事件を大きくとりあげている）が上映された。この上映会に、三〇年来の二人の友人が来てくれた。読売新聞社ＯＢの田口洋一君（長崎県大村市在住）と、朝日新聞社ＯＢの笠康治君（福岡市在住）だ。二人で上映前に油山の処刑現場を見てきたとのことだった。その一〇日後、田口君が電話をくれた。

「林さん、大変なことがわかりましたよ。あのあと調べたのですが、油山事件の慰霊碑らしきものが、福岡市営葬祭場の近くにあるんです。写真と関連記事を郵送しますから、見てください」

翌日さっそく届いた資料を見て、私の手はわなわなと震え、目はくらんだ。ちょうど本書の推敲を終えよう

2016年10月2日，自分の目で慰霊碑を確認する筆者
（柴山薫さん撮影）

かというタイミングで、これほど重大な事実を発見するとは、予想もしていなかった。

田口君が送ってくれた写真には、一基の石碑が写っていた。表に大きく「慰霊碑」と刻まれた下に、「福岡市長 阿部源蔵書」とある。同封されていた二〇一〇年八月一六日付の西日本新聞の記事には、「油山事件の慰霊碑か 雑木林から五年前移転」という見出しがついていた。

その慰霊碑は、福岡市営葬祭場「刻《とき》の森」（福岡市南区桧原六丁目）の駐車場のそばにあるという。私はもう一〇年も前から油山を何度も訪れているというのに、この慰霊碑の存在にまったく気づかなかった。なんと迂闊なことか。いつも車道を歩いていたから、脇道に入ったところにあるこの碑が見えなかったのだろう。

一〇月二日、私は自分の目で確かめるべく、油山を訪れた。葬祭場「刻の森」の標識から一〇〇メートルほどのところに、その慰霊碑がひっそりと建っていた。磨き上げられた大理石の碑の前に造花が供えられている。

西日本新聞の記事によれば、この慰霊碑はもともと現在地の三〇〇メートルほど西の、山本伍長や捕虜の処刑現場となった雑木林の中に建っていた。しかし、二〇〇五年にそのすぐ横に新しく規模の大きな火葬場が建設され、それに伴い慰霊碑が現在地に移されたらしい。

慰霊碑には普通、建立年月日とか、「〇〇を偲んで」といった碑文が刻まれるものだ。しかし、なぜかこの碑には、表の「福岡市長 阿部源蔵書」という文字以外、何も刻印されていない。阿部源蔵氏は一九六〇年九月の初当選以来、七二年までの間に三期にわたり福岡市長を務めた人物である。阿部氏が現職市長のときにこの碑銘を書いたのなら、市費で建設された可能性が高い（阿部氏の個人寄贈なら、名前の前にわざわざ「福岡市長」と肩書きを書いたりしないだろう）。すると、市民の税金を使って公共財産としての碑を建てたことになるが、それならなぜ建立日も死者の名も記されていないのか。また、慰霊碑を移した理由もよくわからない。新しい火葬場の近くに慰霊碑が建っていたら、何か不都合なことでもあるのだろうか。

私は、雑木林の中の処刑現場から現在地に移転する際、何らかの理由で意図的に文字を削ったのではないかと勘ぐる。そう思って見直すと、碑の中央部分だけが出っ張っているのは、その周囲を削ったからと見えなくもない。「慰霊碑」と謳いながら、碑文も死者の名も記されていないのは、戦時中のおぞましい事件を忘れたがっている誰かが消したということなのか。

私はその後、福岡市立図書館で、阿部市長時代の市の記録（市議会に提出された予算書、衛生統計書、決算書、議案書）を調べてみた。しかし、時間の制約もあって、慰霊碑の建立費支出の記録を見つけることはできなかった。この件については後日、もう少し時間をかけて調査したいと思っている。

＊　＊　＊

さくら弾機事件の真相を追って十余年、関係者の方々のお話を聞くにつけ、（事件が事故や過失でなく、放火だったとして）「山本伍長は冤罪で、真犯人が別にいるのではないか」という私の疑念は、いまや確信に近くなっている。さくら弾機が「欠陥機」であることは、第六二戦隊では周知のことだった。特定の誰かを疑うわけではないが、「あんな欠陥機で死ぬのはいやだ」と考えた者がほかにいた可能性は大いにあるのだ。

動機の点でも疑問が残る。憲兵隊は山本伍長の異性関係を疑ったが、彼が特定の女性と交際していた形跡はなく、「恋人と別れるのがつらくてさくら弾機を燃やした」という動機は憲兵隊の捏造だった可能性が高い。

しかし、冤罪の確たる証拠を摑めないまま、時間だけが過ぎた。私が何より知りたいのは、軍法会議の経過である。第六航空軍司令官・菅原道大中将は、日記に「彼は前言を飜し、過失なりと云出し公判を延期したり」と記していた。自白を翻し、一度は公判延期になったものの、結局死刑判決が下された経緯はいかなるものだったのか。とりわけ、過失という主張がなぜ、どのように斥けられたのかは一切不明である。軍法会議の調書を見ることができれば、その詳細が明らかになるはずだ。

法務省は二〇一四年八月二五日、全国一二の検察庁で保管している軍法会議の記録(ファイル約一二〇〇冊分に及ぶとされる)を、順次国立公文書館に移管すると発表した。一般利用者は移管から一年後に閲覧できるようになるというので、私は大いに期待した。ところが、死刑判決が出た裁判に関しては、判決確定日から一〇〇年間の保管期限が設けられており、それを過ぎないと移管はされないという。山本伍長のケースで言えば二〇四五年までだ。日本の公文書管理と情報公開の恣意性はいまさら指摘するまでもないが、これはあまりにも非常識な制約と言わざるをえない。しかも特定秘密保護法という悪法が成立してしまったから、雲行きはいよいよ怪しい。

いまのところ、山本伍長の冤罪を示す物的証拠は見つかっていない。だが、かといって有罪を立証する物的証拠があったかといえば、はなはだ疑問だ。そのうえ軍法会議の経過が不透明で、裁判が公正に行われたかどうかわからない。私は日本政府に対し、即刻この件について情報公開の義務を果たすよう求めたい。

＊　＊　＊

そもそも私がさくら弾機事件に注目するきっかけとなったのは、旧大刀洗平和記念館館長・渕上宗重氏との出会いだった。渕上氏はいまから三〇年前の一九八七年、旧国鉄甘木線太刀洗駅の廃駅舎を利用して、私設の歴史資料館を開設した。戦争を知り、平和を祈念する場になればと、私費で多くの資料を集め、積極的に公開していた。その志に胸が熱くなったのを思い出す。

渕上氏は戦争末期、登校中に朝倉郡大福村（現・朝倉市）の田んぼに爆撃機が不時着したのを目撃している。本書6章で森部和規氏が見たのと同じ、さくら弾機の事故である。一般に特攻といえば戦闘機が主体と思いがちだが、渕上氏が見たのが重爆撃機「飛龍」を改造したものと知り、驚いた。興味を持って調べるうちに、北飛行場での放火事件に行きあたり、以後長きにわたって深入りすることになった。

その後、旧三輪町と旧夜須町が合併して筑前町が誕生したのを機に、町立の歴史資料館を新設する計画が持ち上がった。渕上館長の平和記念館は役目を終え、二〇〇八年に閉館した。翌年開館した筑前町立大刀洗平和記念館は、渕上氏の貴重なコレクションを継承するとともに、資料を大幅に増やして、優れたスタッフと設備で学術的にも高い評価を得ている。糸口を与えてくれた渕上氏、そして資料面でいろいろ相談に乗っていただいた現平和記念館のスタッフのみなさんに謝意を表したい。

浜松医科大学名誉教授 山下昭氏には、16章掲載の兄・正辰氏の遺書および、母・松江さんはじめご家族宛の手紙など、貴重な資料をご提供いただき、感謝している。そして大分大学名誉教授 森川登美江先生には、今回も取材から資料作成、原稿チェックまで諸々ご指導いただき、心からお礼申し上げる。いつもありがとうございます。

四年前、急に声が出なくなり、入院して検査したところ、気管支のリンパ節のガンと判明した。以来、入退院をくりかえし、手術もしたが、食道に二箇所、続いて胃と、体中に次々と転移していった。手術による体力低下、抗ガン剤と放射線治療の副作用に苦しみながら、本書の原稿はほぼ病院のベッドの上で書くことになった。ミミズが這ったような字を、新評論の吉住亜矢さんが辛抱強く読んで下さり、感謝している。この場を借りてお礼申し上げます。

林えいだい

二〇一六年初秋

【関連文献】

『重爆特攻さくら弾機――大刀洗飛行場の放火事件』東方出版、二〇〇五年
『重爆特攻「さくら弾」機――日本陸軍の幻の航空作戦』光人社NF文庫、二〇〇九年
『陸軍特攻・振武寮――生還者の収容施設』東方出版、二〇〇七年
『陸軍特攻振武寮――生還した特攻隊員の収容施設』光人社NF文庫、二〇〇九年
『強制連行・強制労働――筑豊朝鮮人坑夫の記録』現代史出版会、一九八一年
『清算されない昭和――朝鮮人強制連行の記録』岩波書店、一九九〇年
『松代地下大本営――証言が明かす朝鮮人強制労働の記録』明石書店、一九九二年
『《写真記録》筑豊・軍艦島――朝鮮人強制連行、その後』弦書房、二〇一〇年

著者紹介

林えいだい（はやし・えいだい）

1933年12月4日福岡県香春町生まれ。記録作家。ありらん文庫主宰。早稲田大学文学部中退後，故郷の筑豊に戻り，地方公務員を15年務めた後，作家専業となる。

徹底した聞き取り調査で，公害，朝鮮人強制連行，差別，特攻隊など民衆を苦しめた歴史の闇を暴きつづける。1967年読売教育賞，1969年朝日・明るい社会賞，1990年青丘出版文化賞，2007年平和・協同ジャーナリスト基金賞を受賞。

『八幡の公害』（朝日新聞社），『筑豊米騒動記』（亜紀書房），『銃殺命令　BC級戦犯の生と死』（朝日新聞社），『清算されない昭和　朝鮮人強制連行の記録』（岩波書店），『女たちの証言』（同時代ノンフィクション選集第4巻，文藝春秋），『松代地下大本営　証言が明かす朝鮮人強制労働の記録』（明石書店），『日露戦争秘話 杉野はいずこ　英雄の生存説を追う』（新評論），『台湾秘話 霧社の反乱・民衆側の証言』（新評論），『重爆特攻さくら弾機　大刀洗飛行場の放火事件』（東方出版），『陸軍特攻・振武寮　生還者の収容施設』（東方出版），『黒潮の夏　最後の震洋特攻』（光人社），『《写真記録》筑豊・軍艦島　朝鮮人強制連行，その後』（弦書房）など著書多数。

実録証言　大刀洗さくら弾機事件

2016年11月25日　　初版第1刷発行

著　者　林えいだい
発行者　武市一幸

発行所　株式会社　新評論

〒169-0051　東京都新宿区西早稲田3-16-28
http://www.shinhyoron.co.jp

電話　03（3202）7391
FAX　03（3202）5832
振替　00160-1-113487

定価はカバーに表示してあります
落丁・乱丁本はお取り替えします

装丁　山田英春
印刷　神谷印刷
製本　中永製本所

ISBN978-4-7948-1052-6
Printed in Japan